U0907947

蓝色装甲兵

LE HUSSARD BLEU

[法] 罗歇·尼米埃◎著
赵克非◎译

中国大百科全书出版社

图书在版编目（CIP）数据

蓝色装甲兵 /（法）罗歇·尼米埃著；赵克非译．—北京：中国大百科全书出版社，2019.4

ISBN 978-7-5202-0469-9

Ⅰ．①蓝…　Ⅱ．①罗…②赵…　Ⅲ．①长篇小说—法国—现代　Ⅳ．① I565.45

中国版本图书馆 CIP 数据核字（2019）第 046791 号

出 版 人　刘国辉
策　　划　止　庵
责任编辑　李默耘　程　园
责任印制　李宝丰
出版发行　中国大百科全书出版社
地　　址　北京阜成门北大街 17 号
邮　　编　100037
网　　址　http://www.ecph.com.cn
电　　话　010-88390739
印　　刷　环球东方（北京）印务有限公司
开　　本　880 毫米 × 1230 毫米　1/32
字　　数　238 千字
印　　张　10.25
版　　次　2019 年 4 月第 1 版
印　　次　2019 年 4 月第 1 次印刷
定　　价　48.00 元

纪念我的朋友

米歇尔·斯蒂埃弗纳尔

啊，上帝！战争多么美丽，

伴着战歌，

我利用战斗的长长空隙，

把戒指擦得亮丽，

风儿在吹，

裹着你们的叹息。

——阿波利奈尔

目　录

第一部分　故事构成

桑代 …… 3

卡塞·蓬蓬 …… 8

弗洛朗丝 …… 17

圣-安纳 …… 21

德·福尔雅克 …… 40

弗洛朗丝 …… 42

圣-安纳 …… 44

贝尔纳·蒂索 …… 47

洛·昂德罗 …… 49

德·福尔雅克 …… 54

圣-安纳 …… 61

桑代 …… 71

贝尔纳·蒂索 …… 89

桑代 …… 90

洛·昂德罗 …… 97

德·福尔雅克 …… 101

桑代 …… 107

卡塞·蓬蓬 …… 108

圣-安纳 …… 115

第二部分　城　堡

弗洛朗丝 …… 131

费芒迪迪埃上校 …… 132

德·福尔雅克 …… 137

圣-安纳 …… 157

贝尔纳·蒂索 …… 162

费芒迪迪埃上校 …… 165

弗洛朗丝 …… 167

圣-安纳 …… 178

洛·昂德罗 …… 195

桑代 …… 196

第三部分　发　奖

费芒迪迪埃上校 …… 209

圣-安纳 …… 210

洛·昂德罗 …… 213

圣-安纳 …… 219

弗雷德里克 …… 246

拉涅尔 …… 251

桑代 …… 255

德·福尔雅克 …… 281

桑代 …… 286

弗雷德里克 …… 308

圣-安纳 …… 311

德·福尔雅克 …… 316

弗洛朗丝 …… 317

桑代 …… 318

第一部分

故事构成

桑　代

我一直以为自己也就这么平平淡淡地过来了。我生为幸福的一代，这一代人距文明世界的末日还有二十年光景。人家要把地球上最好的礼物送给我们：整整一个时代。在这个时代里，我们的对头——几乎所有的成年人都是——没被人当回事。你们的安逸闲适，你们的文明进步，我们奉劝你们把这些东西都用到最体面的集体殡葬仪式上去。我敢肯定，你们会非常需要这些东西的。因为，你们将慢慢地从地球上消失，而对这一切喧闹、吵嚷和我们挥动的火炬却不明所以。快二十年了，你们这些蠢人一直在你们的代表大会上做着准备，使这个世界上的年轻人相互接近。现在，你们如愿以偿了，我们在某天早晨上了战场，自己实现了这种接近。不过，你们不会明白的。

这段肮脏的历史，这段我勉强敢称之为我的生活的肮脏历史，持续了五年。一开始，一九四〇年，看到我们被打败了，我极度失望。我长这么大，没人告诉过我说我们会被打败。我当了俘虏，一直到一群笨蛋在泰埃塞夫地区建立起地下联络站。真郁闷啊！地下联络站建立一个礼拜以后，我逃了出来。因为缺乏想象力，我参加了抵抗运动[1]。一年以后，我的同伴们又把我弄进了保安队[2]，去准备一起政治暗杀。他们事前跟我打了招呼，说这也许是个很痛苦的考验。可是，我见到的是一群孔武有力、肌肉发达而又充满理想的小伙子。英国人快获胜了。海军蓝更配我的脸色。对年轻人来说，旅行能长见识。但毫无疑问，我是不走了。

现在，我穿上了更有人情味的制服，盟军的制服。敦刻尔克[3]，索姆河[4]，这些历史好像至少有一个世纪那么久远了。村里的广场上正在举行游园会。旋转木马的音乐震得我耳朵疼。尘土迷得孩子们睁不开眼。我也被迷得睁不开眼了。我来到法国这支第一流军队，并非机缘巧合。我犯了个错误，我知道我错了，所以我气得要死。一九三九年的战争是愚蠢的，抵抗运动是半疯；至于保安队嘛，哼，也不是好东西。所以说，我得在这场战争中死去，这要简单得多。我死起来很容易。此刻，就我一个人，我可以承认这一点：我讨厌暴力。暴力是嘈杂的，不公正的，转瞬即逝的。不过，我还看不出谁能责备我使用了暴力。可以肯定，民主主义者，那些吵嚷得最凶的人，他们不能责备我。对于正义，他们是相信的。礼拜六晚上，在电影院里，他们多次看到过正义。得给我找个纯粹的基督徒来才行，比如，一个像纳西盎的圣格列高利[5]那样的圣徒。格列高利会坐

---

① 抵抗运动，第二次世界大战期间，欧洲各国人民反对德国、意大利占领和奴役的反法西斯斗争的统称。

② 保安队，第二次世界大战期间法国贝当傀儡政府的军事组织。

③ 敦刻尔克，法国北部诺尔省海港。第二次世界大战初期，英国远征军和其他盟军部队被德军围困在此，后由此撤往英国。

④ 索姆河，法国北部河流，为通往巴黎重要屏障，一九四〇年五至六月，该地区被德军占领。

⑤ 纳西盎的圣格列高利（329—389），拜占庭帝国著名神学家。

到我面前，干干净净，落拓不羁，执拗的头上斜戴着帽子。他会玩弄他那一套真理，不动声色地让我感到惊奇，而我呢，我会感到羞愧，会心甘情愿地忏悔我的罪行。咳，没人想这么干了。二十世纪了，没有这样的人了。另外，你也知道，我各处都找遍了，在装甲兵十六团，没有纳西盎的格列高利。

为了显示我已经变得多么有理性，我只要闭上两眼就行。这时，所有的事件都会一桩桩闪过。我能依次把那些事件分辨出来，谦卑地对它们行礼，因为事件都很单调，就像我们夜晚走过的一个个水坑。不过要小心：偏一下头，我们就可能在水坑里看到天上的星星。这样，我们最小的动作都得遵从来自远方的信号。

五点钟，大伙儿起了床。十点，有人到谷仓里来给我检查气管炎。中午，上校的公告来了：装甲兵第十六团即将和敌人遭遇。每个人都在讥笑。我用炼乳、糖、玉米面、一个鸡蛋和一些苹果烧酒，做了一碗脏兮兮的糊糊。大家看着我吃，一脸的厌恶。下午，弗洛朗丝开着她的吉普车过去了。遗憾的是，她成了奥莱的情妇。奥莱是个乐天派军官，正想象着下个礼拜我们会像拿破仑当年在耶拿那样打个胜仗。弗洛朗丝好激动，这一点倒不会让我不高兴。然而，对上校来说，这种激动兴奋是很糟糕的。很明显，上校想立战功。我见到他的时候，真想亲亲热热地拍拍他脖颈子，真的，亲亲热热地拍拍。我清楚地知道他是怎么回事，因为我已经是过来人了。十七岁那年，因为我姐姐还不拿我当回事，我恼火了。我入了伍。真是得不偿失。德国人把我们打得七零八落，到敦刻尔克我们才会合在一起。这时候我们明白自己倒霉了：我们是在外省。就在这段时间里，一个头发梳得溜光、信基督教、名字叫贝尔纳·蒂索的青年，娶了我姐姐。贝尔纳·蒂索人高马大，格外机灵。结了婚之后，他就安安静静地等着战争胜利，就像眼下这样。

我这位有耐性的姐夫，我刚才还碰见过。正像他自己说的，他并非由于不是知识分子才不聪明的……不过，聪明这种东西，我们这个连里的一个军士长，还有上帝和我，我们都知道得很清楚，这东西根本就不存在。

我又来到广场。一个小笨蛋踩了我脚，我就揪住他脖领子，给他讲解了两件事：第一，永远别撞比你块头大的人，因为：A 撞人显得没教养；B 会让人说你是乡巴佬；C 只要找，总能找到比你块头小的。第二，我做了个示范，照他下巴给了一拳，告诉他，对他的行为方式，这样做才有说服力。卡塞·蓬蓬下士这时正从我们面前走过，但他却视而不见。这太遗憾了，因为这个人讨厌我讨厌得要死。

这一切并没有妨碍我听旋转木马的音乐。很自然地，我想到了斯特拉文斯基[①]和熊舞。几个大兵在我眼皮底下跳着熊舞，个个满脸通红，还都有点惊慌失措的样子。这个地区小姑娘多，每棵果树底下都有。不能说这些小姑娘丑。她们长得是丑，但这些都是洛林[②]人，而洛林这个名字太亲切了，得对她们微笑。

我可不对她们微笑。我笑过一分钟，那是因为有两个装甲兵为争请日尔曼娜跳舞打起来了。日尔曼娜是咖啡馆里的女招待，一个瘦弱的高个子姑娘，长得很美，不过应该说她丑，因为她取了这么个名字。也亏他们想得出来，竟会为了这么个女人打架！要是为了争一个女明星，或是争玛丽·安托瓦妮特王后，我倒还能理解。这样

---

① 斯特拉文斯基（1882—1971），俄罗斯作曲家，是二十世纪最伟大的作曲家之一。

② 洛林，法国东北部地区，曾和阿尔萨斯一起割让给普鲁士。

的美女令大部分男人激动：用和玛尔莱娜·黛德丽[1]睡觉的办法去排解人性的苦恼，是件令人开心的事，应该刻不容缓地去干（绝对必要）。可是，为这么个女招待，不值当！等到地球上的居民变得有点苛求了的时候，我会恢复人的本性。眼下，我宁可还当法西斯分子，虽然这有点怪，令人讨厌。

这俩笨蛋一闹，把我对游园会的兴致给搅和了。我已经开始习惯这样的游园会了。这种游园会已经不完全是原来的样子，而变化对游园会来说是必需的。一个名叫斯特拉文斯基的头带大尖帽子的魔法师把游园会带到了另一个国家，在这里，我是唯一的看客，在这里，没人知道有我这么个人。现在，我丧失了自信心。我沿着穿村而过的黑乎乎的小河，慢慢地走着。河边上漂着大块大块的面包，我们的军官们要是看到了会生气，因为他们爱惜这些东西。这条河不错。河里有我们倒掉的汽油，各种脏东西，还有团里的布列塔尼人大口大口吐的黏痰。布列塔尼人吐痰的时候，当地农民的小孩子们在一旁兴致勃勃地观赏着。不过，只要探探身子就能看到自己的脸。这是你的脸的另一面，这一点必须明白。当然，脸色是暗淡的，也是悲伤的。但是，这张脸上没有懊恼。这张脸在关注着我们的欢乐与不幸，用事先早已洞悉一切的眼神，张望着这些欢乐与不幸。要是这张脸上那种成竹在胸的样子令我们不快，那也没什么，扔过一块石头把它打碎就是了。它周围会泛起波纹，像一个个理性与道德的光环。

---

① 玛尔莱娜·黛德丽，德国女电影演员，一九三〇年后在美国拍片，第二次世界大战期间为盟军演出五百余场。

卡塞·蓬蓬

桑代这婊子养的把拉沃雷打趴下了。

当时，我装作没事人儿似的向谷仓走去。我像个水手那样，晃着膀子，吹着口哨。装甲兵和海军差不多，都是些纵欲的汉子，容易发火，想入非非，因为，感情这东西，你必须尊重。

突然，我看到那个新兵，接着，是贝萨克那王八羔子。贝萨克走开了，我等了一会儿，然后威严地开了腔。

这是个金发小子，也就十五六岁，看到他我就觉得他讨厌，好像我已经猜到他以后会折磨我，使我受尽侮辱，吃尽苦头，把我弄得人不人鬼不鬼似的。我问他叫什么：

“嗨！小子，来，先说说你叫什么？”

他说：

“圣-安纳。”

我说：

“嘀，什么圣不圣的，扯淡！”

当个真正的头儿就得这样：逮住机会就说句笑话，该瞪眼的时候就得瞪眼。

我掏出小本子，连本子上也尽是油污。我舔了舔铅笔尖，写上：

圣-安纳。事后回想，就在这时候，我应该朝他鼻子底下来一拳，叫他走人。在我们这里，就该这么办，我们这里没地方搁像他这样的小瘪三。我们这支军队，是法国军队的精华，不是让小流氓来混事的。可是没有，妈的，我不但没这么干，反而用手亲热地拍了拍他肩膀，把他带了回来。我像个大哥哥那样告诉他：

“这儿，你可以说，这个团也就他妈那么回事。上校泡着那个群工助理，她呢，又和团里的一些人不干不净。前线嘛，我们是不会去的，这是我这个中士对你说的。我们在二线，啥事都没有！防御工事里的那些先生，还趴在那里的地上坚持着呢。要是谁偶尔惹了你，你就来找我，听见了没？”

那小子，跟我说他是和贝萨克一起来的。他开始让我发火了。因为，他一个新来的人，可以犯傻，但不能傻得没边儿。听他那口气，这个贝萨克简直神了，是个超凡入圣的家伙。我小声对他说：

“闭嘴。我告诉你，这都是些装腔作势的家伙。贝萨克，马克西米扬，屎尿一堆，还有上校的那个弗洛朗丝，我统统没放在眼里。另外，我可要升下士长了。今儿早晨中尉还跟指挥官说呢：卡塞·蓬蓬，他要升下士长了。怎么样，傻小子，你说我是不是挺开心？”

我把他带到装甲车旁。第二分队那帮懒虫正在阴凉处卷烟。我提醒这个新来的人，不要跟他们往一块凑。我告诉他我是怎么回事：不苛刻，但一切照章办事，是个真正的头儿。那些装甲车都脏兮兮的，让人恶心。几个礼拜都没人动过了。我为这个感到羞耻。我对他说，好吧，你从这辆车开始干吧。你用水把车擦干净，井就在那边；然后，再用刷子把轴上的泥刷掉。傻小子，那把刷子已经用得够呛了，比女群工助理的那个地方磨得还厉害，所以你得爱惜着点儿。有些地方你得抹点儿润滑油。润滑油嘛，跟那家伙要，就是在那边躺着晒太阳的那个。我给他指了指埃尔纳斯坦。埃尔纳斯坦脸也不刮，醉醺醺的，第二分队的爷们儿都一个德性。擦完了以后，我又对他说，你再用破布把里边随便擦几把。我不要求擦得锃亮，干净就行。倒霉蛋，干吧，我接着又说下去。自从贝萨克和其他几位老爷当上下士以来，你就甭指望这些装甲车干干净净了。要是中尉愿意，这些人就都是他的腿子。哦，我连这事也提醒他了。有了你们这帮名门大户出身的人，整个分队正在变成一座妓院。嘿，这小子，他竟一声不吭。

我告诉他怎么擦车。我告诉他怎么敬礼。对他来说，我就是个爹，一个真正的爹。

“作为一个下士长，就像我，我不要求人家每次见到我都给我敬礼，不用。早晨一次，集合的时候，晚上一次，这就够了。白天，你有礼貌地点点头就可以。我跟你说话的时候，你得立正站着，恭恭敬敬地看着我。别的就没什么了。”

我进了小酒馆，用眼睛扫了扫，看能不能找到个请我喝杯汽水的人，可一个也没有。满屋子都是二连的那帮畜生。我呢，对二连的那帮家伙，打心眼里讨厌。我就转悠到洗衣池，去洗我那些手绢。我就纳闷儿了，下士长咋就不能有个勤务兵呢？可是，在一个妓院似的团里，什么都他妈一团糟，你用不着觉得奇怪。

要是我知道我正面临着一场风暴，知道那些倒霉的事正向我压过来，我就不会在这儿闲逛了，也就不会浪费我的时间和生命，断送我在军队中的前程了。不会，为了避免这些倒霉的事发生，我会去奔走。我能够躲过这些烂事，因为，当一个中士和命运搏斗的时候，他是能够获胜的。

我正悠闲地往回走着，灾难就悄没声地落在我头上了，可以说，就像他妈一条蛇一样无声无息。那新来的小子干得可真不错，是啊，真叫人无话可说。我当然火了，气得半死。我朝那口井跑过去。贝萨克那王八羔子正在跟他咬耳朵，我听不出说的是什么。瞧瞧你干的是什么好事啊！我说。我冲过去，告诉他是怎么回事。

“阁下想装什么蒜啊！你可能以为人家很欣赏你呢，是吧？就这副德性，光着小腿，你比别人多个鸟是怎么的？嗯，先生？”

那小兔崽子在咯咯地笑，使劲嘲弄我。他从我身后绕过去，大大咧咧地，一只手摸着装甲车。来到院里之前，我又端起架子，还吹起口哨来，吹的是一支轻快的曲子。士官喊：

“埃尔马尔分队，二十一人。”

这时候我站出来，说：

“二十二个，有个新来的。”

“扯淡，什么新来的，二十一！”

“怎么，您就这么说话吗，嗯？”我说，“什么叫扯淡？该这么说话吗？您不能和一个中士这么说话。看得出来，您不是从正经地方出来的。”

“怎么着，下士，您想找碴儿呀？已经好几回了，您是想尝尝蹲禁闭的滋味了。”

我脸色变了，可拉沃雷把事情平息了下去。这小子，在需要的时候，是很会说话的。他说：

“对这个坏小子来说，蹲禁闭不会使他太难受的。”

我开玩笑地打了他一拳，然后又转向士官。

“我说有个新来的就是有个新来的，我甚至可以把他叫出来让您看看。”

我拉起那小家伙的胳膊，把他往前推了推。拉沃雷那个伙伴扬了扬长柄大汤勺，嘟哝着：

“这个埃尔马尔分队，到底要搞什么鬼？我真受够了！”

“二十一份。”那个一直傻呵呵的士官说。

“二十二份。”我说。

“二十一份。”

这时，圣-安纳这兔崽子张开他那张噘噘嘴说话了：

“噢，您知道，我不怎么饿，要是司务长做了手脚，您也没办法，这不该让您不高兴。”

我嘟哝了几句，反正没好听的。其余的人都不言语了。士官晃着帽子，脸更红了，气得叫了起来：

“那小子说的是什么话？他要司务长怎么着？再说说看！”

我正准备出头，像往常一样，使个手段把事情平息下来。可是，圣-安纳那兔崽子这时把手搭在士官肩膀上，柔声细气地说：

“老兄，别发火，这话是别人说的，我还不认识这个他妈的什么司务长呢。你看，老兄，我是新来的，是个新来的小兵。”

士官抿着嘴唇不说话。我心想，他妈的，真贱！我想我要发作了，这小子太贱。这时候士官也火了：

“好哇！现在叫我老兄了，和我你我相称了！还把手搭在我肩膀上！这还不算完，大概还想和我喝一杯吧？那就走吧，您就说，您想喝一杯。你们叫他什么，这小瘪三？”

在这种时候，我表现得像个十足的下士长，差不多就像个中士，我这么说没错。我郑重其事地开了腔：

“好啦，头儿，我来处理这件事，由我来教他如何敬重上级。不过话说回来，他连肩章还认不清呢。你说说，军衔是怎么分的？”

“我不知道。”那家伙嘟哝道。

事后再想起这件事，我不得不承认，这是个小可怜，是个可怜虫，连肩章都不会分辨。也真是的，就有这样的人家，他们是怎么把孩子养大的啊？

“给我滚！”士官说，“你们让这小子每天夜里都去站岗，直到我们上前线。”

气氛一下子缓和下来了。大家开怀大笑，谁都知道，我们永远也上不了前线了。这个士官真是个头脑简单的家伙。开了二十二份饭。

在饭厅里，巴里跟在莫尔法尔后面，不停地问：“你登记的是多少号？”莫尔法尔不傻，回答道：“跟在后头吧！”

我坐在长凳的一头，那是下士长的位子。我拿起餐刀，没想到会有什么不好的事。我想我当时很平静。我自言自语地说，去他的，我不会遇到什么事的。可是，我看见了什么呀？就是两手抱头想上一个月，我也不会想到。我看到，他们不等着我就切起面包来了！我立刻感到双肩无力，就像罗比雄在我之前升为一等兵那天一样。

“你们要是想乱来，请便。”我懒懒地说，“我不在乎，不管怎么样，我不在乎。莫尔法尔，劳驾，递给我一块面包，我好就着汤吃。”

该怎么说怎么说，那个莫尔法尔，他还是懂规矩的。

“唉，卡塞·蓬蓬，”莫尔法尔说话了，“别生气。是罗比雄自作聪明了。我们没看见你，以为你到街上打牙祭庆功去了呢。”

罗比雄这次表现得也还可以，说：

“无论如何，你是老大，你当过公务员，很快又要升下士长了。”

罗比雄这可怜虫还以为他说得很得体呢，可他这么说等于往我心头狠狠扎了一刀！我那碗汤，好像一下子变成了牛胆汁，整个食堂好像成了个屠宰场，我的那些希望似乎都被挂在肉钩子上了。我说：

“啊，你们真是笨蛋，这么说让我难受。你们不知道我摊上什么事了吗？不知道？就是那个新来的干的，就是那边那个小笨蛋。我和和气气地叫他到那边去擦车。可我回来的时候，你们猜怎么着，那些车还脏得一塌糊涂。他擦的竟然是洛雅尔杰埃勒分队的车！连埃尔纳斯坦那坏小子都嘲笑我，对着我做了个十分下流的姿势。可到了晚上，就是刚才，那小子又想方设法和司务长找别扭。这么一个分队，下士长还没任命，下士们啥都不干，事情就是这个样子。啊，我并不怨他，我才不怨他呢！我不在乎肩章。我这个人，什么都不在乎。欢蹦乱跳地上前线，欢蹦乱跳地去死，这才是我要的。那样一来，我也就不用再为你们这帮老兄操心了。可是，我还在等他们上周就该发给我的任命书。”这时，洛·昂德罗递给我另一个大圆面包。“去你的，”我说，“去你的，我不切您这个面包。”

可怜的莫尔法尔想让我重新振作起来。他说，中尉挺器重你的，这是真的，他可没少夸你，真的。下士长的肩章，你准能拿到。可是，肩章准能拿到就不是真的了，我心里极度悲伤，连他后边的话都不让我觉得更难受了：

“你甚至能当士官，再从士官升为中士，照你这么有耐心，这要不了多长时间。”

就这样，我又回到了同伴中间，对生活又渐渐地有了兴趣。我喝了一勺汤。汤里胡椒放多了，我指出了这一点，大家都说是放多了。我又喝了一勺。我切了第二个圆面包。得说明，我的切法和罗比雄的切法完全不一样。他切的面包片，二十米以外就能分辨得清清楚楚。这里有个手法问题，一个普通的一等兵不能说已经掌握了这种手法。我切了第三个圆面包。

这时候，那个一直想对我的困境说三道四，跟着瞎搅和，就像用匙子在豌豆泥里瞎搅和一样的马克西米扬，开了腔：

“卡塞·蓬蓬在充当罗马小皇帝了。”

这个马克西米扬，我不想理睬他。我在吓人的寂静中喝完汤。他们问我怎么了，我说我病了。他们不可能知道是怎么回事，心底里的事表面上看不出来。

吃了晚饭，我把分队集合起来，齐步走，唱军歌，立正，稍息，立正，稍息，齐步走，一，一二一。回到营房，我梳了梳头，嗨，管他呢！我去了“俏佳人”咖啡馆。“大家好，”我说着走进去。这里都是些最让人厌恶的人。我坐下来。“嗨，日尔曼娜！给下士长来点什么啊？”我对她笑笑，“来，来，好好笑一个。”

我附着她耳朵悄悄说了些脏话。（在我偶尔想起这些事儿来的时候，我不得不承认，当装甲兵也有好处。开车，游泳，甚至像现在这样说脏话，在贝当的卫队里可能就学不会。妈的，再学会跳舞，我就成了个真正的绅士了。）

日尔曼娜端来一杯汽水，我捏了她屁股一下。

“缺德！”她说。

“嘀，嘀，”我大声笑着（笑也得有个笑法，妈的），“怎么，如今骂起顾客来了？老板呢？老板，来看看吧！当众辱骂顾客，这是什么买卖啊？”

老板（是个鸟货，我根本不尿他！）嘟嘟囔囔地说：

“装甲兵都是一帮下流货，是一群没教养的家伙。”

“喂，日尔曼娜，”我问，“装甲兵都下流吗？”

“哦，不都是。”她说，像是在思索什么。

我推了推她。

“看看有没有可心的，嗯？是不是就近在眼前？”

她睁大了双眼。

“是的，有几个可心的。”她睁着大眼说，“刚才我还看见一个呢，是个新来的，漂亮得可以画下来。”

我想了想，说：

“一个金发小伙子？”

她答道：

“对，一个金发小伙子，非常可爱，长得甜甜的，一双浅褐色的大眼，波浪花的头发。”

一把刀子插进了我的心。又是那个小王八蛋。倒霉。吃晚饭的时候，他就是那副德行，一双温柔的大眼在马克西米扬身上转来转去。现在可好，日尔曼娜也对他另眼相看了。她当众表示，比起我这个当过公务员的，她更喜欢那个人。我紧闭双唇，连剩下的汽水也不喝了。回去睡觉。我连做梦的心思都没有了。

弗洛朗丝

不能说所有这些地方都很有意思。很明显，现在是在打仗。可是，当一切都死了、灭了、用防腐香料处理过了的时候，战争就变得讨厌了。得给战争划个界。比如足球，那是要在一些特别的地方踢的。对于那些愿意在露天地里去死的人，应该给他们找个打仗的地方。在别的地方，大家跳舞、欢笑。

我得赶紧说明，我并没有把踢球的和战士相提并论。穿丝质短裤的球员太可笑了，说到底，小腿永远也不可能是男人身上肌肉最发达的地方。但军人有风度。这是件挺有意思的事。哪怕是农村拉来的乡巴佬，一穿上军装，也好像洒了香水一样。

皮埃尔满腹心事，不停地说：

“这叫什么事儿啊！军官们在玩乐，部队都等得厌烦了，还以为是在马其诺防线呢！”

这场奇怪的战争，还没有取得完全的胜利。我现在还能回想起九月三日的情景，钟声响了，我在闺房深处拍手，终于要改变这一切了，要走出去了……是啊，身上背着全部家当，在蒙彼利埃一所医院里一待就是半年。而且，那些伤兵也不像想象的那么漂亮。只有那么一个小家伙还算说得过去，可那小傻瓜也和别的人一样，对弹片炸伤的部位完全不当一回事。我不说大话。但无论如何，左屁股上绑个绷带，对一个年轻人来说，总显得别扭，让人难以忍受。

这一次，我摆出一副轻蔑的样子，微笑着对皮埃尔说：

“只要士兵们的厌倦情绪没有超过军官们寻欢作乐的兴趣，宝贝儿，您就用不着担心，就该想方设法高升。”

他动了动下巴，每次过于激动时他都这样。听到叫他“宝贝儿”，他那副陶醉的样子，简直无法形容。可我又总是情不自禁地这样叫他。然后，我就摆弄摆弄衣服，让身子半裸着，再叫他“亲爱的上校，我的朋友”。要是他真生气了，我就会告诉他，说福尔雅克中尉看我的时候，含情脉脉。他不信，他也知道我不拿这个当回事，但这么一说，就能对他产生点好作用。不是福尔雅克长得丑。他鼻子尖尖，两眼近视，嘴角上总挂着嘲弄人的笑意，还是挺漂亮的。但大家都知道他的癖好。这一切给我们的关系平添了一份情趣，而这份人为的嫉妒，可以随手拈来，令我们高兴。

我正好要买一件人造丝的连衣裙。我们把城里跑了个遍。回来的时候，皮埃尔板着脸，样子有点吓人。我知道他为什么不痛快。战争不再需要他了，这段时间里他一直在二线待着，在被遗忘中过着沉闷龌龊的日子。他想的是去攻占柏林。那他就又有兴趣去照镜子了。这就是军人。不成千上万地杀人，不抢光孩子们喝的牛奶，不把美容霜的进口取消，他们就不知道两只手该干什么。这就是男人。

到停车场的时候，奥利维埃突然发现哨兵睡着了。这个奥利维埃，我不叫他“宝贝儿”，他也不想去攻占柏林。对我们这种外出，他是很有用的，我总是先跟他说定了再和皮埃尔说。奥利维埃的严肃性格，伪善而忧郁的模样，使我们外出的目的变得纯洁。很明显，这跟由耶稣会学校的学生陪着去买女性衣着，是不一样的。

这一切安排得还不坏。事实上，皮埃尔可以拿爱我当借口，以除去他的爱什么都不重要为口实，拒绝我向他提出的要求，但奥利维埃不能，他不爱我。就这样，我找到了一个可爱而又殷勤的人，终于有一天，我对我的情人说：

“亲爱的，您要当心，别在交火的时候被打死。因为，那样一来，奥利维埃就会顶替您当上团里的头，还会顶替您占据我的心。”

他笑了笑，没有感到不安。他觉得自己比奥利维埃强百倍！（他有点道理。）没关系！要是我真到了无路可走，被逼得万般无奈的时候，我不会说不。另外，虔诚的人会做爱，从这个角度看，皮埃尔是个异教徒，讨厌死了！

我们用车灯晃了晃那个站岗的。是个小家伙，戴了一顶对他来说太大了点的帽子。一缕金黄色的发卷露在帽子外面。他靠在一辆半履带式装甲车上，怀里还抱着他那支枪，就像抱着一只长毛绒做的狗熊。他的睫毛长得不得了。灯光照在他脸上，那张脸像钻石的，还挺有意思。他大概下午跳舞跳得太累了。今天下午，像每个星期六一样，他们开过一个联欢会。或者是……不过不可能，他还太小。这小家伙，真是又年轻又漂亮。

我们呆呆地看着这傻小子。奥利维埃推了推他。他睁开眼，转动着浅褐色的眼睛看着我们。他的眼还真漂亮。当然，他要哭，或者差点就哭出来。

“小伙子，说点什么为自己辩解吧！”皮埃尔一板一眼地说，“您病了，或者您怕黑。说这些虽然都无济于事，但能让您不显得这么蠢。”

我提议罚他不吃果酱，他没好气地看了看我。奥利维埃终于认出了他，是早晨才到的那个新兵。

我一边端详着这个可爱的孩子，一边想："真遗憾，我的口味还不够下流。"小院里月光如水。旋转木马还没拆掉。月夜里，旋转木马显得凄凉，几乎令人感动。他们的那些装甲车，那些像河马似的怪物，在那里望着我们。我讨厌这些装甲车！我真想把这些装甲车捣毁！

我们等着奥利维埃，他到哨所去了，去找个精神好一点的哨兵来。皮埃尔来来回回踱着步，而我在想着我的遗憾。

圣-安纳

没工夫感到厌烦。太阳五点钟就爬上了鱼肚白的天空。我还不知道我算不算个英雄。而眼下，我装扮的是个装甲兵。

几天以后，由于发起了进攻，我这个装甲兵就更好装了。空中是炮声，装甲车喷着火，这一切很快就让你相信，你是个真正的装甲兵。

中尉的死没让我感到遗憾。我们来往不多。少来往，我正求之不得呢，可他很器重他的勤务兵和司机。说来难以置信，这些贵族军官竟然都是现代派！他们对差速器、万向节和空气过滤器十分热衷。其实，贵族们在十五世纪就已经是现代派了，他们那时感兴趣的是中世纪，而不是古罗马人。落伍的是我。还是让我们接着往下说吧！

贝萨克像一匹大母马，身段好，洗刷得干干净净。他说话的时候总是嚼口香糖。头一天见面，他就帮我解了忧。当时我闹不明白我的帽子为什么老戴不正。我非常难为情。这不是个好兆头，肯定说明我不是个好兵。他给我剪了一小片硬纸壳，垫到帽子里头，行了！后来日子就好过了。可惜的是，他进取心不强。他这么年轻，却总是醉心于打桥牌，不是一件令人高兴的事。偷牌、大一个点、小一个点一类的字眼，对我来说，和加速器、汽缸一类字眼一样无聊，一样不相宜。首先，这没用。这不会使任何人高兴。玩牌的人全神贯注地在那里找不痛快，如此而已。

还有马克西米扬。这是个最讲信义的人。荣誉，道德，他白天黑夜想的都是这个。不过他挺可人疼的，从来不把这些挂在嘴上，他只是微笑。哦，也还不是十全十美。他有太多的优点，只是稍微有点做作。

这些话，我连一半也不敢对别人说。首先，我敬重中尉。我欣赏其他人。我全神贯注地听他们说话。但这不妨碍我相信，我这个什么话也不说的人更有趣。我不知道这是为什么。大概应该正相反。搞差速器，打桥牌，我都不是能手，谈论宗教，我也不高明。我也算不上傲慢，只是有点儿任性。能够肯定的一点是，我比较不受拘束。总之，他们这辈子算完了。马克西米扬适合神职工作，贝萨克会终老在俱乐部里。至于埃尔马尔中尉，是命运硬让他死在众人眼皮底下的，他原本生来是在润滑油、汽油和零件中讨生活的。啊，我有理由感到庆幸。谁也不知道我会是怎么个死法。我机会多多，还有很多扇门可开，而眼下我正在前厅里散步，不急着去开门。有人会对我说，战争是危险的，在还来得及的时候，我最好还是拿定主意。我不知道这话靠不靠谱。我甚至觉得，事情安排得比想象的还好。那些崭露头角的小伙子，死了：这很正常。他们用不着变老了，不需要再继续表演了。代数学不能让上帝感兴趣。相反，假如你一言不发，假如你等着，假如你就那么优哉游哉地活着，你就有机会。你让上帝感兴趣。

我们穿过一些种满合欢树的村庄。我讨厌乡村，看到乡村这副惨象，我高兴：树木被砍倒了，房子被掀了盖，家被遗弃了……动物的尸体被抛得到处都是，从开膛破肚的马，到杰出的埃尔马尔。

装甲兵第十六团本以为这辈子就在洛林驻下去了。谈话中大家常这么说："你不会以为人家会把这个可笑的团派到前线去吧？"

"那个希特勒，他跟罗斯柴尔德家族[①]和贵族们的关系太好，发生不了这样的事。"

"你看着吧，到和平的那一天，死，可能不得不抽签了。"

我也一点一点地受到这样一个基本观念的影响：举止要合乎礼仪。首先要有起码的礼貌。吐痰时要低声说："对不起！"或者，为了表示气恼，右手握拳猛击左掌。举止谈吐合乎礼仪是非常好的。这是一个以不被人发觉的方式使人注意自己的办法。

现在，已经没人习惯于战争的喧嚣了，再也没有合乎礼仪的举止。就是这一点使我们堕落了。大家匆匆忙忙，动作粗鲁。在该骂一声"他妈的"的时候，也没人骂了。洛·昂德罗碾死了一个骑摩托车的，只是脸红了红。一切都被毁了。

从我这方面来说，平日的好处都没了。事情一变得血腥起来，我就想起我是多么胆小了。我往前冲，是为了更好地隐蔽自己。但我要把事情说得完全不是这么回事。

先是头车朝前冲了过去。那辆装甲车穿过两棵树，过去就是一片草地。突然，装甲车一下子停了下来。起了火，火的颜色很美，黄蓝绿相间，像一条龙舌一样在装甲车的一侧飞舞着。不过这还是一种想象。装甲车开不动了。我瞪大眼睛。这情景很动人，只是比小说里的差一点。眼前这一切，我有点无法相信。比如，我竟然想象不出自己是在一辆着了火的装甲车里。相反，在小说里我却经常

---

① 罗斯柴尔德家族，欧洲最著名的犹太人银行世家。

能感到自己被枪毙了，被淹死了，或者得了癌症，生命垂危。啊，我一点也弄不明白。我越看越不明白。我待的地方大概一直是被掩蔽着的。从前，每当我幻想这样一个时刻，幻想我已成为一个大人，危险已经成真的时刻，我知道，我会害怕。可此刻我并没有发抖。种种细节把小小的林中空场、空中的噼啪声、从三七式炮口里发射出的像黏痰一样的炮弹，变成了一幅画一样的东西，而根本不是你眼前遭遇的一件事。如此镇静，竟有点让我感到不自在。我身旁的桑代，完全沉浸在这场神秘的游戏中了。我跟在他身后跑着。我只顾跑，跑得喘不过气来，小小的泥团打在我背上也感觉不到了。我想好好干。我不想错失这个机会，咬着嘴唇暗暗下了决心。可惜，我的良好愿望很快就破灭了：我脚一滑，滚进了一条沟里。

我晕了，就晕了一秒钟，再睁开眼，看到的就是一个奇怪的场面。连续射击是制造死亡的手段。战争完全是在感冒病人的后咽部进行着。十步开外，一个装甲兵在地上趴着，紧闭着双眼。我不知道该做什么，只身一人，我害怕被当成逃兵。我朝那个装甲兵爬过去。

现在回想我们的餐厅，很难想成别的样子，满眼都是埃皮纳勒[①]色彩。那间在记忆的烟雾中显现时总让我讨厌的餐厅，此刻却让我觉得光彩夺目。小院里的一切，历历如在目前：光着膀子的厨师，正用木棍或长柄汤勺往远处轰那些年轻的大兵，端着锅送饭的年轻人，做派就像唱诗班童子。那边，是一些漂亮的长着棕色头发的小伙子，头发梳得溜光，穿着崭新的短外套，一本正经地在爬木楼梯。进门之前，他们把手套摘下来，夹在左腋下。有贝萨克，有桑代，

① 埃皮纳勒，法国东北部一个曾以彩色印刷驰名全国的城市。

有马克西米扬。他们的名字我当时还没搞清楚，这就更使他们显得神秘得有些过分，给我留下了深刻印象。我当时急切地想知道，三人之中，最傲慢的那个是叫贝萨克还是叫马克西米扬，我想在名字的字母里寻找真谛，试图破解。但没有找到。一个比别的厨师都更壮实的厨师，抓住一个长着娃娃脸的胖小伙子，举起来，在空中乱转了两圈，然后把他放到地上，又用刀威胁他。尽是这类说不清道不明的事，有时还挺严重……

必须在过去的每个画面前双膝跪倒，才能明白：躺在草丛里的那个家伙，此刻已经到了生命的最后时刻，他叫贝萨克，这一次，他对遭遇的事也不习惯。面对死亡，他也成了一个可怜的小新兵。他在这个纷乱的世界里和清澈的天空下死了。

我靠近他，小心翼翼地把一个指头放在他的血里蘸了蘸。血是深色的，我觉得全是血块，气味难闻。贝萨克好像生活在众神和装甲兵高级军官之间的半道上，这就是他的秘密。我把整个手掌放在他被打穿的肚子上。我的手沾上了这种酸菌的味道。我把手举到面前，在和额头一样高的地方举着。

除了我决不会死以外，我一直什么都不明白。没有什么比跟大自然混到一起更可怕的了，没有什么比土地更讨厌的了。土地在等着我们，它不着急。我立即柔情万种地想到城市，想到那些可爱的房屋，想到那些人行道，想到人行道上平滑的柏油路面。不管怎么说，对我这种年龄的小伙子来说，城市是那么腼腆，那么安静。

我这时又想起，我到的第二天晚上，洛·昂德罗告诉我谁是上校的情妇时，贝萨克那副噘着嘴的样子。贝萨克当时歪着头，像个业余音乐爱好者，眯起两眼，使彩色天地变小，以便更专心地倾听那优美的旋律。他熟悉那旋律，那旋律不再使他感到新奇，而是使他心里充满了激情。马克西米扬比较单纯，因为他道德观念强，而且已经把一切都置诸脑后。他笑得很爽朗。

“那个人，她负责士兵之家，叫弗洛朗丝。不像人们想象的那样，她不是被那位勇敢的军人霸占的，不是，她心甘情愿。我扭着屁股对厨师们说：‘别给那些小鬼们吃得太多，让他们留点肚子到士兵之家吃去。’我还要去找司务长，制订一个用卡芒培尔[①]干酪做三明治的五年计划。在这段时间里，那位勇敢的军人就老朽了。因为，必须把年轻人的注意力吸引到这一点上来：士兵之家还没有准备好，要在一个礼拜后才能开张。但在这一个礼拜里，先生们，祖国也许已经灭亡，或者装甲兵第十六团已经不存在了。你们从告示中看到了：装甲兵是德国鬼子的克星。不得不把他们隔开五十公里，不然的话，他们早就激烈地交起手来了。”

当时，我觉得这些话愚蠢，今天我公开宣布，这些话高尚，有益。因为，这一切把我们安置在一个习惯了的世界里，你要说这个世界无聊，也可以，但是这个世界里不是尸横遍野。尸体惹人讨厌。尸体的样子好像会传染，也可能真能传染。

为了克制住自己，我唯一的办法是回想前一天听到的那些话。那些可都是真话！小伙子们说得多有道理啊！当然，我们永远不会上前线。真该给说这话的人叫好：

“要是没把第一连那辆半履带式装甲车扔到沟里，我们现在会在哪儿呢？”

也得给洛·昂德罗叫好，因为他是这么回答的：

“那天天气不错。可是，第一连那帮戴绿帽子的家伙，打德国鬼

① 卡芒培尔，法国诺曼底一村庄名，以此村庄命名的该地区所产奶酪行销世界各地。

子根本不行。你看看卡塞·蓬蓬就明白了。他就是从一连来的，他生性啰唆，呆笨，是个傻帽儿，你说是什么都行，总之是个戴绿帽子的。”

这时，卡塞·蓬蓬摇晃着他那缕卷曲的头发和干瘪的手指，罚洛·昂德罗到厨房去帮厨。洛·昂德罗说，他习惯帮厨了，他会像往常一样，还往大盆里吐痰。马克西米扬提出抗议。在这样一些理性的根基上，地球可以旋转而不让人感到恶心。

所有这一切，贝萨克，血，食堂，那些低级趣味的玩笑，在我头脑里一闪而过。我不需要给自己提太多的问题。我提起卡宾枪，跑了起来。我膝盖还有点疼，所以又摔了一跤。我觉得我的位置好，适于射击。我明白了，人怎么会突然产生从聚集在头脑里的乱糟糟的声音中解脱出来的愿望。

我在桑代和五六个士兵前面。稍稍在前面一点点，就这一点点，证明我不是个胆小鬼。五个德国人举着手走了出来。这已经结束了。他们老了，样子很哀伤。桑代以他特有的方式，用戏弄的眼光，无精打采地看了看我。他帽子往后戴着，就像电影里的坏小子那样。他突然扔过来一句：

“你受伤了？”

我不知如何回答，低头看了看地上的一具德国鬼子尸体：是个跟我一般大的小伙子。

“没有，我觉得没有。他们杀了贝萨克。”

“活该，”桑代说，“这个笨蛋干吗要上第一辆装甲车坐你的位子？”

我没想到有陷阱，低声说道：

“因为我不会使用无线电。”

这下子桑代高兴了，笑着对我说：

“那你会燃烧吗？别装样子了，你也是可燃物品，跟别人一样，没用的东西！”

马克西米扬擦着血淋淋的手，那血是他自己的。太阳露头了。我们还穿着雨衣，太热。我突然想到，死尸难闻，是烧着了的橡胶雨衣的气味造成的。想到这儿我踏实了。卡塞·蓬蓬坐在路堤上整理裹腿，见一个中士走过来，就朝他转过身去，告诉他，中尉遇到麻烦了。

我们在这里没什么可干的了。活儿已经干完。我们转身朝那些完好无损的装甲车走过去。我不知道别的人是不是和我一样。我有点儿心慌意乱。这一切都来得太突然，不合逻辑。无线电里传来了命令，让我们继续前进。听得见单调的轰隆隆的声音。中士看着我们。他晃了晃大脑袋，向我们宣布：

“这是坦克兵第二十二团。他们靠近了大约四公里。”

敌我双方的炮声响成了一片，夹杂着那些单调的隆隆声。此时此刻，在战争这只发热的大手心里，我们觉得自己渺小、无辜。就在这一分钟里，我认为自己明白了战争的秘密，明白了战争为什么是个轻佻的妓女。家里发生的事就是这样。每个装甲兵分队都被抛到一块草场上，就像一粒在绿毯子上转动的骰子，根据掷出的点数：五个死，三个死，没有死的，赢了，没赢。很惬意的生活，只要会四脚朝天地在草地上躺着就行。

我们的三辆装甲车，相隔一分钟上了路。我们打头，这份乐趣我宁可不要。我没看外面的景物，因为我讨厌这些东西。路两旁只有自然景物。我恼怒地回想起当年我们参观农场时的情景。必须坐在草地上，还得从奶牛旁边走过去。那时候我们一直都很可笑。这时，马克西米扬紧握着方向盘，踩了一脚刹车，车子在刺耳的刹车声中原地打了个转儿。一个吓人的声音，一种金属的声音在我耳边响起。我昏了头，我们掉进了沟里。我通过瞭望口往外望了望。但只看见一根小树枝在颤悠悠地晃动着。在这种情况下，你去想想法国的历史吧！

我们左冲右突，费了九牛二虎之力，总算从沟里爬了出来。装甲车停下了。我位子上的小灯灭了，嗡嗡声也停止了。摘下卡宾枪，枪碰到油壶上。我右肩疼痛。用手一摸，摸了一手血。我高兴得发狂，把这事告诉了马克西米扬。他掀开车盖，探出车外。过了一会儿，他回到我身边，对我说：

“德国鬼子也一样，他们好像也受了伤。”

我也探身车外。因为我什么也没看见，他就急忙给我解释，说我们是从两个德国人和他们的轻机枪上面轧过来的。这下子好了，脸上有光了，我不是因意外事故流的血。讨厌的是没看见尸体。我想，要把这事告诉桑代，桑代准得失望。从来都是这样。那些壮小伙子，一副慷慨就义的样子，自吹自擂，但到头来总是毫发无伤。可是，一条像线一样的深色东西不断地往我肩膀上滴。我离开座位，爬到上层。只见牛犊子似的桑代倒在机关枪和炮中间。他就像个坐在酒吧间里高脚圆凳上的醉汉。手放在绕在炮闩上的一只丝袜子上，使他更显得像个醉汉。当然，袜子里什么也没有，我觉得是给飞机驾驶员准备的那种次货。我费了很大劲才把他拽出来。他立刻大口大口地吸气。他额头上划了个口子，给他添了点儿彩。另外两辆装甲车停在了我们后面。中士下了车。他问我情况严重不严重。我谦虚地答道：

“这不算什么，我们顶得住。”

说完话我才发觉，他不是在跟我说话，因为他抬起头，在鄙夷不屑地盯着我。马克西米扬东拉西扯地解释了几句，说的是关于发动机的事。他们商量了一阵，爬上后桥。这段时间里，桑代一直朝我的手指缝吹气。接着，我们把他从炮塔里弄出来，放在草地上。这事大概这么着就算完了。他的样子像睡着了，不像是死了。别的人又重新上路。我们几个留在一棵松树或栗子树下面。

“现在，”我说，“就剩我们几个年轻人了，没有了中尉，这个人也快咽气了。”

那辆装甲车像牛似的瞪着我们。整个右侧，前脸，还有我这边，全撞碎了。整个装甲车就像一头遍体鳞伤的反刍类动物。

我看了一眼马克西米扬，接着想到贝萨克，内心不无可怕的痛楚，而且越想越痛苦。首先，他死了，但这还不是最坏的。我问自己，这些英俊青年是不是把战争也像打马球，打高尔夫球，打网球等等一样，安排进他们要做的一系列事情里了。要是安排了，那就更可怕，即使对他们自己不更为可怕，对别人也是更为可怕的。我想不下去了。我问下士，为了保持平静，他是不是时不时地，比如在刮脸的时候，想到过死。他笑眯眯地回答我说：

“尽量少想，别人都在想这个问题嘛！”

“对。”我想了想，说：“对。别人都在想，但不当真。不是专心致志地想。”

“嗨，人都得经历磨难。所有的人都要吃饭睡觉，所有的人都得死。”

我们周围的草在慢慢变干。十点左右，桑代睁开眼，要水。他把马克西米扬递给他的那壶水全喝了。我渴得要死，可他一滴没剩，这又成了一个让我感到遗憾的因由：为什么我没受伤呢？受伤并不那么难啊！桑代接着说，他情况不错。

他可不缺易怒、霸道这样的好脾气，让人受不了。他脸上的每一根线条好像都泛着黑，而且还要用红墨水在底下再划上两条道道。我觉得自己面对的是一个人体模型，由一个相同但是比模型小的人操纵着，而这个人本身也只是一具木偶。这样想下去，我发现有无数个桑代，彼此仿效，互相殴打，相互挑逗。他们全体加在一起，就是一副剧毒的毒药。但是他讨厌我，因为我像牛奶一样洁白和纯洁。不过我承认，这不妨碍我赞赏他，不带丝毫快乐地赞赏他。我不得不赞赏。首先，他健壮。他天不怕地不怕，外带一股见过世面的神气。

一个小时以后，那辆半履带式装甲车来救援我们了。那辆装甲车本身刚才也在我们身后三公里的地方抛过锚。一通没完没了的议论，车链子抻直了，断了，哗啦哗啦地响，然后又是争吵。机械师是世界上最好为人师的人。一个矮胖红脸军士，脏兮兮的，手里拿着一根电线不停地摇，一边大谈离合器和连接问题。我觉得自己是待在一间客厅里，一些老先生正在桥牌桌上争论不休，说什么时候该打红桃，什么时候该打梅花。我不听他们说话，也不帮他们。我闭起双眼，于是就觉得身上的制服没了，或者是因为太新、太轻，感觉不到了。战争的喧嚣和周末晚会的喧嚣一样。我又回到了参军的第一天，我看到自己惊惶失措地走着，穿着一身灰色套装，手里提个小箱子，周围是占领了那个小村子的装甲兵，身穿皮夹克，脸晒得黑黑的，戴着镶银边的橄榄帽。他们的样子和普通士兵不一样。人家会以为他们是一位不露面的王爷的亲兵。我这样想着往前走，走得太快，小广场上的喧闹一下子就让我觉得自己置身于革命年代里了。对，我周围都是法国近卫军，只有这样才能解释，他们怎么会那样不受约束，对那些姑娘怎么会那么有权威，像懂门道的人似的谈论她们。攻占巴士底狱的日子不远了。我受过良好教育，我知道不该攻占这座要塞，但这都没用，你得承认，这类事非常好玩，要是有人害怕，那就更好玩了。

我看到过很多木马。那些木马样子安详，喜庆。小女孩们让身上的裙子飘起来。大人围在她们身边，很认真的样子，又略略带些嘲弄的意思。但这里的完全不一样。这里的旋转木马，样子吓人。音乐震天响，木马上下跳动着。我清楚地感到，此刻不是笑的时候。

在柜台之间，装甲兵们总是两个两个地走过。他们从不一个人单走。这里面一定有个道理，只要我还没弄清这个道理是什么，我就不能成为他们中的一员。我刚从仓库回来。仓库看守是个十四五岁的利凡特①人，正在睡觉。他喝醉了，被我叫醒，气鼓鼓的。他让我在他当睡垫的一叠衣服中挑了一身军装。只要可能，我常给军官们敬礼。我居然在参谋部周围转悠了一个钟头，看着军官们来来去去。这挺有意思，就像新年时的士兵营房一样。这些上尉，这些中尉，都跟你有点关系，因为大家属于同一个团。他们整齐清洁，打扮得漂漂亮亮，像新买的布娃娃。

过了一会儿，我才奓着胆子走近那些装甲车。从装甲车中传出了优美的音乐声。这肯定是莫扎特的曲子。我攀着一根像毛衣针那么粗的天线，从后面爬上装甲车。但我立刻又急忙跳下来。炮塔里有个家伙，长得五大三粗，能顶我俩。他跟我说了句有意思而又伤人的话，我没听懂。好像是个军官，在听音乐，礼拜六嘛！我被吓跑了。这是我第一次见到桑代。

---

① 利凡特，第一次世界大战前地中海东部诸国的统称。

过了一个钟头，我又碰上了他，当时我正穿着短裤站在广场上。他站在一张圆桌子上，背朝着咖啡馆。他让桌子朝各个方向晃。我很想和他说话。既然喜欢莫扎特，他肯定是个知识分子。第一天就能交上这么个富于幻想又很机灵的朋友，是件求之不得的事。我不腼腆。我从跳舞的人中间左冲右突地走近咖啡馆。

他们跳得不好，对这一点倒也不加掩饰。每个人都把胳膊肘分得开开的，几乎成水平状，一会儿往上跳，一会儿顿足，脸被太阳晒得通红。我承认，这些人不再是法国近卫军了，要是近卫军，可以不费力地想象，他们会像天神那样旋转。那些姑娘是洛林人，还算漂亮，就是不都很苗条，也不都是金发。可我只爱金发女人，这我也没办法。

我来到咖啡馆前的时候，那个大个子装甲兵已经从桌子上跳了下来。他到柜台前面，往一个大杯子里倒酒：有红酒，有白兰地，有辛加诺酒，还有些酒我叫不出名字，然后就在一片欢呼声中喝起来。我不由得想：他真是个喜剧演员。不过，既然我已经毫不费力地看透了他，我们就是天生可以说得来的。我走到他身边，臂肘放在柜台上。我右手一个直头发高个子姑娘站起来，要是站在巴士底的壕沟里，她倒会显得不错。她那副长相，好像生来就是为了吸贵族血的。她神态粗野，令我胆战心惊。她穿一件印花连衣裙，上衣的开口开得很低，胸前别一根很俗气的花束状的别针。我看的可不是花，我对花一窍不通。我看的是她的那只在白色的内衣下微微颤动着的乳房。我站的位置好，不用费力就可以看到。位置是自然的，行为是不检点的，这两者混在一起，令我慌乱，使我惊奇，让我兴奋。如此这般地显露她的胸肉——这是肉铺里的说法——很明显，是个重要信号，但我们两个人对此又都不能有所作为。我试了试，想用几句中学生的切口来平复一下我的不安，可是，那些可怜的字眼都被要把我淹没的巨浪掀跑了。说实话，已经有过一个女人在我面前优雅地宽衣解带，教我做一些既烦人又复杂的事。可那是个上流社会女子，我想她决不会在咖啡馆里显露她的双乳。其实，她根本就不会到茶室里去，这说明她矜持。

对碰到的这件事总觉得有点惋惜，我就邀请那姑娘跳舞。她盯着我看了看，刚才她可能根本就没看见我，我们周围的大兵太多了。她立刻笑了笑，接着就又摆出她那副革命者的严肃神态。说不准她长得美不美。她生得白皙，两眼深陷，眉毛好像需要拔拔。我们跳舞的时候，我没有隐瞒自己关于这一点的想法。她对我说，她没时间。她声音温柔，这令人遗憾。她问了我一些问题，问我是怎么来的。我不时地说“是”或“不是”。我的眼光又溜到她的胸衣上。我这么做是很庸俗的。初出茅庐的小伙子不可能不这么做。不过我得承认，我记性不好，有关女人的事也不比别的事记住的多。关于女人的事，我记得最清楚的是一幅卖游泳衣的广告。跟那幅广告比，眼下的事可就大不相同了。她的胸衣每半开一次，都是在为我一个人脱衣服，我就立刻生出一种不曾体验过的快感。由于乐队里有许多手风琴，我很容易地说服自己，这乐趣不值什么。我们又回到了柜台前面。

我一边咳嗽一边喝一种黏稠的开胃酒，一分钟就这样过去了。我在想，我的上司对我接触革命者和女人，会怎么想。这可是在打仗，是应该谨慎行事的时期。我参军，是因为我觉得还披着那件中学生的皮有点可笑，而我又干什么都不行，还被一个我以为是疯子的女人爱着。我是想调整一下自己。眼下还不是重新开始这种危险经历的时候。其实，我什么都没舍弃。咖啡馆里这短短的一幕，比和那个直头发姑娘待在一个房间里，可能更让我激动。

这时，那个大个子装甲兵朝我的女友走来，请她跳舞。她好像拿不定主意，然后拉起我的手，说：

“很遗憾，已经有人邀请我了。”

我觉得她不缺乏勇气，这是一种魅力，使我立即想起她胸衣的放荡不羁。尽管如此，我还是很想揭穿她的谎言，只为讨好那个喜欢音乐的装甲兵。倒霉的是，事情瞬间急转直下。他看着我，嘴唇往前伸了伸，用非常温和的声音说：

“啊，您瞧，他好像很累了。我不能肯定他还想跳。”

我不知道说什么好。我想对他的说法表示认同，可转念一想，要是我这么快就像一个胆小鬼一样行事，他会瞧不起我。我于是摆出一副漫不经心的样子，含含糊糊地说：

“我无所谓。”

那姑娘抓着我的手腕，用力把我拉过去。我没敢再回咖啡馆，生怕被打得鼻青脸肿。那大个子装甲兵长得白白净净，真的，我不明白他为什么没和别人一样被晒成黑红色。我的女友告诉我，他叫桑代，除了今晚这次，他从没理睬过她，还说她觉得这个叫桑代的非常讨厌。然后，她告诉我，她叫日尔曼娜，还告诉了我她的职业，这个我不敢说。

到最后，还得回到柜台那边去。我心里没底。桑代正靠在一个角落里嚼口香糖。在这种阴影里，会有出人意表的东西。他脸上没有表情，就跟他的肩膀或上半身一样。他就那么直挺挺地坐在那里。想到他已经把那个小插曲忘掉，想到他喜欢莫扎特和性子野的姑娘，我高兴起来。这个人会成为我最好的朋友。

日尔曼娜挽着一个像土耳其人一样矮壮多毛的下士出去了。在倾泻在开着的门上的灯光里，我看到他们在跳探戈。他们根本就不是跳探戈的料。在他们回来的时候，我发现桑代朝我走过来，双臂抱在胸前。他这副矫揉造作的神态，被喝的乱七八糟的东西弄得模糊了的双眼，给我留下了深刻印象，但并不讨厌。

“您最好别和这个笨蛋跳舞。”

这句话，好像不可能是从我身旁这具人体模型的口中说出来的。那个姑娘冷淡地回了一句：

“那为什么？”

可他还是一字一句地继续说道：

“因为……看上去很不舒服。”

那位下士，显得吃惊，而不是恼怒，嘟哝了一句什么我不明白的话，就一下子被摔到两米开外的地方，弯着身子靠在桌子上。别的装甲兵嚷着：

“好哇，接着来！”

下士站了起来。他愤怒得发狂，抄起一把椅子就朝桑代脑袋上砸过去。桑代的鼻子流血了，耳朵也被划破了。说时迟那时快，下士的脸上已经挨了四五下，那响声挺难听。下士的脸成了紫茄子，还在用两只手胡乱地招架着。接着他又一次摔倒了。透过他的手指缝，我看到了他的眼睛。发生在别人身上的恐惧，是件挺奇怪的东西，差不多就是想哭。日尔曼娜恨得咬牙切齿。桑代离开咖啡馆的时候，我跟着跑了过去，拉住他的衣袖，问他：

“您为什么不给我来个满脸花呢？”

他停下，郑重其事地看了我一眼。然后，他突然哈哈大笑起来，接着继续走他的路。真不走运，他一下子引起了我的好感，我却一下子引起了他的厌恶。我欣赏他，自己都觉得吃惊。日尔曼娜算不了什么，她使我产生的冲动很快就消失了。桑代这号人对这样的细节大概也不会那么敏感。这不值得痛心疾首，也不值得在众人面前摆出一副痛心疾首的样子。真的，那个下士让我恶心。他紧搂着我那位女友跳舞的时候，脸贴着她的脖子，一副十分陶醉的样子。像他这样一个黑得像炭、肌肉发达的小个子，有个大个子白净脸高兴的时候把他揍一顿，挺好。我呢，我只能站在一边看。我是局外人。桑代用他的嘲笑和鄙视向我指明了这一点。另外，日尔曼娜也没被迷惑住：她察觉到了我的弱点。她是闭着两眼，像只温顺的母狗似的贴过来的。

黑夜降临。联欢会结束了，装甲兵们还在这尘土飞扬的地方转悠。开晚饭的哨子声让我心中感到一丝茫然。食堂的院子里是另一场联欢会，另一些人在那里跳舞，但没有姑娘在那儿招事。我记得，这天晚上叫我去站岗，我不知道为什么这么做。不过我因此又第三次见到桑代。这次见面让我跟他闹翻了，我更不怕他了，也显得更傻呵呵的了，但没丢面子，不显得可笑。我们可以下地狱，只要我们下去的时候穿着引人注目的漂亮衣裳。

躺在草垫子上，我幻想着未来。我周围的一切都停滞了。这是和平？还是战争？没人得到过通知。我们是在一间谷仓里，什么东西都看不太清楚。在傻呵呵地等待中，心里发紧。一个装甲兵正在低头写信，他的影子在梁上晃动着。

突然，门口进来两个陌生小伙子，后面跟着个下士一类的家伙，粗壮，个子特矮，平庸的脸上长着乱糟糟的胡子，眼睛浅灰，发蓝，看人的时候，那眼神就像一个该淘的脏水坑——不过，要是真淘净了，也就什么都没有了。三个人手里一边拿着帽子，一边拿着皮鞋在擦。下士转过身来对着我。

“你就是那个新来的？好，过来把我的长裤脱下来。”女声女气的，巴黎口音，又有点嘶哑。也可能是搞同性恋的女人的声音。他又走近一点，弯下身来：

“你好像不愿意，是不是？你不愿意？那你总得看看我屁股吧。”

他穿着淡紫色黑条纹短裤继续擦鞋，两腿交叠着做成个X型坐下。他说装甲兵第十六团讨厌他，为什么？他做了解释，还说他在第十六团待不长了。

“我有好几次去步兵团的机会，要是去了我早就当上中士了。”

“那还用说，下流坯子。”一个操卡塔卢尼亚口音的人说，“可不是嘛！我在抵抗运动的部队里也是个下士呢。哦！我的那些肩章，可不是求来的。你说是我求来的吗？”

“好啦，老兄。”那个嗓音像搞同性恋的女人的下士接着说，“在这个团里，你看，我们就是人家踩在脚底下的粪土，只有贵族们才吃得开。不过，你等着瞧吧。我会跟拉沃雷一起，像蒙马特尔的那些自编自唱的艺人们一样给他们编几首歌。拉沃雷，你说说，你认识蒙马特尔那些自编自唱的艺人吧？”

一阵冷风吹得我们大家都转过头去。一个大个子，眼光直勾勾的，腰带上挂着一个手电筒和一把刮胡刀，疑惑的眼光在我们身上扫来扫去。离我最近的那个人悄悄对我说：

“这王八羔子晚上刮脸不用镜子。刮破的地方越多，他越高兴。”

下士抱怨起来：

“快冻死了。把门关上，老兄！”

桑代轻蔑地打量了他一下，满脸不屑地背过身去，说：

“有人偷了我的肥皂。我把肥皂落在井边上了。”

他好像想了想，然后又接着说：

“我在想，是哪个混蛋把我的肥皂拿走的。”

那个声音像搞同性恋的女人的人，一边继续掸他的帽子，一边伸了伸舌头，同时轻轻地摇晃穿着淡紫色黑条纹裤衩的屁股。突然，桑代朝他后脖颈使劲拍了一下，用一只胳膊厌恶地搂着他脖子，一面背过脸，躲着他的气味。

“你要明白，宝贝儿，这可是个道德问题。”

“嘿，老……”

“是啊，那块肥皂已经‘老’了。我不想要了。可能是我自己把它掉在水里了。”

下士想脱身。

“嗨，别闹了行吗？别闹了！”

“别噘你那猪嘴，宝贝儿，我只不过是要把草垫子翻个个儿。”

因为他用脚踢我旁边那个人的肋骨，我才从麻木中醒悟过来：

“用不着这么大喊大叫的。您是个讨厌的家伙。是我把您那块肥皂扔到井里去的。那肥皂有味了。”

他用手电照了照我。一下子，这个刚才还指天画地满嘴污言秽语地骂个不停的大个子，竟温和地摇了摇头，还鞠了个躬，因为他认出了我。他接着小声说道：

“这有点夸大其词了。要是您不觉得有什么不方便，咱们可以到外面星光下接着聊。”

德·福尔雅克

如果不是用断了一个指头的手开车，我就不会知道还有什么比汗流浃背的感觉更让人讨厌的。这两种感觉在争夺着我的心，让我一会儿觉得用断了一个指头的手开车讨厌，一会儿又觉得汗流浃背难受，不过，确切地说，我不认为我那颗心在我这种痛楚中起了什么作用，因为，心肌太空，不可能和生活里真正的痛苦搅和到一起，关于生活里真正的痛苦，我也不想展开来说，因为我相信，对这些痛苦，别人一点也搞不明白，却强迫自己该哭的时候笑，该笑的时候哭，其实非常简单，只要什么心都不操，信马由缰地往前走就行，把我们留给胃的自由，也留给心，不用准备菜单，主要是因为心有把握，知道我们在这方面并不挑剔，我们把自己培养成没有多少预见的人，而眼界的狭窄又使我们的赞叹只剩了一半，既然我们一生中要吃那么多公斤葡萄，还要爱一定数目的人，不管怎么说，我们都只能被饥饿和爱情控制着，我们愚蠢的疯狂不会有一点真东西，痛苦的真东西也不比其他情感的真东西多，站在埃尔马尔中尉的尸体前，我悟到了这一点，他活着的时候我很喜欢他，死亡把他变得和在战争中被打死的任何一个金发小伙子都完全一样了，小伙子们死了，他们的妻子可以欺骗他们了，如果他们不死，那些可怜的天使就不敢这么做，但活着的人在这一点上是一致的，都认为死了的人什么也感受不到了，这种想法让我感到悲哀，当时我正在吉普车里，任由我那位笨手笨脚的司机摇来晃去，吸着湿润的树叶味道，满脑子想的是春天的往事，或者停下来一会儿，给我认识的军官行个礼，聊一会，然后接着赶路，心里觉着怪有意思的，因为他们之中的每个人都在以自己的方式打仗，圣维拉瑟在炮塔上大喊大叫，就好像他是在瓦格拉姆战役[①]中指挥重骑兵冲锋，贝尔纳·蒂索一会儿呼唤圣米迦勒，一会儿呼唤圣乔治[②]，他忘记了，这两位战神是互不相容的，不过，我有对事情做世俗比较的癖好，这甚至使我用色情的语言来描绘这些军官的行为，之所以如此，是因为爱情和战争一样，也需要用嘴咬，喊叫和晕厥（就此而言，我十分愿意给德·圣维拉瑟上尉授棕榈勋章，他更魁梧，更有耐力，禀赋比贝尔纳·蒂索强多了，贝尔纳·蒂索是长着一头秀发的年轻绅士，温若处子）。我就带着这类令人厌恶的思想，追击敌人，阿尔萨斯的田野诱人去冥思，去等待，也可能是去死，因为，我不敢保证能找到一个让我觉得更惬意、于我更相宜的省份，让我长眠，发起进攻以后的第十五天，我还在想着这件事，那天早晨我们进行了一次攻击。当时天刚蒙蒙亮，空气新鲜，散发着一股好闻的味道。

---

① 瓦格拉姆战役，第五次反法同盟的最后一战，拿破仑领导的法军打败奥地利，取得决定性胜利。

② 圣米迦勒，基督教传说中的天使长，往往表现为执剑降伏恶龙的勇士；圣乔治系三世纪基督教殉教者，英格兰的主保圣人，传说曾从恶龙爪下救出少女。

弗洛朗丝

攻击开始的时候，待在L市一点意思也没有。我不明白为什么女人不上前线。或者不如说我猜到了，因为大部分人都要变成难看的尸体，伸着四肢软绵绵地躺在那里，说到底，我……总之，我感到十分厌烦，比我当护士照顾病人的时候还厌烦。辎重兵一个小个子上尉，眼睛红红的，用火辣辣的目光盯着我。恕我直言，我可以挎着皮埃尔的胳膊出去，因为，皮埃尔就算有这样那样的毛病，可他有派，冷冷地看上一眼就能把人镇住。是的，我可以和皮埃尔出去，尽管他多少有点糊涂，但作为情人他还不那么令人感到不快。至于和这个小个子辎重兵上尉外出，绝不。那还不如坐快车去蒙彼利埃，说："大婶，我回来啦，我脱了军装，回医院来啦！"是啊，那还不如去照料那些受了伤的好人呢！

所以我就这么没完没了地厌烦下去，夜里被越来越近的炮声吵醒，白天读顺手拿到的小说，是女作家安德烈·波伏瓦的作品，正读着，忽然接到从前线紧急送来的一纸字迹潦草的便条。这时我就想：可怜的皮埃尔一定干了什么蠢事了，他驾驭一个女人尚且不成，更不要说指挥一个团了，他可能带着战旗和荣誉投降了，或者干了什么我不知道的跟投降差不多的事。他肯定成了笑柄，我也会受到连累，我将不敢再正眼看那些小装甲兵，只希望他们夜里想起我的时候能自己解决问题，因为除了小店的那些女招待和德·福尔雅克中尉之外，我是这个地方仅有的一个女人。

终于，来了一个年轻军官，跟我说了情况。皮埃尔没有干傻事。装甲兵第十六团把敌人击溃了，自己也受到重创，但一切都在变好。

圣-安纳

没有什么比公路上长长的一溜汽车和坦克车更令人厌烦的了。要是我们迟到了，那可不是我们的错。不管怎样，他们能等。坦克兵是一些令人厌恶的年轻人，蓬头垢面，两眼发红。在我们超过一支车队的时候，桑代当然比过节还高兴。他用最脏的话骂他们（我把这些话记在了本子上）。

我们终于找到我们这个分队的新队长马雷夏尔军士。这是头水牛，不修边幅，他在不停地拆马达，一分钟也待不住。手头没有马达的时候——这种情况是很少的（到处都是马达），他就鼓捣自己的手表。他把我们当胆小鬼看，当逃兵对待，说我们装腔作势，狗屁不如。我不知道他影射的是什么。他怪我们把时间花在了梳理头发上，而不是去追击德国人。这可是有点夸大其词了。马克西米扬对头发就很随便，他连正在祈祷的德国鬼子都照杀不误。然后，这个马雷夏尔就仰头望天，预言第二天就是世界末日，就是灾难和死亡。

他预见得不错，因为他肚子真被弹片击中了，这给了他一个大喊大叫的绝好机会。来了个叫莫洛的中尉，跟大家见了面，接替了马雷夏尔。莫洛中尉是从第一连调来的。因为他还没结婚，调来调去没多大关系。现在是十点钟。太阳升起好高了，天空浮云散乱，就像坏学生的一张草稿纸。我们一共四个人，正在收听：

“要派人到AB干道去侦察一下。看看地图。那是个倒霉的地方……到处是地雷。你们的装甲车是分队里最差的。你们不要有侥幸心理，想碰到好运气。走出两公里以后，你们就可以往回走了。你们有电台。调头回来之前一定要先通知一声。”

我们摆出一副不高兴的样子。中尉和我们握手的时候，我们就更不高兴了。不管怎么说，我们并没有邀请他这个年轻人参加我们的葬礼。

路旁是排列整齐的树木。我数着，数到一百棵的时候，桑代做了个手势，叫洛·昂德罗停车。

“老这么着，对肝不好，”他说，“我带这位年轻小姐到前面去转一圈吧。”

对他的选择，我并不觉得十分得意。我们快步走着，各在一条沟里，弯着腰，一边掸着粘在我们作战服上的小树枝。我不怎么喜欢这种散步。这有危险，还把衣服弄脏了，也没有观众，而最主要的是，这根本就什么用都没有。因为没法让我相信，一九四五年三月十三日，我沿着一条危险的大路在一条沟里跋涉，就关系到了文明的存亡。我还真没说错。事实上，有手榴弹扔过来了，先是一颗，然后是三颗，再后是五颗，都扔到了我的右边。我趴在地上，然后试着从一条排水沟底下逃跑。我左边又响起一排枪声。有人在我身后趴下了。这可不是好玩的。我觉得心跳到嗓子眼儿了，落下去又跳上来，跟电梯井里的电梯一样。幸好（高兴，松了一口气，就像有一辈子喝不尽的柠檬水），桑代那畜生的声音传到我耳边：

“我看到他们了，人不多，容易对付。”

他身上全是泥，连背上都是。他走过来的时候，我很欣赏他。

“再往前走，就到大路拐弯的地方了。我能很容易地把他们干掉。不过，如果你一个人待在这儿，小饭桶，你会害怕的。你别开枪，他们就会把注意力集中到我身上。”

“你怎么能认为我会像你想的那样做呢？”我对他说。

又扔过来一颗手榴弹，令我暴怒。桑代做了个鬼脸，接着就匍匐前进，走了。他伤了我的自尊心。我准备射击。但我很快就发现，我不想射击。要是德国鬼子猜到我在这儿，他们这些恶棍是会往我脊背上扔手榴弹的：你得承认，脊背可不是受伤的好地方。

桑代打消了我的犹豫。我听到他在我前面五十米稍稍偏右的地方射击。他不着急，他在点射。对面突然猛烈还击。他们肯定有一挺机枪。现在，枪声响成一片，我也可以射击了，我照着旁边就是一梭子，也不管打得着打不着。打完枪，我感觉很好，接着又等，因为又静下来了。战争总是让我感到惊奇。只有桑代在射击。大家都说他枪打得好。我不明白怎么还剩下几个德国鬼子。我相信桑代会细心瞄准的。我从这边朝德国鬼子打了几次冷枪，对军人来说，流弹是很危险的。

我专心致志地思考着。就在此时，我听到路上有隆隆的响声，一排子弹打到了排水沟的石头上。树枝在簌簌颤抖，地狱发出怒吼，从离我五十米的地方，一百米的地方，从四面八方，一群穿黑制服的家伙扑了过来。我觉得我脸色变了。

贝尔纳·蒂索

战况：昨天，在AB干道上发生了激烈的遭遇战。我方损失两辆装甲车和十五个人。我内弟差一点死掉。

迟到的信件：克洛德的，第伏的农民们的。

不能缺少的读物：阿尔当·迪·皮克、吕西安·戴卡弗（《士官》。要问问有没有同一作者写的关于军官的书）、圣埃克絮佩里[①]（《空军飞行员》）以及一般描写战争的文学作品。这正是结合生活实践死啃战争文学的大好时光。

谈话：桑代：骂了他一顿。虽然时间选得不太合适，因为他即将因在昨天战斗中的表现而受到表扬。

德·福尔雅克中尉：继续进行我们关于历史问题的讨论，即：法兰西的衰落是否如我认为的那样，是从美男子菲力普开始的。

韦里泰准尉：问本团的损失在全师中是否总是最惨重的。

汽油：八十五升。

机油：十八升。

---

① 圣埃克絮佩里（1900—1944），法国飞行员兼作家，《夜航》《人类的大地》及《小王子》的作者。

发动机：空气过滤器拆下。火花塞去油渍。

还是马雷夏尔那位可怜的老兄说得对。踩离合器前发动车，是对的，不会把油漏进汽化器里，但会使火花塞沾油。

根据最新消息，如果一切顺利，三天后我们将拿下K市。

洛·昂德罗

讨厌的是，这话我说了不止一次，那些外籍士兵到处撒尿。并不是说，在适当的时候得得淋病没好处。我还记得一九四三年在昂热的监狱里待着时的情况，如果不是得了淋病，我此刻身在何处都很难说。也许我已经带着家人的无限痛惜和当地神甫的祈祷，被深深地埋在一个公墓里。那个把淋病传染给我的男人，可是个好兄弟。那家伙是个贵族，因为诈骗蹲了监狱，可他是个好兄弟。在K市，我有一种一家之主的感觉。我成了保护人，成了解放者，成了伟大的法国人……圣-安纳问我是不是要强奸强奸德国婆娘时，我回答：

“适可而止。干该干的。既然与团的荣誉有关，就用不着畏畏缩缩的。装甲兵进入一个城市的时候，大概不是为了在太太们的阳台下给她们敬礼，向她们致意的。”

“马克西米扬除外，”桑代说，“他这个人的脾气是行事循规蹈矩：只是在里边晃两晃罢了，做做样子而已。在童子军里，人家教会他们打成千上万个结，就是没教他们怎么用老天爷给的那话儿。”

这个桑代，从根本上说，是个很可爱的家伙。但对有权势的人来说不是这样。想到他的时候，你眼前出现的是个民主主义者，是个壮汉。他大概在保安队里待过，要不才怪呢。

可是，队伍行进的时候我在想，那些勇敢的装甲兵，他们甚至没有碰任何人的权利。只有军官们有这个权利。真是混账！他们也和别人一样呀，也长着两个蛋。上校除外，他只长着一个。

站到K市广场上，你就能明白，到处都是残垣断壁。看看有好处。在德·马克西米扬那蠢货两眼直勾勾地盯着前边看的时候，桑代、圣-安纳和我，我们溜了。

街上有行人。占领一个地方，挺有意思。我觉得我得克制自己，不跟他们一起到树林子里去。当地的共产党分子大概真成德奸了。嗅，瞧瞧！这是什么生活啊！不怎么样，有点儿滑稽。

这个桑代，他会说德国话，有中学毕业水平。他问一个小孩，教堂在哪儿。要是我，我就会这么问：

“哎，教堂，在哪儿？快说，妈的，不然我就踢你屁股！”我会一边骂一边问。不过，我可不想去什么教堂。

这一次，圣-安纳总算说了几句话，让人觉得他也许还不是那么愚蠢透顶。他说：

“你要是想去教堂，咱们就朝相反的方向走。我知道这是怎么回事。当年，德国鬼子要去星形广场，我就指给他们去拉雪兹神甫公墓的路。”

“对，”桑代说，“有教堂的地方，旁边就有妓院，在有妓院的地方，士官们就忙得没工夫找你麻烦。”

桑代能这么看问题，我得向他脱帽致敬。这说明他有阅历，就像我刚才说过的，他可能是从保安队里出来的。另外，我还经常听他说，共和派都是些软蛋。这没什么使人厌烦的，桑代对蛋怀有敬意。

我们转了两三条街，在一个地方跟四个坦克兵撞上了，他们把一个脱得精光的娘们儿绑在一辆坦克车前边。二十多人围着看，有节奏地拍着巴掌。我们往前凑了凑。开头，我觉得这很好玩。这是个小个子女人，浅红棕色的头发，鼻子尖尖的，圆脸盘，目光狡黠而又显得惊慌失措。这是个杜克洛[①]一类的人。不过，自然是个女杜克洛，是个棕红色头发，脱得精光的杜克洛。（必须说明，党的大头头们，我们这些游击队员是不怎么把他们放在心上的，因为打游击的时候，我们曾经耐心地四处找他们，但没有结果。）终于，一个右手拿着一把巴拉贝伦式手枪的坦克兵下士告诉我们，这是个法国女人，一直尾随着他们，这个婊子。好，她会明白的，她要吃苦头了。

我是既不赞成，也不反对。

桑代噘起了嘴。

圣-安纳呢，他来了这么一句：

“把她毙了吧，太难看了。”

这个圣-安纳总有点儿绝的，不管到哪儿，他都能让人家把装甲兵当成笨蛋、蠢货。很自然，那个坦克兵当即回了一句：

“你大概嫉妒了吧，蓝色装甲兵，嗯？你大概也想吻吻她吧？可她不是给你准备的，她是为狂欢节准备的。”

他有口音，是个乡巴佬，说话时咧着大嘴：“你大概也想啃她吧？可她弗系（不是）给你准备的，她系（是）给狂欢节准备的。”只有坦克兵才把他们的庆祝会叫“狂欢节”。接着，那个下士来劲了，晃了晃他那把巴拉贝伦式手枪，说：

“滚，离开这儿，要不我就不客气了。不管你们蓝色装甲兵蓝不

① 杜克洛（1896—1975），法共领导人之一。

蓝，在这儿，我们说修理你们就修理你们。”

我看了桑代一眼。桑代也看了我一眼。我们俩都意识到这事儿关系到团里的荣誉。我甚至把大拇指放到了裤腰带上，这是很不客气的。我们往前站了站。

“你有权利犯傻。你是个下士，又是坦克兵，这已经满不错了。可你也是个王八，”桑代指着那家伙带的结婚戒指说，“好，我承认：你有权利犯傻。”

那个下士，脸一下子涨得通红。他把手枪递给旁边的人，身子贴近桑代：

“听着，”他说，“你这么苏（说）话可就错了。你还弗（不）明白，老兄，可你错了。你多大了？二十系（四）岁还系（是）二十五岁？你岁数不大，可你这次系（是）大错特错了。得教训教训你。你看，我会捧腹大笑，我的伙伴们也会，系（是）不系（是），伙计们？”

尽管我不是他的伙计，可还是不由得大笑起来，因为我了解桑代，知道他打架的时候多灵巧。果然，就在那个下士转身的功夫，桑代脚底下使了个绊儿，把他撂倒了，又用双膝把他压住，接着又使了一招印度式摔跤的揪扭，死死地揪住那个下士，照他下巴就是一顿臭揍。揍完之后，桑代站起来，掸了掸身上的土。

“你们的下士，还真够温顺的。幸亏这个世界上不是只有粗人，还剩下那么几个为理想活着的精英。”

他垂下眼睛，一边咬着指甲，又接着说：

“至于你们这个骚货，你们愿意拿她怎么办就怎么办。对这种不新鲜的肉，这里没人感兴趣。”

那块不新鲜的肉默默地哭着。一个满脸疙瘩的坦克兵照她奶子底下给了一巴掌。

“不许哭！”他说，“那个凶神恶煞的大个子不想要你，就剩那个金发小伙儿了。他呀，他想冒冒险。小家伙，她是不是让你害怕啦？”

“她太难看了，”圣-安纳说，一副伪君子的样子，“把她宰了得了。”

桑代把那把巴拉贝伦式手枪递给他。

“那你就自己动手吧，饭桶。”

开枪也好，不开枪也好，我微微笑着。

到了晚上，我就更乐不可支了。在灯火通明的咖啡馆里，我一通猛吃猛喝，一边喝着红酒，喝着带泡沫的啤酒，一边吻着娘们儿。这些娘们儿还都是热乎的呢，是刚从被窝里爬起来的，一个个温柔、可爱，样子动人，一群无辜的人：杀人犯的妓女。

德·福尔雅克

我一边尽情地打着呵欠，一边读第六装甲师指挥官致部队官兵的公告，这份公告是我从奥利维埃那里偷来的，当时他正在做祈祷，穿着锃亮的马靴，戴着雪白的手套。

军官们，士官们，下士和列兵们：

经过一个月不间断的战斗，你们终于拿下了K市。战斗期间，你们心中怀念着父辈，在德国人的土地上追击他们，从来没有放松过对他们的钳制。

你们那些在战场上倒下的战友，可以因你们而感到骄傲。你们一直怀念着他们。你们无愧于这些先烈，光荣属于你们大家！

然而，在胜利的喜悦中，装甲兵第六师的全体士兵不应抛弃那些将在被占领区民众中确保法兰西声望的优良品德和尊严。你们不应任自己卷入有损于军人尊严的暴力或抢劫行为，因为，这种行为是不光彩的，是会受到严厉惩罚的。

我信任你们。你们将值得我信任。永远做不朽的法兰西坚定果敢、服从命令的儿子吧！

当然，读这份公告给我带来的东西比打呵欠要好得多，尽管对一个不动声色地巡视占领地区的军官的风度和仪表来说，打呵欠也是十分必要的。其实，在这份笨拙公告的字里行间，我早已体味到，公告肯定会在官兵中造成一种不好的影响。我已经看到，在指挥官奥利维埃一声“稍息”之后，队伍乱了，怒气无处不在，还有不折不扣的恼怒、揶揄、悲伤，一个目光下流的小装甲兵用南方口音撂出一句话：“好像他没在参谋部里让人嘲过他那玩意儿似的。”到这个地步，形势在我脑子里已经完全明朗。在这个貌似古希腊作家阿里斯托芬或索福克勒斯笔下人物的身后，我清楚地听到此起彼伏的喧嚣，口出怨言的有士兵中最杰出的人，也有无赖：

“大家都被出卖了。那些将军们，他们一直是希特勒的走狗。”

“那家伙真可怜！”

“那是个无精打采的相公！”

“下一次，将军们要像玩罗多游戏那样去打仗了。”

逐渐地，嘈杂声稀疏下来，我的心也平静了，平静使我十分从容地推究起第六装甲师这位大师所使用的糟糕句法来，除了上帝和思想不连贯的人以外，只有他使用这种句法。我怀着一种快感注视着“光荣属于你们大家”这句话，这句话十分凝重，似乎出自专门为坦克兵编写的语法书，书中充斥着连词、分词和一些不流畅的字句。当然，像“然而，在……”这样的句子，重读一遍，对我来说又是一件乐事，我不会听到提起不朽的法兰西就激动得差点儿流泪的，这句话，在我们的思想里，必须换成别的，才能体会到它的意义，比如改成这样：洪都拉斯不朽，利比里亚永存，或者摩洛哥生生死死什么的。

光线变暗。我凑近窗子。我面临着一个激动人心、充满着喧闹和好兆头的夜晚，和那个东方之夜相仿。那天夜里，皮埃尔·奥莱跟我说他要回阿勒颇[1]，让我带着连队重新上船。这个皮埃尔！他很清楚，个把上尉失踪，维希政府[2]会闭起眼睛不闻不问，只要它的装甲连能够不缺一个驾驶员，不丢失制服上的一粒扣子，每颗扣子上的尚武图案都保存完好地回来就行。于是我把连队带回法国，而奥莱投奔了戴高乐，并到阿勒颇的大商店里碰运气，淘换几厘米长的银肩章。

但今天这个夜晚，K市的这个夜晚，——我觉得意味深长的是，说到过去的夜晚，最朴实的语言会自然流出，但眼下的夜晚，却保持着它的阳刚之气——今天这个夜晚正从四面八方向我召唤。于是，我摘下人家叫我们戴在肩上的两条小金属杠杠，戴上一顶老装甲兵的旧橄榄帽，走了出去。

一出门，嘈杂声就变成了喊叫。成群的人在跑，巡逻队也制止不了。我沿墙而行。不管怎么说，我不像个装甲兵。士兵冒充军官是要受罚的，可是，军官打扮成士兵，别人会说什么呢？讨厌而可疑的谦虚。

喜欢幻想的癖好引导着我朝安静、保险而又纯洁的地方走去，比如年轻的阿拉伯人的防线。年轻的阿拉伯人转过脸就会背叛我们，但他们还是喜欢我们的，另外，背叛法国人也早就算不上背叛谁了。可是，我眼前突然出现一个像沙漠旅行队客店一类的处所，我一点也不怀疑，这是从我忧伤的幻象中产生的，这种客店属于我提到过的那些东方人，他们用玫瑰色的手指紧箍过我的太阳穴。啊，逐渐

---

① 阿勒颇，中东城市，与大马士革齐名，一九一八年划归法国托管地叙利亚。

② 维希政府，第二次世界大战期间纳粹德国占领下的法国傀儡政府。

地，这座宫殿越来越像真的，又一点点地变成了一个啤酒馆，灯火通明，人声鼎沸，弥漫着一股迷人的懒洋洋的气氛。

我慢慢踱进这个奇怪的地方。在我跟前，晃动着几个粗野的摩洛哥人，几个个子大得出奇的装甲兵舞动着椅子和德国女人，还有个中士……但我不愿意再去想这个完全虚假的景象，因为这种景象既不合我的脾胃，也不合规矩，而那些既令人厌恶又不道德的事不值得让人记住。

离开这个低级的奇异场所，我上了二楼，在一处像阳台一样的地方坐下，那些醉得不成样子的人从这里朝他们的战友身上呕吐，我则留意着隔一刻钟打一次呵欠。想起那些穿着用衬架支撑的衣裙的夫人，我受到鼓舞，心思已经回到叙利亚，却被一个军人模样的人，或者说一个小伙子，打断了思路。他好像空心穿着一件美式军装，脚趾头上都是呕吐的脏东西，脸上一副焦灼不安的样子，让我不禁想到马塞尔·普鲁斯特①趴在楼梯上看他父母举行招待会的一幕，不过普鲁斯特当时穿的是长睡衣，而这个人穿的更像是睡衣睡裤。他右手拿着半瓶杜松子酒，既不看我，也不朝下看，倒了一杯酒递给我，那是一只原来藏在手里的银酒杯，动作大胆而又腼腆，令我十分满意。

“真有意思。”我对他说，“您不觉得这像一个太长的舞会吗？大家都不想走，也不知道再如何取乐，就这么在座位上坐着。”

那小伙子向我投来一道愤恨的目光：

“我恨他们，我从心底里恨他们。”

我静静地把酒喝掉，一会儿请他又给我倒了一杯，因为我需要

① 马塞尔·普鲁斯特（1871—1922），法国著名作家，《追忆似水年华》的作者。

这种能联络感情的东西，以便能很快地和一个我喜欢的陌生人聊起来。我又慢慢说道：

“您为什么生气呢？因为喝得不尽兴？我劝您还是节制点儿好：羞愧是明天的事，而明天，听凭上帝安排吧！”

“没有上帝，”他回答道，“这一点我明白五分钟了。”

他也喝了一口杜松子酒，呛了一下，大声地咳嗽着。然后他又接着说道：

“上帝和这一切毫无关系，绝对没有关系。”

“喝得不够。”

我把头往后仰了仰。多亏这神圣的醉意，对我来说，上帝还要存在一段时间，就存在到我死前必须过的那几年。上帝存在，发生在我们眼皮底下的强奸，勉强可以算是一场梦。我又开了口，比较严肃地说：

“您对生活过于执著了。”

我举目望天，看到的只是由沾满尘埃的树木构成的天棚，样子可怕。在我这个团的军官们抢劫银器、旧式武器和花边的时候，我抢了一幅画，这幅画很不一般，生动、粗俗，但很能提神，因为看到这幅画能让我感到自己无情。我比别人更需要这种感觉，比起别人，我也更容易误入歧途，会陷入生活中的某种柔情，去卑鄙地服从狡猾而残忍的上帝为我们制定的充满温情的专横条例：于是上帝不再怕人，它已经用恐惧把他们制服。上帝就这样从它的造物身上获得了自由。但是，在这件事里，非常明显，我们被盗了，因为我们只有空间，而上帝有时间。值得庆幸的是，给我们剩下的还有战争。有时候，战争让我产生幻想，就像一个柔弱苍白的大姑娘让您产生幻想一样，男人们心无疑虑地在大街上尾随着她，突然，她转过身来，大声喊叫，因为她不会说话。在我脚下，这是战争，样子就像人们掩饰的那样，战争这具奸淫烧杀和掠夺的美妙躯体，历史学家们总是给它穿上用天鹅绒制作的英雄外套。我又喝了两次，因为我想对刚从我身边冒出来的这个小装甲兵阐释点儿什么，又怕显得可笑，我讨厌人家笑我。我用手指了指狂欢的场面，动作大了，显得漫不经心，使他离得远了些，我严肃地说起话来：

“您一定在想象，这样的事会招来报复。确实，历史已经翻到我们进行报复的一页。但是，折磨人不解决问题，问题不在于有理没理，而是要继续向前。您明白吗？继续向前：这是只有人才能创造出来的字眼。感受一下吧！自以为是的年轻人，‘——这时我把一个指头在他眼前晃了晃，他的眼睛是黑而动人的——’您感受到了上帝的存在。它已经激起您的愿望，您在追求它的天国。天国里充满鲜花，都能叫得出名字来，如果有天使，天使比您更美。但是，请注意：我们永远进不了天国。绝-不-可-能！我们缺少一个维度。上帝是存在的，但他不为我们而存在，奥秘就在这里。我们在地上蹒跚着，打得你死我活，而上帝却在微笑，因为他觉得我们愚蠢。如果我们平静地走着，如果我们买公债，它就会扭过头去。所以，咱们还是宁可去侵犯一些省份，焚烧一些城市，用几个晚上聚一聚，就像今天这个晚上一样，以便让我们自己觉得有罪，睡下的时候能够想，不管怎么说，上帝还是在看着我们呢！”

他胳膊肘靠在阳台栏杆上，有规律地往厅里吐着口水。但我想，不管怎么说，他在听我讲，虽然听不懂。其实，我也不明白自己是怎么回事，我只知道，在德国女人的叫嚷声中说几句用词优雅、语句匀称的话，很是惬意。我说话这种不同的声音同样没有用处，因为我的神学说教打动不了任何人，甚至连上帝也讨厌这种说教，就像君主会讨厌宪法一样；至于女人们的抱怨，也丝毫改变不了她们的不幸。最后，那小装甲兵一边吐着口水，头也不回地答道：

“我没罪，我在这里，是出于偶然。”

“只要您在这里就行，人家不向您要求更多的东西。这是一出禁戏。没有观众，就没有戏，您看，也就更没有记忆。”

这时他嘟囔了几句，我从中分辨出“醉了”和“逻辑”几个词。为了激怒他，我对他说，我在他那个年龄时，和他完全一样。他真动了气，半裸着身子，头发蓬乱，样子很美。这时我向他承认，十八岁的时候，对那些大妈大婶，我也像他那么害怕，她们当着我的面讲她们的花花事儿，说得那么贪婪，又那么一本正经，让我咬紧牙关，心里充满着藐视，一言不发。

圣-安纳

我试着给那帮笨蛋解释强奸的心灵美。对我来说，这个词不乏荣耀，更不乏魅力。唉！他们就会到处乱射一气：往装甲车的汽化器里射，或者往面颊丰腴的胖姑娘身子里射。高雅之士，在对某些东西感兴趣之前，总要认为得到这些东西是一件天大的罪恶。他们说粗话，存心干坏事，却意识不到笼罩着整个地球的单调乏味：假若没有天使，人会感到厌倦的。

我正讲到如果有人让我强奸我会怎样强奸的时候，被一阵哈哈大笑给打断了。我的回答是：

"首先，我要事先通知。"

他们笑得更厉害了。笑声一停，桑代就尖着嗓子说，他喜欢我的朴实。他说：

"要是这个没用的家伙不事先知会一声，人家显然是感觉不到什么的。"

我感到手像章鱼似的在胀大，肩膀像岩石一样往起鼓，怒从心头起，恨不得把他掐死，或者把他扔进大洋，但要是那样，地球上的水就会长时间被污染。我下定决心，命令自己不再听信他了。

哨子声响起，我们急忙钻进装甲车。马克西米扬挥动着手臂，像是在打旗语。天气热得厉害，头脑发昏，我把脸贴在发报台上。我们从扶着铁锹站在路边的农民面前经过。他们和上个礼拜安置我们住宿的那些人相似，我高声说道，在德意志这样一个清纯而幸福的国家里，他们显得多么悲伤啊！洛·昂德罗接了下茬，但说了一句蠢话，他没有掌握说这种话的诀窍，即使掌握了，他也不会用更傲慢的语气说。他说：

“是啊。这是被征服者的好品格。一些人从他们的女人身上过去了，另一些人，像我们，从他们的路上过去了。”

一些戴着白手套和白色帽子的漂亮法国人为我们指路。自从派出警察到前面为我们引路并保护我们以来，对我们这个年龄的小伙子来说，战争变得容易了。K市火车站已是一片瓦砾，车站的彩色大玻璃都成了碎片，铁轨七扭八歪。不公正就是这个样子。自然界的东西，你越破坏它，它就显得越自然。砍倒的树，焚毁的房屋，随处可见的大洞，溢出岸边的河流，这一派乱糟糟的景象正和自然界的色彩相配，就像我不再听信的那个混蛋所说的那样。反过来说，城市又不能没人接着管理。缺一块瓦，整个屋顶就不像样子，若是没了屋顶，整个房屋就像是没了灵魂。

K市到处都是这种景象。街上走着的都是老人，见不到一个三十岁以下的。这情景令人同情，我把这意思对马克西米扬说了。不能欺侮老人，那是卑鄙的。他答道：

“他们会给你果酱吃的，可怜的小乖乖。”

我懊恼，遗憾，从衣袋里掏出笔记本，记下：别忘了，马克西米扬是个白痴。到合适的时候，我们跑掉，把他扔在那儿不管。装甲车里脏得一塌糊涂，不管怎么说，没事可做的时候，马克西米扬还是会感到非常孤独的。我们碰到了摩洛哥步兵营几个穿袍子的外籍兵和几个坦克兵，说到坦克兵，还是我把一个赤身裸体的法国女人救下来的呢，他们想毁了她。我只说了几句话，就把看管她的那几个人说服，把她放了。她的样子非常难看，白白的，她没有为我们的祖国争光。桑代冒傻气，去找一个下士的碴。两人在人行道上滚在了一起，我不想看谁胜谁败。

又过了一会儿，正走在去酒馆和教堂的半路上，我们结识了一个很漂亮的黄头发小伙子，身材匀称、修长，总是笑嘻嘻的，聪明伶俐，又很朴实。他告诉我们，六点半要点名，他不去了，但他不鼓励别人学他的样。“因为，点名对装甲兵身体有好处，说明人家爱他，在等着他，想见到他。”他的话和他头发的颜色一样，让我高兴。我有多和蔼，洛·昂德罗就有多暴躁，他一直在嘟嘟囔囔，“他妈的”“混蛋”不离口。他说：“你大概还乳臭未干吧。小酒馆是为我准备的，不是为你准备的。”

这时，那个漂亮小伙儿答话了：

“我是说，我是上校的侄儿。”

那个满肚子坏水的桑代，那个梦想着在一群乌合之众当中熬个军士长当当的桑代，令人赞美地吹起了口哨。

“好啦，”我们碰到的那个人接着说，“我叫萨里·奥莱。你们能看出这有多方便。在全师表扬我的时候，人家叫我列兵奥莱，还没完没了地说着‘将门出虎子’，以及一些别的不得体的话。但今天晚上，那个缺勤的，将是列兵萨里。我有两副面孔，一副面孔是英雄，一个得过勋章的小伙子，他有朝一日会在战场上倒下，眼睛盯着死敌；一副面孔是淘粪的，睡在苹果树下，或者见着士官也不敬礼。”

“你是个很浪漫的家伙。”桑代羡慕地说。

“天哪，那可不是，”他口齿清楚、声调优美地说，两只梦幻般的眼睛朝我看了看，“您可能想不到，那天维尼亚尔军士对我说：‘萨里，您是个小傻瓜。’他不怀疑，我会去找蒂索中尉，向他这样抱怨：‘中尉，他说了：奥莱，你是个小傻瓜。他满嘴都是大蒜味儿。’不管怎么说，如果你们非去酒馆不可，我得先告诉你们，得有点儿耐心。在我们前边的是一连的那帮家伙。我了解他们，这些人非常坏，他们会想出种种招数让那些妓女发狂。”

洛·昂德罗把他的脏胡子贴到我肩上，用手搂着我脖子，问我是不是会温文尔雅地让人强奸。

我冷冷地回答他，说我是讲道德的。这时他就说，我准是只对银行、勋章和家里的小酒窖感兴趣。他没想到他说中了，但我永远也不会承认。我用轻松的语调回答他，说这些东西比医院、计量制和其他红色偶像都强。幸好，我们说到这里就不说了。他们三个把我扔下走了，这很正常：我们或许能成为朋友，但永远不可能成为同志。

两个女人从教堂出来了。她们和各国身穿黑衣的老年妇女一样，出入教堂，为教堂增光，她们爱教堂，用充满爱意的手耐心地抚摸我们仁慈上帝的石雕像。我坐在台阶上，一只手托着下巴。她们惊恐地望了望我。若是她们到跟前来仔细看看我，就会发现我算不了什么，可能是她们的一个侄辈，或者是个装成士兵的唱诗班童子，但装得不像，因为他哭了。

我不是因为没能去玩乐才哭的，甚至不是因为我感到我自己没希望了才哭的。不管怎么说，我已经舒舒服服地在这个团里安顿下来。大家都认得我，我担任着一个职务，人家问什么我答什么。战争正在慢慢结束，时不时地还杀死一些我讨厌的人。我讨厌一些人，但更多的人是我欣赏的。我哭，是因为我从那么远的地方来，看到的却是什么都没变。有被人称作装甲兵的学生，戴着下士面具的书呆子，手持马鞭子的教授。每个分队都是学校里的一个班。除了削土豆的时间之外，还有杀德国人的时间。历史就这样取代了哲学。不缺少场景。一切都值得看，值得记，值得描写；比如，今天，作文题不就是“你们开进一座敌人城市时的印象如何”？可我没什么印象，我进的不是敌人的城市，我是在圣马洛或博韦[①]，我见到的是熟悉的面孔。习惯还在等我，拉着我的手，让我穿过这段生活。世界太相像了。

当然，这一切都将过去。有了时间和太阳，再艳的颜色也会褪色。同样，再过十年，我的眼泪将会变成嘲讽。今后我准备陆续扮演的十到十二个人物，都是我现在就讨厌的。我要往这些人物的脸上吐唾沫。由于人不能既自轻自贱而又自怨自艾，我抬起了头。我迎着最后一缕阳光，眨了眨眼。有个什么柔软的东西犹犹豫豫地碰了一下我的太阳穴：是个五六岁的小姑娘，黄头发，睁着两只大眼睛，穿一件紫白格的连衣裙。她对我开口说话，不带一点口音：

“你是法国人？你不舒服了吗？”

我回到现实生活中来，对她笑了笑。

“我说话跟你一样，”她接着说，“是居斯塔夫叔叔教的。”

我问她，这位居斯塔夫叔叔是不是法国人。她向我解释，说居斯塔夫叔叔在监狱里，可他不坏，不应当坐监狱。他以前常到她家来干活。晚上他喝咖啡，做剪纸。妈妈和索妮娅都喜欢他。索妮娅，就是这个花格连衣裙。她拉起我的手，一边又说：

“跟我来。妈妈正在到处找索妮娅呢！妈妈头上戴着一块方头

---

① 圣马洛，法国的海港城市，著名的风景胜地；博韦，法国瓦兹省省会。

巾。法国人剪女人头发。你呢，你剪不剪女人头发？”

我回答她，说我是个装甲兵，懂礼貌。

“装甲兵是什么呀？”

“是一个有一辆装甲车的小伙子。”

“一个小伙子？”

“对。”

“那，人家不会把你关到监狱里去吗？”

“也许会吧。”

“那你以后到我家来干活吧。你会剪纸吗？”

我会。我以后会去她家。这甚至是件很快乐的事呢！

“快乐是什么呀？”

“就像装甲兵。”

“是个小伙子？你说的？小伙子？”

我坦坦然然地跟着她走。

往前不通行了，是个死胡同，转角处，在一间房屋的废墟上，站着两个十一二岁的半大小子，满脸厌恶地打量着我们。我突然想到，对孩子们来说，战争是一段幸福时光，因为，大人们开始学他们的样了。每个人都领到了一副甲胄，打扮成士兵。毁掉房屋就像毁掉用沙子堆的城堡。整天相互厮打，偶尔睡上一会儿，不知道自己身在何方。这时，第一个小孩扬了扬低垂着的头，他额头上有一道伤疤，有一缕黑头发。我往前走，他退了一步。他用德语嘟囔道：

“杀了我吧，大坏蛋！”

我道歉。我非常遗憾，我不能杀他，因为索妮娅已经把我俘虏了。

他看着我，满脸狐疑，接着又说，特别强调“不是”这个字：

“这不是真的。”

索妮娅插话了：

“是真的。他要进监狱了。以后他要到我们家去干活，像居斯塔夫叔叔一样。”

剪纸让我高兴，索妮娅更让我高兴，可是她妈妈就不怎么让我高兴了。至于去代替一个叫居斯塔夫的人物，想想心里都十分不是滋味。那个男孩叫小女孩闭嘴。他站到一块石头上，摆出一副深思的样子。终于，他两眼盯着我的眼睛，说话了：

“等我长大了，我也去当兵，我要杀死成堆的法国佬。我要开一架飞机，我会有一挺机关枪。”

“一挺连发的机关枪。”他旁边那个男孩明确指出。

旁边那个男孩，虽然年纪很小，却长得像耶稣，像个波兰人和犹太人，就是说，像个德国知识分子。他戴着一副金边眼镜。我让他们明白，我不怕飞机，因为我永远也不会到空中去散步。这时，那第一个男孩叫起来：

“喂，你们，法国人，我们打败过你们。嗯，我们打败过你们，是不是？”

“那跟我没关系，”我谦虚地说，“我那时候没当兵。”

“我们把你们打得大败。爸爸曾给我们带回在巴黎拍的照片。法国人十分有礼貌地向德国人脱帽致敬，就是对普通士兵，也称他们‘军官先生’。”

“不可能，”我说，“不可能向德国人脱帽致敬。那时候都没有帽子了。”

那个像波兰人的知识分子大声争辩：

“没帽子啦？谁说没帽子啦！我爸爸就给我妈带回过一顶，上边还有帽檐和葡萄粒一样的东西呢。”

我撇了撇嘴，表示怀疑，但他坚持，我就说，那可能是一顶比利时或摩洛哥人的帽子，但肯定不是法国人的帽子，要是上面有葡萄粒，准会有人扑过去把它吃了。当时我们都快饿死了。我们那时吃的是象虫泥、炸蛞蝓泥，或是桦树皮泥。他们承认，我不胖。最后，那个像犹太人的知识分子——从他灵魂的卑鄙来看，我承认他真是个知识分子——吼了起来：

“怎么，我们得吃老鼠、癞蛤蟆，得吃蛞蝓呀？”

“对。”我威严地答道，“还得吃苣荬菜，鸭毛。你们还会啃自己的手指甲呢！”

这时候，一个头上包着黑白两色头巾的女人走过来。她喊道：

“你们疯了么，孩子们？天都这么晚了！”

我辩解了几句。我说，我们这是在男人和男人之间非常客观地研讨政治局势。

“我知道，”她笑着说，笑得很甜。这种笑在德国随处可见，因为面孔严肃的人笑起来比一般人好看。“我知道。但他们得回家了。我丈夫应征去了东线。”她补充说，好像是在道歉。

她抱起索妮娅走了。我还来得及喊着告诉她，我不会剪她的头发。在法国正规军里，和在抵抗运动的部队里不同，剪人家头发的小伙子不多。

我转身走上来时的路。见到这几个人，我感到高兴。城市烧了，文明毁了，可是，小孩子们还狂热地想着将来当兵玩……很明显，生活还是有意思的。我热切地希望，二十年后再有一场新战争，不然的话，法国和德国就要和解了。我们这些人，在历史上，就成了一些令人扫兴的角色，多少有点像参加过克雷西战役或滑铁卢战役[1]的军人，共和国的历史学家侮辱他们，对他们叫嚷："你们这群笨蛋！你们推迟了英法条约的签订！英国人是不会对你们感到满意的。"

我正在这么想着的时候，碰到了指挥官奥利维埃。他很严厉地望着我。一阵让人感到压抑的沉默。

"刚点过名，"他终于说话了，"点名的时候您不在吧？"

我含含糊糊地答道：

"我不在，指挥官。我把时间搞错了。我刚才在那里，"我怯生生地往教堂那边指了指，"桑代和洛·昂德罗当时跟我在一起。"

奥利维埃的眼神儿一下子就变了，快得让人想到变速箱发出的吱吱嘎嘎的声音，刚才怒气冲冲，此刻全是赞许：

"桑代？洛·昂德罗？您真让我吃惊。"

我让自己的声音变得尽可能柔和。

"是啊，指挥官。开始，他们不敢进去。他们站在那儿笑。我就对他们说：别不好意思，别想了，跟我进去吧。于是他们就拿定主意，在里头待了一个钟头。我不知道他们想了些什么，不过他们待在那儿没动窝儿。"

奥利维埃用左手托起下巴。他的声音变得极为悦耳：

"您真是个有意思的小伙子。不过，别忘了点名。去吧！走吧！"

我走了。我喜欢奥利维埃。我喜欢基督徒。他们身上有一种美好的东西，有一种温柔的、烤黄了的东西，说不出来是什么……

---

① 克雷西战役，指英法百年战争中英军对法军的一次胜利，即一三四六年八月二十六日英国爱德华三世在克雷西重创法国腓力六世大军的战役；滑铁卢战役即一八一五年六月十八日拿破仑遭到彻底失败的那次战役。

在街上转来转去，我终于又碰到桑代、洛·昂德罗，还有那个萨里·奥莱。对他们的所作所为，我嗤之以鼻。我说话严肃。桑代嘟囔着说，他依旧像团旗一样洁白无瑕。他绝对只能和棕色头发穿高筒皮靴的姑娘做爱。洛·昂德罗乘机就共产主义制度给法兰西带来的新生发表了一通议论，共分三点，说以后只纯洁地接吻，眼睛盯着眼睛，不做非分之想。

我们回到市政厅。那里有酒，有歌，哥特式的家具上到处都是装甲兵，几个大兵，几个拿着叉子的混蛋，在毁坏克拉纳赫[①]的一幅画。洛·昂德罗大声喊着，说党是保护艺术的，应该尊重博物馆里的画。桑代怒气冲冲，破口大骂，说这类高级画比一群笨蛋都值钱，因此，谁都没有权利去动。

后来他们为什么要砸破那只箱子？干吗要装出这么一副样子？卡塞·蓬蓬那张藏在法官无檐帽下的脸，使时间倒退了几个世纪，又回到中世纪去了。这个长着三个龟头和三个睾丸的家伙，小傻瓜，单调地唱着一些与众不同的东西……恐惧和夜混在了一起。我们干了些什么啊？我们干了些什么？

毫无睡意。废物，胳膊是废物，没用。我的脚被睡着的外籍兵绊了一下。终于，那双灰眼睛又浮现在我眼前。我想吐，想哭，想向马克西米扬或上帝诉说，想在总是尖尖的东西上面不停地打滚；啊，烧吧，到哪个地狱里去找火焰的凉爽？站在门口，因为不敢出去——然后又去了那个醉汉趴在我耳边说话的小阳台——我胆战心惊地看着夜色。我觉得我受不了啦，脑袋要裂开了，我把手放到太阳穴上，高兴地发觉，我已经哭出来了。

---

① 克拉纳赫（1472—1553），德国著名画家、雕刻家。

桑　代

K市被拿下来了，作为标志的，是人类历史上发生过的那些算不得新鲜的事。可是，每一代人都得重新学习他们父辈已经十分熟悉的课程。在法学业余爱好者眼里，K市那些被强奸的大姑娘小媳妇，对被扔在萨瓦省各个城市便道上的法国妇女说来，正是一报还一报。在这张三折画的中页，可以画一个以手扪心的老人，用以代表良知，然而，老人是不会强奸的。不过，用人类的语言表达，我们把这种正义称作报复。躲在桌子后面或是阴影里肩膀裸露的德国女人，一旦被法国大兵弄到手，就成了这种报复的一部分。

第二天，主持这场寻欢作乐行动的迪厄拉富瓦中士——有点像披挂整齐出场的马戏团演员——庄严宣告：

"我们不是野蛮人。我们会在眨眼之间为她们把一切恢复原状。"

他一伸手就把第一张桌子搬开了，桌子上的大理石台面已经裂开了。大厅里又恢复了死气沉沉的样子。他们搬来一箱子锯末。一位艺术家在洒了白灰的地板上画了些画，用的工具是漏斗和一瓶水。我衣冠不整，静静地待在角落里，嘴里叼着一支烟，开心地微笑着，因为，我正在观赏现实生活中的法国人。

这出喜剧的另一面是由奥莱演出的。他在队伍前面大步走来走去，不时用手往上捋捋他那绺头发，有时绊一下，搞得牙齿格格作响，说个没完没了。反正我是觉得他说得太多了。他用温和的语调向我们解释，说我们打得不错。我们是真正的装甲兵，我们有权戴我们的橄榄帽，歪戴着都行。只不过，战争还没有结束。战争之后，还有和平。不能让人家说：法国人是流氓，他们就知道破坏。（多丰富的想象力啊！法国人能够把东西打碎，而不把这些东西破坏。）说到底，我们还是一群孩子。第一天，我们不过是玩玩，连我们自己也不知道是怎么回事。可是，德国人在看着我们，在评判我们。睡醒一觉，今天早晨我们还感到自豪吗？他问我们。（前一天我们也不曾自豪过，你这个缺乏男子气的傻瓜。）他最后说了这么一句："我不能替你们做出回答。"

我回答不了这个问题。我讨厌那些善解人意的军人。他们向我投过来的目光越温和，我就越坚持这样的想法："我不想知道""没这么回事"。他们生气，他们惩罚我，是我从外边把他们圈起来的，把他们圈在了不公正和困苦之中。离开的时候，我轻蔑地望了他们一眼。我能酣然高卧，而他们要受成千上万个问题的折磨。

这时，拉乌尔和一个我不认识的人从一条街里走出来，那条街的名字我总也记不住。他们问，我们是不是有一个月的假。马克西米扬想捉弄人，来劲儿了，就说："没有的事。现在的问题是，得乖点儿，在没得到丈夫允许之前不要和德国女人接吻。"

我打断他的话，为的是也对上校的话做一番评论：

"他嘱咐我们，在夫妻两个人中间，与其强奸丈夫，不如强奸妻子。参谋部希望避免外籍兵和装甲兵之间发生争吵。"

我们向教堂走去。那个满脸忧愁与悲伤的士兵一直跟在我们身后。拉乌尔粗鲁地骂他。"这个混蛋想和我们一起去望弥撒，"他解释说，“他让人讨厌。就因为这种人去教堂，教堂门口才有成群的坏人，宗教才丧失了威信。你还得想想那些本堂神甫，他们像人对付公牛一样对老百姓。什么年月啊！”我觉得拉乌尔把天堂和赛马俱乐部搞混了，但我没做任何表示。既然他接受了我，我跟着他进教堂就是了。不过，有人可能把我当喜剧演员了。上帝饶恕我，我有各种缺点，但是，真的，我讨厌人们用眼盯着我。别人越少想到我们，就越好。他们没必要在脑子里琢磨我们。

我们在门廊前面站住，等着拉乌尔和马克西米扬。我们是四个人：有两个胆小鬼死命地跟着；洛·昂德罗的原则和宗教相反，对一个共产党人来说，宗教是一种不道德的理论，太过天花乱坠；还有圣-安纳，他说早晨六点他就已经在地下小教堂里。这孩子，他本身既是军队又是教会。他没经历过任何真正的危险，却大肆鼓吹英雄主义。（他还是个舞蹈家。子弹从身边飞过。）我猜想，他刚读完《三剑客》或是《懒汉》，读得热血沸腾。完全不是这么回事嘛！后来他跟我说，他希望成为我们这个团的唯一幸存者。那样，他就能不费吹灰之力，成为一个人物。每个装甲兵都只死一次，死了就死了，但他却要成百次地活下来。这种计算方式倒也不乏迷人之处。他三月份来的时候，我们曾经以为，这个新兵干苦力最合适。可是，在使用他的过程中，他表现得像个小畜生，说谎，眨眼就不见人影，而且奸诈……他常常让我高兴。

别人聊天时说到军饷的事：这是个大题目，是个引人入胜的大题目，说到这个问题，大家都是斤斤计较的。在我心灵深处，我喜欢旧制度下的军队，穿得五颜六色，一不发饷就闹事；然后，突然之间，钱到手了，就向敌人扑过去，狠揍他们。另一方面，现在这场战争也绝对没意思。战争给了我们每个人一个职位，如此而已。

内战会给我们带来更大的乐趣：泥腿子反抗贵族，那要刺激得多。别人望完弥撒出来以后，我把这个题目提了出来。洛·昂德罗的眼睛，像职业中士闪光的肩章一样，一下子亮起来。然后，不知怎么一来，话题又转到死的问题上。圣–安纳认为，说我们有点像穿着漂亮的制服举行葬礼，不太吉利。这没什么不吉利。谁在谈论死亡？我们的将军，在他发布的公告里，还有那些政客，一句话，所有的流氓。上帝要仁慈得多，它请我们永生。上帝的太阳温暖着我们的脸，就像情人的手，她发着烧，希望我们分享她的热（情人就是这样）。说到洛·昂德罗的情感，在早晨说话的时候，我观察得极为仔细，不可能再有任何怀疑。他的脸因激动而抽搐着。一说到英雄主义、荣誉，有人看他一眼，他就忘乎所以。别人更喜欢金黄色头发的女人。

最后，他们扔下我走了。我跑着穿过广场，决心去赶一场快完了的弥撒。我就像个宁愿渴着也要让杯子里剩半杯水的病人。我大步跨上教堂前的台阶，就像一百四十年前拿破仑那些大屁股轻骑兵跨上这些台阶一样，他们是一些不信教的酒鬼，但闲下来的时候，他们是文明的朋友。他们和我，我们非常相像，一样腼腆，为了克服腼腆，也都粗暴地对待自己，但他们打了许多胜仗，他们建立了一个帝国，这就是他们的迷人之处。

在寒冷的阴影里，我向圣坛走去，一边眨着眼睛。我跪下来。几个德国人闪在一边，大概他们以为碰到了一个该下地狱的人，但我并不传染。用壮丽这个词来形容教堂，是再恰当不过了。同时，也用得着管风琴、麻木、安静、追思祷告、举扬圣体、出租椅子者这些词。无数的金色织物开始在我眼前跳动。我不虔诚，但我是个教徒。这是我的天性。

那个我在众人之先第一个注意到的高个子姑娘，就在我前面。我探了探头，看到她缺乏生气的眼睛，稍稍有点高的颧骨，柔和的嘴唇，但这是一张军人的脸，有着勃兰登堡[①]和莱茵的特点——草原文化的一面，即街上电影院里演的间谍电影的一面——她有撒马尔罕、布达佩斯和什切青人的风度：说她像撒马尔罕人，是为了便于体会她那几缕像箭一样乱摆在额前的黑发；说她像什切青人，是为了更准确地指出她眼睛的灰暗颜色，是波罗的海那样的灰暗，宁静，冷酷，漂浮着尸体，海水一会儿把尸体吞没，一会儿又吐出来，非常单调——一个年轻姑娘。她没化妆，笔直地在位子上跪着，朴素，如果你愿意，也可以说很动人。唱诗班的一个孩子摇了摇铃，她站起身来。这时我可以更好地欣赏她那副生得极美的美人肩和她那双修长健壮的腿。一双长腿使她显得更加匀称，对了，还应该说：显得健康。我一低头，看到了她的袜子，其中的一只脚后跟补过，鞋是黑色的，太大了点儿，她跪着的时候，鞋不跟脚。她的性格为什么动人，这个细节给我做出了解释，但一开始却让我生气。她穿的是一件丝质白长袖衬衫，帽子也不难看。项链的珠子似乎是真的。她手里拿着一本望弥撒的书……很好，望弥撒的书，可惜的是，她拿倒了。她跟我同时发现书拿倒了，立刻正了过来，但一页也没翻。领圣体时，一张圣像慢慢盘旋着落在我脚下。这是圣米迦勒的像，画的是他正在和恶龙搏斗。经过这场惊险搏斗，米迦勒这个漂亮的年轻小伙子就升成了中校。

这时，一个嗓音沙哑的议事司铎登上了讲道台。他从福音书讲起，福音书告诉人们要忍耐，要有勇气，并预言正直的人会胜利，

① 勃兰登堡，德国东部一地区名。

虽然恶人表面上胜利了。几个显要人物主动表示赞成，并向我这边投来阴险的目光。我心满意足地微笑着，使劲鼓掌。一切又归于平静。我周围的人开始交头接耳。远处，信徒们因为念及他们中间的一个人的英勇行为而激动得发抖。我这位姑娘一动不动。

布道的议事司铎又打起精神，跨过几个世纪，说到现代。他说的有两三处让我高兴。我虽然穿着军服，戴着军帽，但我仍然想着往事，想着一九四〇年我还是个孩子时在法国的某个城市比如圣马洛的情景。那时德国人刚到，在一片惊慌中，教堂的声音从远处传来，使我们镇定，得以生活下去。这一点，我不曾感受过，是我想象出来的。

我拼命搜寻这位巾帼丈夫在阴影里的一面，以便好好看看她裙子下面露出的那双肌肉发达的大腿。只是到了这一刻，她才转过身来，直勾勾地望着我。一张极其坦率而奸诈的脸，表现出来的是：果断。她举目四顾，似乎因为有这么多人而感到吃惊。一副深藏不露的神情，自信，撩人。命令发自她脸上的线条，恰如雨水从天而降。布道的人嘱咐大家，要尊重占领当局。这时她好像奇怪地笑了笑。也许，她根本就没笑。布道的人祈求上帝保护那些没有自卫能力的人，即老人、儿童和姑娘。最后两个字在教堂的拱顶下嗡嗡回响：

“……姑娘，姑娘……”

接着，这些德国人不无贪婪地领了圣体。他们回到各自的位子上，慢慢地，两只手交叉着，嘴抿得紧紧的，摆出一副卑微的神情，就像地位卑下的法国人。

出来的时候，太阳晃得眼睛难受，像刚才在里边黑得看不见一样，我靠在一根柱子上。我看着那个姑娘走过。她很美，极为果断。

我再没有任何机会看到她了。这真遗憾。这不公正。我又回到祭坛，祭坛在头的上方，显得光明而遥远。这是另一种美，另一种抚慰，当然也同样令人惊奇，因为，上帝说了，他会像小偷一样来这儿。两种消极的东西使我失去了上帝和那个陌生女人：一种把我从我本来就一无所知的自我身边推开，一种让我规规矩矩行事，别去打乱自然界的秩序。我回到分队，碰上韦里泰准尉，他正在和我姐夫聊天。我溜到房子的一角，拿起蒙特吕克[①]的《回忆录》，放在膝盖上。这是个大四开本。三十年之后，我可能会不无自豪地想起，我曾带着这么一本大厚书和一件在朗万买的睡袍来打仗，眼下我倒觉得这不算什么。韦里泰准尉来到我身边，扭过头来看书名。“啊，蒙特吕克，”他红着脸说，“对，对，我认识这家伙。”我自言自语：“对，对你个鸟！”他扭着身子离开了。贝尔纳·蒂索问我，蒙特吕克比不比得上蒙田[②]。“蒙特吕克半生不熟，”我对他说，“还是蒙田煮得火候好。这只是个牙口问题。”我姐夫进步了，在渡过莱茵河之前，他可能会实心实意地问我，普鲁塔克[③]是否研究过圣埃克絮佩里。

第二天，第三天，我都一直在想那个陌生女人。我不是雏儿。我有招数。我知道，只要长时间想着一个女人，生活就会于不知不觉之间让我们接近她。然后，我把目光转向我们占领的这个国家。这是件不可思议的事。集中营离得不远，像别处一样，那里也有官员。但最终不能用的那个字眼却是“新鲜”。那姑娘重新回到大自然的韵律当中，而我留在了门外。

就在这段时间前后，我算了算，六年来我杀了多少人。多数是

---

① 蒙特吕克（约1502—1577），法国元帅，在宗教战争中对待新教徒十分凶残。

② 蒙田（1533—1592），法国思想家、伦理学家、散文家。

③ 普鲁塔克（约50—125），古希腊历史学家。

德国人。啊！我啊了一声，要是这些人都带着妻子（忧郁而亡）、孩子，以及他们妻子的情人和私生子（忧郁而亡，忧郁而亡！）在天堂门口等着我，我还不大容易进去呢！丘吉尔和雷诺[①]先生早在一九四〇年就在议会发表过声明，说他们在上帝那里订了十五万个位子，勇敢的士兵可以放心地去死。当年的勒伯夫元帅[②]也喊叫过："万事俱备，一个光环不缺。"尽管有这样的保证，我还是不怎么有信心。

下地狱，我当然不愿意。地上谈论鬼神的笨蛋太多了，说的时候声音都发颤。这就不是好兆头。

有一天，一个信息灵通的装甲兵趴在我耳边悄悄说，我们死了以后，要以氮的形式再回到这个世界上。这种解决办法根本就不适合我。我对化学一窍不通。但是，教理问答课我考第一。

我对同伴温和。光彩夺目的橄榄帽，新面孔……很久以前我就下过这样的定义："装甲兵是一种富于幻想的军人，他们对生活温情脉脉，但搞女人粗暴。"后来我否定了这种看法。我微笑着看他们。这里有八百个出身相当不错的青年被投入战争。三分之一的人得死，但他们死而无怨。年轻人不喜欢大人：可他们也不喜欢自己的青春。

驻扎在德勒克诺的外籍兵就完全不同了。我被派去给他们送信。我不喜欢那些肮脏的黑鬼，也不喜欢阿拉伯人，他们成队列行进的时候总是唱：应伟大真主的召唤……回来的时候我吹着口哨，吹的是《主宫医院的酒吧》。我骑着摩托车，微风拂面。正吹到最动人的那段时，忽然听到沙哑的叫声，于是我加快了速度。在一条小路上，

① 雷诺（1878—1966），法国政治家和国务活动家，是法国政界主张抵抗纳粹德国最坚决的人。

② 勒伯夫（1809—1888），法国将军，普法战争初期的陆军大臣。

我碰上了五六个外籍兵，围着一辆胶皮轱辘马车。我一眼就认出来了，是我那个陌生女人。她穿着一双长筒靴，头发也显得比我第一次看见她的时候长。当然。恐惧没有使她变得更美。我问那个下士，他想跟这个年轻姑娘要什么。他比画着，用蹩脚的法语（因为，这些野蛮人很少有读过蒙田作品的，而照索邦大学教授的说法，蒙田还是个阿拉伯作家呢！）向我解释，说他们只不过是逗逗她。对这个德国女人来说，这么逗逗，可并不一定好玩。他们是六个人，我没带家伙，他们带着。我一直讨厌成群结伙的人。这几个阿拉伯人，从他们的意图和醉醺醺的样子看，是一伙。我想动武，不用怀疑，结果一定是被人撂倒在地。对，败了，发了火，可能会让我开心。但我命令自己，要采取相反的做法。我拍了一下下士的肩膀，建议他玩纸牌，用这个德国女人当赌注。下士的眼睛亮了，问我怎么个赌法。我只有一辆摩托车和一块金表。他们争论了老半天。陌生女人明白了我们要干什么。有人拉着她的马，她站着，脸吓得煞白。实际上，我想你不能向一个女人要求更多的东西了：花容失色，不管怎么做，结果都会是这样。我用德语向她解释，说我没有别的办法救她。

一个外籍兵手头有骰子。骰子比扑克牌更容易被他们接受，扑克牌上的脸谱总让这些肮脏的黑鬼紧张，因为他们认为，扑克牌上的国王老K将会惩罚他们。头一手，我就输掉了摩托车。我想我本该把摩托车分两次下注的，但是晚了。接着又输掉了手表。手表是克洛德给我的，是父亲去投奔戴高乐之前悄悄托付给她的。把手表输给这些野蛮人，我坑的人就太多了。我翻自己的衣袋。我还有五百法郎和一些零钱。我用这笔钱赌摩托车，赢了回来，接着又再输掉。我什么都不剩了。外籍兵眉开眼笑，因为已经让一个装甲兵输得精光。我正打算用拳头演一场全武行，这时，那个德国女人把她手上戴的一枚戒指扔给了我。那几个阿拉伯人赌上了瘾，毫不犹豫地就接受了这枚戒指做赌注，这枚戒指，他们原本可以毫不费力地抢走的。这确是一枚大戒指，上面镌刻着姓氏。我掷了骰子，是两点。我已经觉得像胸膛上插一把刀一样难受了，这时中士粗野地骂起来：他的点也不大。我重掷。这次，我赢了。事情也就定下来了：从这一刻起，我不再作弊，堂堂正正地把骰子掷到地上，样子就像个不怎么会赌的人。时令正是春天。这个季节让人变得天真。首先，我赢回了摩托车，戒指，接着是我的手表，我的钱，那个德国女人，六个阿拉伯人的积蓄和他们的皮带。这次轮到他们一无所有了；他们不能在大路旁傻了巴唧地哼哼着搞这个外国女人了。他们没出一句怨言，赌的乐趣无疑已让他们感到尽兴，和赌相邻的乐趣也不一定能让他们这么尽兴。他们握了握我这只把他们打败了的手，这只他们已经尊敬得像个长官的手，谦恭地走了。

我把戒指还给那个美丽的年轻女人。她大大方方地说了一声谢谢，坐上车，策马而行，一下子就无影无踪了。我想，她这么快就走掉，令人扫兴，而我既然走上了这条路，干脆就顺着这条路往前走。路在城堡附近拐了个弯，外籍军团的参谋部就设在那座城堡里。从很远的地方我就瞥见了那个陌生女人，她正停在一座带大花园的两层破旧房屋前面。我把摩托车靠在树上，祈祷着不要让人家把车轮子偷走，然后走过去。我走近别墅，无意之间看到写在大理石牌子上的别墅名字：“失去的家园”。我不由得做了个鬼脸。长辈们不好好注意避免做可笑的事，就永远也不会知道为后代做了什么错事。

邻居家好像关着门，我跨过栅栏，把脸刮破了。这张脸，是为了让人觉得我样子可怕的。我跨过栅栏是为了吃杏。确有一块圆圆的草坪，中间长着一棵杏树，树底下有一只脏兮兮的小黄狗汪汪叫着。我做出个笑脸，伸过手去。小狗不叫了，开始像圣-安纳了。我慢慢往前走，把手朝它的头伸过去。想到我在勾引一只小狗，觉得羞得要死。感谢上帝，一般的狗通常会跑，或者咬我，不管是跑还是咬我，都表示我是外人。这只狗，我用两个指头掐着它，把它从地上拖起来。这是只什么狗啊！竟任人把自己掐死，我又把它轻轻放到地上：因为，一只狗的尸体，已经比一只狗好多了。我擦了擦流在袖子上的几滴血和涎沫，然后靠着栏杆，在一个没有光线的角落里坐下，前面是一片树丛，长着倒挂金钟或是枸骨叶冬青什么的，我不太认识。一个小时里，只有一队法国兵走过。我吃了五六十个杏，把杏核扔到离我十米远的地方，我在地上写字玩，写了几个不合逻辑的字，即：法兰西万岁。

我觉得太阳开始偏西了。我看了看刚从阿拉伯人手里赢回来的表。表针指着四点半。看来莫洛中尉该开始着急了。我跨过两座别墅之间的栅栏。花园的尽头，有个鸡窝，有一些晾着的衣服，已经干了。这是和平时期的龌龊活计。有一扇半开着的小窗子，我爬上去：我想，这就是所谓的腰头窗了。我从窗户跳进去，到了一间配膳室。我打开一个壁橱，只找到一点面包，一点干鱼。我感到厌恶，把东西推了回去。接着我穿过宽敞白净的厨房。我贪婪地喝了三杯水，是那种全世界所有的厨房里都在流着的水，像水本身一样漠然地、说教式地流着，有点像“现在”[①]的纯净手指。

然后我溜进一条长长的走廊。我顺着走廊走到楼梯口。我在生活中会做两件事：爬楼梯而不叫楼梯发出声响。另一件事我不说。

---

① 疑指名画《过去、现在和未来》中表现为妙龄女郎的“现在”。

我闯进一间关着百叶窗的大屋子，屋里有一张红色的床，颜色很深，光滑如缎。角落里有一个书架，书架对面是一个很奇特的壁炉。我把百叶提起一两个格。这间屋子不乏某种奢华气。我从书架子上拿出一本莱瑙[①]的诗集，躺在地毯上读了几行。没过多一会儿，我就为自己的怯懦深深地自责起来。我把书插回书架，顺便扫了一眼一本皮面精装的相册。我终于回到楼道，猛地打开另一扇门。

那个腿和面颊让我着迷的高个子姑娘，就在右手那张沙发上躺着。她已经脱了靴子和马裤，只穿一件肥大的黄色套头衫，下面是一条针织的三角裤。她抽着烟，头仰在后面，髁骨交叉着。她那张略显忧伤的嘴正在吞云吐雾。沙发罩是蓝色天鹅绒的，已经褪了色，屋里是一派有太阳的下午的凄凉。

“对不起，”我说，一边把门关上，“我没想到您已经把靴子脱了，这有点失礼。”

我从一面镜子前面走过，发现我的脸很脏，制服上衣也皱皱巴巴、鼓鼓囊囊的，像件睡衣。她腾地站起来，走近我。

“您要干什么？”

这个问题把我问住了。我脸红了，垂下眼睛。因为我也不很清楚我要干什么。想进一步认识她？大概是吧，而且，她像一尊骄傲的铜像，我要把她熔化。不过，我心里还有比这种欲望更多的东西：想占有一个心怀敌意的女人，强使她习惯，强使她微笑。要把她衣服扒掉，看着那些衣服散乱地放在地上。还有什么？看看她会怎样愤怒？或者，在这种情况下，她又会是怎样一种无动于衷？想象中的一切，都不能满足我的愿望。忽然，我祈求起上帝来了：“上帝啊，

---

① 莱瑙（1802—1850），奥地利诗人。

求你了，不管她多么粗野，让她有些令人尊重的理由吧！上帝啊，不管千难万险，把她给我，让我在人世上的愿望，再得到一次满足吧！”

她站着，大腿上裹着一块蓝单子，和她的套头衫颜色很不协调。我从这么近的地方看她，近到能突然看到一个生灵，就是说，让那生灵自己跳了出来。很明显，这是个年轻姑娘，我看也就二十六七岁。她脸上有雀斑，大腿美得无与伦比，下巴撅着，大眼睛是灰色的，神情倦怠，两排牙齿排得紧紧的，我什么都不想漏掉。不过，我还是清醒过来了，含含糊糊地说道：

“上个星期天望弥撒的时候，我看见了您，让人厌倦的弥撒……总之……我想您想了四五天，昨天才刚刚把您忘掉，但现在您又非常清晰地回到我的记忆里了。”

我坐在一个软墩子上。她先问我是怎么跟到这里的。接着她绽开笑容，是人在受了感动时才有的那种微笑，很难描述。这不算什么，这是那种说下就下、给人洗脸的暴雨，是某种不怀好意而又嘲弄人的东西，她的嘴一直半张着，嘴唇柔软而有光泽。

“我讨您喜欢？”

“对，”我说，声音里没有一点热情，因为，我的希望破灭了。这是个娼妓，对你倒很合适，但你要作诗，还是改天吧！

她伸出一只胳膊，用手在我脸上慢慢摸着。我闭了一下眼；这是一种不足为外人道的幸福。这时她跳了一下，我笑了笑。她靠着墙，用一支黑色手枪指着我。她的声音柔和而坚定。

“您是个傻瓜，”她说，“所有的法国人都跟您一样。你们自以为有吸引力！可是不，你们没有吸引力。您也一样，是另一种阿拉伯人。我看不出有什么不同。”

我做了个手势，表示抗议。

“一切都安排得天衣无缝，”她接着往下说，“后边那座别墅倒了，对着地窖正好有一个洞。或者，在花园的尽头还有一口井。好像拿破仑时代就往里扔过法国人。从那以后，井水就有了一种芬芳的味道，您明白了吗？”

我乖乖地待在那里，两只手放在膝盖上，念叨起上帝来。上帝竟允许这样的事发生。

“您在哪里学的德语？您没有口音。您不再喋喋不休了嘛。您是来玩的吗？可怜的小法国佬！”

她摇了摇头。她重新拿起烟来。她的脸有点儿像面具。这个印象是她的两只大眼睛和苍白的脸色造成的。光着大腿，手里攥着一把手枪，两只靴子倒放在地上，要使她变得有诱惑力，是什么都不缺了。我问她：

“旁边屋子里那个年轻人是谁？”

“这事您别插手，那是我小叔子。”

过了一会儿，我又说：

“您不杀我？”

“杀，杀，”她说，紧抿着嘴唇，非常可爱地微笑着，“不过，您是第一个。这也是个可遇而不可求的机会呢！”

我真想扑到圣米迦勒脚下，他是在这种情况下唯一能比较理解我的神祇。她继续琢磨我，好奇，惊讶或轻蔑，把她的瞳孔都放大了。

“您大概觉得我这个人不够意思。您把我从阿拉伯人手里解救出来了。这不成其为理由。我知道上个星期天在K市发生的事。您必须死。然后，是的，然后这类事才会从我脑子里消失。”

“您太感情用事了。”我小声说道。

她命令我转过身去。这回，她生气了。

“去靠墙站着，背靠着墙死，对您好。”

我照办了。

“很好，”我小声说着，“就照您说的办。您觉得怎么做能得到最大的乐趣，就怎么做。”

她稍稍往前靠了靠。我转过身来，和颜悦色地看着她：

“说到底，宝贝儿，如果你想让我以为你是认真的，那就把保险打开。”

就在她徒劳地扳动扳机的时候，我攥住了她手腕。不用攥得太紧，她就让那把已经没用的大手枪掉到了地上。我跟她面对面站着，我想哈哈大笑，又想安慰安慰她，不知道干什么好。这时我突然想到奥莱上校的公告里说的法国军队在德国要起的作用：一个文明角色。于是我摆出和解的姿态，用胳膊把她搂住，还吻了吻她。她挣扎着。她想用膝盖顶我，这样做不算笨。我把她像美军背包一样拎起来，抡了一下，然后扔到两米开外的沙发上。她怒不可遏。可我连一分钟也没想过，她曾经试图杀死我。我觉得她还是很和气的。我很喜欢她。如果她不犯傻，不挣扎，我也许在吻了她以后就走了，因为我欺负了她，已经享受到乐趣。可是，她光着大腿，套头衫高高卷起，让我有了别的想法，这能怪我吗？

我趴到她身上，我这八十五公斤的体重没过多久也就瞒不了她了。她尖叫一声，我笑了。我事先通知了她。

“要是哭可以让您好受点，就哭哭吧。但千万别喊叫，那样就可笑了。”

我伸过一只手搂着她脖子；我抚摸了她一会儿。她的套头衫旁边有个拉链。命中注定，这项乐趣也没有不让我享受！她想咬我，我用手背亲亲热热地抽了她几下。我们俩都停了下来，因为她鼻子流血了。

“真坏，”她说，“知道您比我有力气。您至少有九十公斤。”

“那当然。要不我就不会跟人家动手了。您看见了，跟外籍兵，我就没动拳头，我是把您赌赢的。”

“您赢了真遗憾，要不这早就过去了。”

“怎么会这样想！您也太不了解法国军队的手段了。”

我们就这样缓慢地轻声细语地交谈着，每说一句话以后都有长长地停顿。人只有恼怒或欢乐的时候，话才会这么少。我们俩相隔十厘米。我抚摸着她的身体，她的身体像脸一样美。二十世纪的风尚是，讨厌软绵绵，我们对野性爱得发狂，自己也闹不明白，我们究竟是野蛮人呢，还是堕落了。我呢，平时装出一副样子，好像十分讨厌世俗的人，此刻却因为在生命的基本动作上和他们相似而倍感幸福。我喜欢他们的教堂，他们的油画。我反对现代世界，但我热爱这个世界里的俏丽女人。我有了一种大彻大悟的感觉。我于是用充满仁慈的眼光看了看这个德国女人。我想把头靠在她胸上，因为我想听听她的心是不是跳得很快，闻闻她的两乳之间是不是有薄荷味儿。于是我动手解她的乳罩。我笨手笨脚的，把扣子给弄掉了。这一掉使我非常开心。我想：“这太有意思了。我们正在一出戏的高潮，她梦想着把毛衣针扎进我眼里。不过，几天之后，她得坐在窗前安安静静地缝自己的乳罩。这情景我能想象得出来。互相伤害，根本没用，秩序最有力量，而且总能找到自己的正当性。”

“可怜的法国人，”她说，“可怜的雏哥儿。您没有接触正经女人的习惯，因为所有的法国女人都是娼妓。”

我告诉她，说她的乳房非常美。接着我心悦诚服地承认，所有的法国女人都是娼妓，但有半打除外。她气得脸发白，接着说：

“我父亲是赖希兹韦赫军团的军官。他在你们肮脏的大路上收容的成千上万的人，都和您一样。收容之后，安排他们在农场里干活。他们会为一块面包去吻人家的脚。”

我求她接着讲讲她的家庭。说起家来，不知道她怎么那么高兴，我也是，因为，说到她那个在伞兵团里服役的弟弟在意大利被杀，她丈夫当了俄国人俘虏的时候，我正在用手细心地抚摸她的屁股。对这两个人，我同情，我敬重。说到我这边，我父亲在一九三九年也是军官。德国鬼子在索姆河战役[①]中把他捉了去。我确实不喜欢我父亲，但我得为他报仇。这是个血缘问题。这个呢，是头一条理由。这理由算不了什么，我也不认为这算什么理由，只是个幌子。再有就是，我怀里搂着一个白白的高个子姑娘，我想要她。这已经很好了。不过，是不是真好，我也不完全相信。没有女人，我也活这么久了，我瞧不起只是做白日梦式的欲望，而且，我害怕所谓的好机会，怕碰到总是隐藏着你命运的偶然事件。在这两个理由中间，还有空间，可以容纳某种更为复杂的东西。是一种需要，是背叛英雄的需要，是我背叛自己的需要。我强奸了这个德国女人，但就在这同一时刻，一个党卫军强奸了这个世界上我最爱的女人。事情就这么了啦。

我停下来，不再爱抚她。我拧了她手腕子一下。可是，没任何乐趣，因为我讨厌粗暴。我对她说：

“听着，小姑娘。要是您两腿乱蹦，我怕会拧断您胳膊的。当

---

① 索姆河战役，第一次世界大战期间，英法与德国在索姆河地区爆发了长达四个多月的会战，双方阵亡三十万人。

然，您得挣扎，否则就不符合伦理道德，也会减低我的乐趣。不过，要有个限度。”

我把另一只手放到她结实的大腿上，波罗的海和灰色地平线的大腿，这大腿略略改变了我，把我从巴尔比松、莱依勒·罗斯和圣日尔曼[①]带到了宁静的草原。我像拧小提琴的弦轴一样拧她手腕。她不想喊叫。可我想让她小声喊喊。我把自己整个放在她身上，把头扎在她头发里。我闻到了头发的咸味儿，同时也闻到了沙发蓝天鹅绒的味道。在这种情况下，这幅褪了色的天鹅绒沙发套为我提供的关于这个陌生女人过去的情况，比她硕大的雪白身躯为我提供的还多。这使我和她亲近，爱常常使我们失去这种亲近感，因为，那有点儿像演出，一会儿在戏剧舞台上，一会儿在健身房里。

终于，在我动作慢下来的时候，她开始叫了，声音是单调的。我紧盯着她的眼睛，使她不能在叫声里隐藏什么。和她做爱真妙，上帝为我把她创造得十分完美。这个赖希兹韦赫军团将军的女儿，在窗前缝乳罩，晚上躺在床上为德国国防军的胜利祈祷（因为有诸多方位基点，国防军就像个有两条腿两只胳膊的战神），她两只眼像指南针的磁针一样乱转，左手指弯曲着，敞胸露怀。西边，太阳已经下山。这时，一扇百叶窗自动开了，透进来的光线把她的脸分成了金黄色的细道道。她不再叫喊，脸上既有快乐又有愤怒。我是快乐的，就像一个在怒海狂涛中憋得喘不过气来的人，嘴里叼着一大块深褐色的藻类，打着转转下沉时一样快乐。

---

① 巴尔比松、莱依勒·罗斯和圣日尔曼均为巴黎市郊著名风景区。莱依勒·罗斯玫瑰园盛产玫瑰，享有盛誉的苏镇公园即在此地。

贝尔纳·蒂索

当克洛德的丈夫，总算是一件幸运的事。我看着她的照片，不停地这样想。我们分队的人在执行勤务。我光着膀子，帮了他们。装甲车都擦干净了以后，我和马克西米扬中士溜达了一会儿。他对我说，照他的看法，贝当是恶的化身，是上帝派来破坏美好事业的。这种想法正在我头脑里形成，我已经感觉到。无论如何，这种看法是危险的，因为，人们会把戴高乐看成善的化身，是被派来破坏有害理论的，而他发过誓要忠于这种理论。我答应他，得空的时候，我会考虑他的这个想法。是啊，多幸运啊：我正把克洛德的一封信紧紧地抱在胸前。上帝为我保住了她的爱，以后上帝还会帮助我的。吃完晚饭以后，我读了一本精彩的书，是关于在海底捕鱼的。

桑　代

我干了她三次。现在，我不再去想我姐姐克洛德了，我要想路易丝亚娜。轮流着想她们，在爱情上必须讲公正，否则，就会堕入激情，就会任凭头发长下去，就会忘了修指甲，等等。她又咬了我手一口，为了给我留个纪念，或者是因为觉得作恶好玩。我抓着她的头发，把她的头往沙发框子上撞。

“你叫什么？”我问她。

她气不打一处来，告诉我，说这不关我的事。我用不着了解她什么。

我微笑着说：

“可是，我已经什么都知道了。你是一位将军的女儿，将军留着短胡子，戴着十字军功章，佩一把镶着钻石的剑。你弟弟是个纳粹分子，是个很帅的家伙，此刻，鼹鼠正在意大利的地底下咬他肚子呢！因为，那边的天是温和的，可是地就十分无情了。”

她打了我俩耳光。

“我弟弟跟你们完全不是一类人。”

我问她，她弟弟是不是更会做爱。她往我脸上啐了一口唾沫，这让我乐不可支。要是她没和他睡过觉，我说到鼹鼠和她弟弟肚子的时候，她干吗那么敏感？况且，漂亮姑娘的兄弟都是傻瓜。他们的生活老早就被糟蹋了，他们都有个异常复杂的恋母情结。他们最好是打扮成伞兵，偷偷去死。

花园的门开了，我问她要不要拿手枪。她告诉我，那是个老仆。老仆刚从K市回来，耳朵有点儿背。

“您会成为一个乖女人的，”我对她说，“穿上一件罩衫吧，然后，您下去。您不能整宿整宿地吃装甲兵，那会腻的。您去吃饭吧。要是您心肠好，就给我带点吃的来。当然，您如果干傻事，那您得知道，我枪打得好，您的房子会随时起火的，您看着办吧。晚上您再上来，并且告诉我您的名字。”

她想了想，对着镜子耸耸肩，低声说道：

“我不会说的。一个什么也不是的法国佬，只有他一个人知道我的名字，又能对我怎么样呢？对，我会给您带吃的来。对，我会回来。这不怎么有趣，也不怎么没趣，无所谓。”

她站起来，擦了擦脸和上身。我们都浑身是汗，就像游泳的人刚从水里上来，嘴唇上还带着咸味一样。不过，情人身上的每一厘米肉，在某种程度上都是一张嘴，那些了不起的作家早就指出过这一点了。她走起路来有点瘸，因为她在一小时前没少用脚踢我的腿。在她出屋之前，我叫她回来吻我。但她连看也没看我，一甩门就出去了。看到德国人是那么忘恩负义，那么寡情，你就会发现，我们那些当法奸的人都错了。

剩下我一个人，我也起来了。我只穿着制服上衣。我打开抽屉：有袜子，有连衣裙，有潦潦草草地画在小本子上的编结法……这间屋子很大，收拾得不整齐，现在又被搞得更乱了，有几把天鹅绒面的椅子，屋里各种颜色搭配得还算协调，将军的照片镶在一个镜框里。快八点的时候，我坐到衣柜的一扇门后头，紧盯着房门。花园里没有一点声音。莫洛中尉不可能不为我担心。也许他此刻想到的景象是，我躺在一条沟里，浑身是血，摩托车还在我身旁冒着烟。我非但没躺到沟里，两只手还正伸进一件白色丝质连衣裙里，惬意地摸着，琢磨着拿回去擦我的炮呢：我对炮这么上心，他一定会很受感动。九点半，她回来了。我从藏身之处出来，把手枪放下。她不屑地扫了我一眼。

“总是这么胆小，这么可笑！”

“您真讨人喜欢，”我说，“要是没了这份傲气，您这人也就没了一半。把罩衣脱了吧。我希望您在菜里放了些胡椒，这可以给您增加点儿性欲。”

她扯掉罩衣，把三角裤和袜子扯破了一半，然后猛地躺到长沙发上。我仍然站着，乖乖地穿着我那件像睡衣的上衣，静静地看着她，面带微笑。接着，我贪婪地爱抚起她来，几个小时就这样过去了。我把她那些头发卡子摘下，把她头发弄乱。她一点也不缺少性欲，她把嘴唇紧紧贴在我嘴唇上，为的是不叫出声来。黑夜里，她的双肩，就像忘在海滩上的两块白色卵石。她喜欢做爱。她做起爱来无拘无束。她于不知不觉之间爱抚起我来，就像动物表示某种感激之情一样，我对她的感激也表示了谢意。再说了，这是在夜里。我的脸不见了，我不说话，这样可以没有祖国。战争，荣誉，忠诚，所有这些在光天化日之下有滋补作用的原则，都毫无用处了。世界的真实，眼下就在手边，年轻，生机勃勃。时间在远处，空间在夜里被压缩成一个房间大小的不合标准的体积。

大约到了凌晨三点，我打开百叶窗。德国的月亮，面团似的，带着轻蔑，把房间照亮，照着满地狼藉的东西：乳罩，袜子，鞋，绣着花鸟的罩衣。

我又向她走去。她头发披散着，我只看到一张没有笑意的嘴巴、乳房和像尚蒂伊奶油一样洁白的肚子。她两眼冷冰冰的，被我说了一顿。我提醒她，她父亲隶属于世界上最好的军队，这就赋予了她某种责任。她给我端上来的盘子，我早就忘了，这时才想起来找。我摸到了橄榄、煮鸡蛋和桃。不能梦想比这更好的东西了。

她在沙发上挨着我坐着。一条蓝单子盖住我们的腿。我伸手搂着她肩膀。我们彼此都没什么大欲望了。但是，她虽没了欲望，却依然很美，很乖，抱着两只胳膊在黑夜里坐着。一只鸡蛋塞满我嘴，我却还在向她说教。

“您真蠢，”她开始说话了，眼睛望着远方，“我跟您说的关于我家里的事，不全是真的……可怜的白痴！不过您得明白，”她激烈地说，“尊严也罢，不好意思也罢，都是假的，都不合我的口味。您身上有让我高兴所必需的东西：宽肩膀，洒脱，喜欢做爱。”

她双唇紧闭，但我觉得她还会说下去。我小心翼翼地把手指放在她脖子上。拿过橄榄，手指上有油；这不会消减一丝一毫的爱。

“我父亲不是您看到的墙上那个漂亮男人。这张照片是我们和别墅一起买下来的。我真正的父亲是个投机商。他什么都卖。他总是说：‘我可是个自由主义者。我和这些事件没有关系，我谴责战争。’必须相信，战争也秘密地谴责了他：一年前的一天，他在一次轰炸中被炸死了。他的尸体没剩下什么。您知道，这样，我埋起他来倒省了大事。因为，我四天没出屋，棺材就放在屋子里。不过，我想他不再是危险的了；他几乎什么都没剩。他的死总算使我们也分担了祖国的一些不幸。这挺有意思，您明白。”

“那您弟弟呢？那个伞兵……”

“对……这个人是死于战争，但他是拉痢疾死的。我们家不走运。我们家的人生来就不英勇。我自己，这您看到了，您强奸我的时候，我从中获取了很大的乐趣。这事并不太复杂。我们睡在一起，一个小伙子，一个女人。这事会和其他事一样，留在记忆里。”

她假笑了一下，笑的时间不长。我托起她的下巴，吻了她。

“您说谎说对了。若是早知道了这一切，我从您身上得到的乐趣会少一些的。您知道，强奸就跟吃橘子酱一样，要富于想象才行。通过您，我的小姑娘，我以为和一位将军，一位英雄，和地上的天国，有了关系，总之……和一个我们难于立足其间的世界有了关系。不过，我们能让这个世界由于我们的龌龊而失去平衡。这么一来，就谁都没有天堂了。”

我恢复了平静，继续静静地说：

“请原谅。这些您一点也不懂，但您是对的。生活中人们怎么称呼您呢？”

“丽达。”

“您有过几个情夫？很多吗？”

“正相反，我结过两次婚。”

“至少，您不是个离了婚的女人吧？”（在我的童年里，离婚这个可怕的字眼留给我的印象非常深刻。十五岁那年，我觉得自己不逊于亨利·巴塔耶笔下的英雄，我父母在这个时候分手了。这件事，具有拉辛风格。所有这一切我都记得很牢。）

“放心吧。我第一个丈夫死于一九四〇年，是死在你们那里的。我是匆匆忙忙嫁给他的，因为那时正在打仗，服从英雄是振奋人心的事……可他要我寄的是鞋袜和巧克力。在一次休假时我又见了他，心里非常反感，我祈求上苍，想到战争就要结束，他就要回来，我就感到绝望，听说你们的部队退却了，我气得要死。终于，六月十日，我交了好运，他死了。第二个是好样的，我欣赏他。他现在是俄国人的俘虏。”

她突然朝我转过身来，吻了我一下，然后笑了。

“你叫什么？”

“桑代，弗朗索瓦·桑代。”

“你在军队里是什么？中尉？上尉？”

“我是个普通士兵。”

“那你该害臊。你多大了？”

“二十四岁。”

“真有意思。你比我小一岁，可你显得大。”

我回答一句，她就使劲吻我一次。

“看，”她说，“我们同岁，你的肚子刚好比我大一巴掌。我们真是挺好的一对。”

这时，我得让她悠着点了，因为天已经亮了，而天一亮，伦理和道德也就都回来了。我对她说，她走得快了点。她本可以和她那位做投机生意的父亲，她的弟弟，他们的欺诈和肠绞痛以及她数不清的丈夫待在一起的。她又哭了。这就是那些太会做爱的女人的讨厌之处了：她们把我们给她们的全部精液化为眼泪还给我们。我披起制服。一个时期以来，我就是穿着这件衣服在街上转的，由于这件衣服像一件揉皱了的睡衣，整个世界就成了一张人数众多的大床。如果我有什么坏想法，谁也不必感到奇怪。

“再见，”我对她说，“再见。赶快在白天和黑夜之间做个选择吧！”我把橄榄帽扔到她手里。从现在开始，靠着想象，她将毫不费力地去跟人家说，她是怎样把我扔到井里的；对，可以肯定，这个故事已经在她的双唇上生了根；另一方面，也必须给我们爱的人留下点儿纪念；可是，这顶橄榄帽，真需要缝缝了。

洛·昂德罗

你要想了解德国鬼子，必须见到才行。比如，那些村庄：里面全是人。有老头，也有顽童。有一天，就像这样，我们看到了什么啊？路边是一群孩子。我们减速，准备开进村庄。孩子们溜了。我自言自语：我们让他们害怕了。只有一个黑发棕肤的小个子站着不走，像根棍子似的戳在那里。接着，他突然举起拳头，我们前面的装甲车像一匹老马似的立了起来。我刹车，撞上了那铁家伙。迪厄拉富瓦中士在后一辆车上，他掏出家伙，把那小子撂倒了。连想都不用想，换做马克西米扬那王八蛋，就会动冲锋枪。啊，没有！那家伙一直安闲地待在炮塔里。他可能正在玩，把圣体饼放在风向袋上，不让它掉下来，这个混蛋！我说这些，就是为了说明，德国鬼子是什么东西。在我们家乡，德国鬼子来的时候，我那些小兄弟就没跟他们混在一起到大路上去卖弄。他们甚至没想让人家把自己当英雄。这么做有什么用？我们这些人，是有教养的人，不会去装腔作势。可是德国佬，他们没头脑。我们可以把德国都占了，他们也不会明白，他们会接着打下去，不请求停战。

在这段时间里，上校的侄儿一直和我那辆装甲车上的人混在一起，形影不离。他来了就坐在发动机上，在那儿神侃。开始的时候，我装听不见，装作正在想心事的样子，或者读侦探小说，要不就擦仪表盘。一辆装甲车，就像一个女人，只要外边擦得锃亮，显得非常可爱，得了肺结核都没关系。因此，化油器我就让它满身油污，空气过滤器在哪儿我都不知道，火花塞只有一个打火。但这并不妨碍我们在大路上横冲直撞，只要我在发动机罩那儿说上几句好听的，做几个亲切的动作就行。

那个萨里·奥莱，说他叔叔要晋升为将军了。根据最近一次统计，第十六装甲兵团里，游击队出身的，比贵族出身的战损高百分之十二。马克西米扬撞了个包。他说："这种损失情况您不在乎，您叔叔也不在乎。你们多傻呀！"没这么傻，那小伙子，没这么傻。那些人，他们自己能坚持。这很正常。他们是在保卫自己的牛排。桑代当过游击队，我想，他的血会沸腾的。肯定，他会出头管这件事。他能管好，但跟我想象的不会完全一样。那个桑代说话了：

"我们不久就又能见到游击队了。他们会埋伏在树林子里等我们。那时我们就会觉得，这一点儿也不光明正大。我要为你枪毙人质，同时贴出小张的红色布告。我还要给你发奖金……国家的荣誉，这也给我们保留了。别人那里，都是恶。只要看看报纸就知道了。用三五行字给我们解释，一九四〇年的时候我们为什么那么怯懦，还说，如果那时我们建起街垒，也许还能有点儿看头。你们看到了：用铅字堆街垒要好得多，眨眼的工夫就能堆成。说好听的，我们当中一个骄傲的小伙子，一个晚上在房间里读经典作品的冶金工人，拍案而起，就能在一两个朋友的帮助下把敌人挡住。说难听的，他们又会对着这个小伙子骂娘。从来都这样，人家比他聪明的时候，德国佬就觉得别扭，他会不好意思地用刷子刷衣袖，他害怕。下一段里，那个冶金工人和他那一群小同伴用套马索把德国国防军套住了，在欧洲建立了博爱的统治，把法西斯分子都枪毙掉。再往下十厘米，是其他记者在捧腹大笑，他们想到了那些可怜的德国人，竟傻到延长抵抗的份儿上。法国人在善的一边。我们每顿早餐吃的就是这些高尚的原则。另一方面是恶，是我们的敌人：对他们来说，不再有荣誉，只能被人踢屁股。他们是畜生，只有向我们投降，用不着不好意思，因良心而造成的悲剧，见鬼去吧！”

说到底，这个桑代也许不完全是从游击队出来的，至少他也是很晚才进的游击队。还有哇，不管怎么说，法国人是地球上最聪明的人，只要睁眼看看就能明白：全世界都在盯着我们。再说了，所谓的祖国，是不存在的。

两天以后，和一个赞成民主主义的大学生一起，得了个机会，对圣-安纳说了我对他的看法：他是个粗人，是个耪大地的。他的情况不算个别，很多人都如此。要是没打过游击，他可就是个好小伙子，没什么可挑剔的，他一九四一年的时候才十三岁嘛！大学生把完美的统计数字摆到他眼皮底下，意思是说，如果他不加入共产党，他就是个混蛋。“那好哇，”圣-安纳说，“我还求之不得呢，就想当个混蛋。我这辈子就知道吃。”“你真没出息，”我反驳他，“看到这么没教养的孩子，真让人难过。”大学生顶了我一句。也真是的，还说什么教养。“我们正处于历史的运动之中，”大学生说，“那些强壮的人站在旁边，没加入赛跑。”“我不在乎，”圣-安纳来了这么一句，“我不想跑第一。”我呢，你没法不让我这么想：如果受过更严格的教育，这小子的想法就会完全不同。可是，布尔乔亚腐败了，已经没有了等级概念。我们甚至经常能看到，就像大家说的那样，一些好人家的子弟来到平民中间。日后踢他们屁股的，可能是我。他们的父母，都是笨蛋。这些拖鼻涕的孩子，父母稍微有点权威，就能让他们走正道儿。大学生的想法不同，他说，他会再带另外一些统计资料来，对那些数字，谁都会无话可说。

我本想和桑代说说这一切，但你没法儿跟他说正经事儿。谁也闹不清他在想什么。从根本上说，他有点儿冒冒失失。我还记得到K市第一天的情形。我当时自言自语地说："这是一种偏见。他不喜欢坦克兵。"他一点都不喜欢他们，都成怪癖了。晚饭以后，在咖啡馆里，为了放掉那两名姑娘，他和那几个棒小伙子打了起来。他完全被打昏了。他像个牛犊子似的，大喊大叫，穷凶极恶。我没参战，因为我这哥们儿好身手，出拳也快，可看到他被撂倒在地，满脸是血了，我就想，活该，他干吗要蹚这趟浑水，去护着那俩娼妓呢？对一个装甲兵来说，这没什么可炫耀的。而且，这下子也让他明白了，他不是制服不了的，他用不着暗地里偷偷看我们，充小穆罕默德。

德·福尔雅克

树枝时不时地抽打在脸上，装甲兵团正在深入德国腹地。还有，空气中弥漫着某种东西，是森林的呼吸，是奇怪的微笑，是如释重负，是烦闷，是知道这一切都在结束的笃定。

不知不觉之间，战争已经变成了静悄悄的赶路。敌人不是撤退，而是溃败。我们这个装甲兵团正在和疲劳、农村的寂静，以及被炸的桥梁做斗争，各种迹象都表明，再流血已经没有任何意义。已经变成废墟的城堡，居高临下地俯视着我们。这些城堡，卢瓦侯爵[①]当年没动，城堡的虚假浪漫主义，城堡的月色，以及城堡里那些臂膀白嫩风情万种的女人，可能都是侯爵有意留给法国人将来入侵的。奥莱一想到今后要面对的日子，想到厌倦了的军队的压抑、倦怠和觉醒等种种情景，就感到忧心忡忡。在参谋部里，大家在大谈特谈德国人的游击战，头脑里充满了稀奇古怪的幻想，好像到处都是秘密地道，报复的怒火，施了魔法的走廊和陷阱——一派天方夜谭，甚至说，伏耳甘[②]和齐格弗里德[③]正在商量建立第四帝国呢！嘴头最刻

① 卢瓦侯爵（1641—1691），法王路易十四的重要大臣之一，曾任陆军次长及建筑总监。

② 伏耳甘，罗马神话中的火神，即希腊神话中的赫淮斯托斯。

③ 齐格弗里德，中世纪德国英雄叙事诗《尼伯龙根之歌》的主人公。

薄的人，搓着双手不停地重复说，一支新的民兵队伍正在形成。我呢，我只会待在那里，晚上，靠着一辆装甲车，两眼盯着异国的天空，盯着我那些在黑暗中闪闪发光的长指甲。就这样，我时不时地听到被我们打扮成士兵的孩子们的谈话，他们的声音交替着，就像舞台上的人物说话一样，每个人都不能说得太长，因为，在这样的年龄，都还相信别人的存在，大家争吵，只是为使彼此更加了解。

一些人以十分轻蔑的语气说话，涉及同伴关系、热情、扩大苦役营、共产主义、高尚情感、秩序和倒塌而立即被修复了的墙。对手发笑，他们就非常严厉地说，“继续往下说，我们离布痕瓦尔德[1]不远了，要是把这个画在画里可不错。并且，把鼠疫和饥饿放到一起，是再合适不过的了。我觉得，在一颗被吊死的人头和一颗党卫军人头之间，放你那张快活的小贫嘴刚好合适。千万别动。连接得真是天衣无缝。”

这时，传过来一个比较年轻的声音，听声音，像是学校里的学生抱着长枕头打架，不像是大人在争吵。这声音很刺耳，在为自己辩护，说：

“是的，你们跟别人要的，我也得给。迫不得已时，我会还债，但我绝不会去亲吻那些放给我高利贷的人。”

（我带着下流的微笑，是那种在别人脸上让我害怕，而我自己这样笑的时候却觉得十分亲切的微笑，心里想着：“这小子真可笑，竟像古罗马人似的说出这样的警句来。”可他还在接着说。）

“你们口口声声说，生活是悲惨的。当然，你们是很悲惨。幸福

① 布痕瓦尔德，德国一村庄，位于魏玛东北，纳粹曾在此建造规模最大的集中营。

的人眷恋故土。可是你们，并没有人请你们来。而且，谁要是感到不幸了，他可以自杀。”

（真是个可爱的小伙子！他是否能明白，共产党人，跟圣徒一样，只是在想到别人的不幸时才感到不幸呢？所以，他们才以自己的方式去追求，像那个米兰大胖子，就给自己定做了一把特制的扶手椅。）

“用不着烦他，”另一个声音慢吞吞地说，“他明白大自然的奥秘没多长时间，眼花缭乱的劲儿还没过去，还以为自己是穆罕默德或小耶稣基督呢！会过去的。得过一次梅毒就会过去的。”

“再见，”那小家伙说着走开了，“你们是对的。等我得过了梅毒以后咱们再聊吧！不必过分抱怨我：不是所有的人都会得梅毒的。我是一个非常人：我不会得梅毒，我根本就不会得梅毒。”

有一阵，我想在夜里尾随他，勾引他，让他大吃一惊，想把我的头放在他黄茸茸的肚子上睡一觉。有一阵——我不怀疑他是金发——我恨不得把他卷发的头抱过来抵着我的头。接着，理智复苏，我把握住了自己。

我不无兴趣地听着这样的谈话，像知道自己职责所在而不让自己去干预的上帝所做的那样，没去干预。也许，上帝并不像表面上那么笨；也许，上帝的笨是装出来的。这么一想，我就不怎么想笑了，这种想法里包含着太多的东西，有尊严被抛弃，有风俗遭败坏（和使女睡觉，攒钱），有对红酒的嗜好（喝完以后咂咂嘴，说：妈的，什么货色呀）。我还是个孩子的时候去剧院看戏，不是总希望演员突然离开舞台跑到观众中间来吗？按照我那个年纪的逻辑想，这多容易啊！跨过两三米的路，哈姆莱特就可以把他那些疑虑抛开。可惜，他缺乏一个维度，那也许仅仅是一种对什么事都无所谓的维度。那些一门心思想和上帝或演员看齐的笨蛋，想通过乱伦和谋杀让自己像上帝或演员，只不过证明了一件事：他们不理解上帝。因为，上帝是我们的观众，从舞台上抽身出来，就和上帝在一起了。于是，不再有情节，只创造奇迹……

我现在已经不这么想了，理由有成百上千。可是，一些被人奉承的想法，那些回应了你们的爱，使你们精神焕发，然后又被丢开的想法，有点像我们某个夜晚碰到的旧情人，在我们怀里时，我们总能从那些最无关痛痒的话语里分辨出她们发出的快乐尖叫，当然是在爱她们的情况下。无所谓就是如此：我在别人那里尝到过这种无所谓的滋味，因为我知道，无所谓的那张脸在夜里热情似火。

我们这些装甲兵团里幸福的年轻人，带着他们的气息，使最小的村庄也大放光芒，就像以往那些小客栈，那些已被人们和生活遗忘的小客栈，只要有一辆普通的四轮敞篷马车经过，就会亮起来一样。我们的这些兵，衣着豪华，带着行李、神奇的钢笔和剃须刀，走起路来像不担心会挨训、无忧无虑的孩子。他们的装甲车马力大，他们用汽油洗手，弄得满手都是这种玫瑰色的汽油。汽油大概是波斯产的，至少我以为是波斯产的，因为伊朗聚集了两种奇迹：使夜晚变得更温柔的花园玫瑰和石油这朵大玫瑰。我们那些兵就像有钱的游客，像一群尚未成年的巴纳布特[①]，他们离船登岸，吆五喝六，颐指气使，展示他们在商店里买的奇珍异宝，而到了晚上，就把自己关在屋子里，去体验那份儿无法排遣的忧伤。顺着这条思路想下去，我好像看到了排成很多长队的囚徒，像在大路旁被富人收拢的一群群穷人，都被关在笼子里，为的是不让人再看到他们贪婪

① 巴纳布特是法国诗人、小说家拉尔博虚构的人物，富有，喜欢旅行。

的目光。

接着，道路拐了几个弯，又是尸体，又是废墟，被毁的德国装甲车，就像十世纪的重骑兵，带着全副盔甲死了，没有仁慈的手把他们埋葬，钢板已经生锈，有油味和水果味。这里的德国，一片混乱，处于中了魔似的麻木之中。一天，我们来到一个地方，眼前是一望无际的水，大家还在天真地寻找桥梁时，却不约而同地说出了一个名字：康斯坦茨湖。

康斯坦茨湖是仁慈的。低矮的丘陵上，到处是美丽的别墅，丘陵向湖滨倾斜，构成了一个小号的蓝色海岸，因为有维希[①]水的芬芳，更为出名。一个奇迹般的早晨，装甲兵十六团的小伙子们冲上了康斯坦茨湖边的大道。他们撞上一个很大的高射炮阵地，发起奇袭，把阵地摧毁。炮手们在每座炮架上都贴了一张击落飞机数的图表："击落飞机数目表。东线：14，22，8，16，……西线：12，2，6，19。坦克数……"我正看这些记录时，眼前出现一个大个子装甲兵，一个和我完全不是一类、属于粗鲁型的装甲兵。他走上前来，拿着粉笔用德文写下：我要在爱情里驻足。我问这个亵渎神灵的人叫什么，他说叫弗朗索瓦·桑代。他的眼睛是绿色的，我接着让他解释为什么要这样做。他只是看了我一眼，就用德语唱起一支我也熟悉的歌：

我全身心投入爱情，
爱情就是我的全部生命，
我要在爱情里驻足，

① 维希是著名的矿泉水产地。

这是我要做的，

也是我的本性。

我只能笑笑。我笑了。

在康斯坦茨，装甲兵打开他们的白色护腿。经过十二个小时的休息以后，大部分人都想去游泳。他们从湖里出来，赤条条，光闪闪，就像刚被仙女赐了一身新盔甲的骑士。

桑　代

马克西米扬下了通讯部队的半履带式装甲车，像疯子一样朝我们跑过来。他给我们带来了最新消息。他两眼闪闪发光，跟他那一口白牙一样。不过，我听了几句，就又看起雷兹枢机主教[1]的《回忆录》来，因为，他带来的消息，归结起来也就是这么两句话：美国人和俄国人会师了，但谁也没认出对方是谁。

① 雷兹枢机主教（1613—1679），法国政治活动家、作家，投石党运动的领袖之一。投石党运动失败后于一六五二年十二月被捕，监禁在樊尚监狱，一六五四年八月逃亡。一六六一年返回法国，所写《回忆录》被视为十七世纪法国文学名著。

卡塞·蓬蓬

那小子，他是这么说的：“你不走运，车上有这么个东西。这东西没让你露脸，倒让你现了眼。”那个家伙，他就是这么说的。因为我家里的人来看我了。

你得承认，那个圣-安纳，他不懒，每次休息，这小子都跳下车来，用一把活动扳手敲敲车轮子，说：“行，很好！”然后就去晒太阳。干吗要勉强自己干活呢？卡塞·蓬蓬还总是这样，勉强自己干活。可是，耐心点儿，我自言自语地说，一个下士，总是说了算的，因为下士不管在哪儿，不管什么事，也不管步行还是骑马，总是管人的。傻瓜，管人的和上帝可是两码事！

没来由，那天，桑代那混蛋找中尉咬耳朵，说圣-安纳让他们讨厌，卡塞·蓬蓬的吉普车对他合适，这么一来，桑代就和我结下了深仇大恨。我要让他明白，就朝他晃了晃拳头，开开玩笑嘛！可是，他这混蛋就是不懂得开玩笑，上来照我右耳朵就是一拳，把我打得一屁股坐在了地上。这件事，又一次证明，敬重真是装甲兵十六团的好风气。

不管怎么说，这个圣-安纳，想想他幸运地成了今天这个样子，也算不了什么。我可没这个福气！我要是待在一个好位子上，我一定会坐立不安的。卡塞·蓬蓬，你没瞧你那些弹簧，你那些火花塞，卡塞·蓬蓬，你知道那些火花塞怎么样了吗？上面全是泥污，卡塞·蓬蓬，上面全是泥污。我要去看看。哎，我不是个大块头。肯定不是。脾气不好的人，气大伤身。那个圣-安纳，也不是个大块头。可他是个笨蛋。中尉那天还说过呢，那个小圣-安纳，傻瓜笨蛋。因为，他就是这么说的，在分队里，有好样的——那个笨蛋一声不响地看了看我——也有些家伙挺差劲。那小子不会敬礼，不会正步走，连裹腿都丢了。他是不会给我们作脸的。他坐在炮旁边，但是不会放。有一天，他说手指头夹在炮和炮架子中间了。当兵能这样吗？啊，瞧瞧吧！走运的是，他有像马克西米扬这样的人护着。要是没有这样的人护着，是不会留下他的，会把他打发到步兵里去。或者把他打发到坦克兵去，相比之下，要是让他去了步兵，还真太苦了点儿。因为，装甲兵虽然不算什么，可不是谁都能当的。当装甲兵，得有派，得有精神。

这使我想起他妈的德国佬，十四五岁的毛孩子，还有藏在丛林里朝我们打冷枪的老混蛋。

就像洛·昂德罗说的："这算什么呀，生活得有秩序。在自由射手[①]中，也是有秩序的。"

关于自由射手，我说得没有他那么准，因为，在那个时期，我正在贝当的保安队里服兵役。不过，在贝当的保安队里，大家的精神状态和在游击队里完全一样。

不管怎么说，德国佬的游击队终究用反坦克火箭筒炸翻了我们分队一辆半履带式装甲车。哼，也只有德国佬能造出这种邪门武器。

---

① 自由射手，指第二次世界大战期间的法国游击队。

我偷偷地自言自语：照这么着，还得有好些车抛锚。中尉不会再想着非让我去开车不可了。很明显，对伙伴们来说，这挺烦人的。可是，有人英勇牺牲了，中尉说了，那些人将受到表彰。可这一点也不公道。我觉得，我认为，那些胆子大，用蔑视和冷漠的态度让死亡退却的人，他们才配得到勋章。不过，我不想说出名字来。没关系：荣誉十字勋章挂在墙上的时候，就该让那些老家伙感到遗憾了，后悔在那个可爱的小家伙活着的时候没派他去执行更多的任务，而是让他经常到小咖啡馆去喝酸酒。

最惨的是白受罪，罪是受了，可什么好处都没得着，既没提升，也没奖章。第二分队那个大个子纳马尔就是个例子，炮弹把他的睾丸炸掉了……他在地上躺着，说不出话来。更糟糕的是，他连自己想要什么都不知道了。死当然不会让他太高兴。可是，这么没蛋地活着，他连听都不愿意听，因为大个子纳马尔是个离了女人不行的主儿，我看到他一个礼拜里去两三次妓院，一点显不出有什么不好来（这只是说说）。

所有这一切，傻瓜，就是荣誉带来的不便。没有这些，你不需要去挣钱买面包，你可以穿得整整齐齐，活得挺滋润。另外，你也用不着为别人愁白了头。死了这么多人，怀念不过来。无论如何，像洛·昂德罗那样的混蛋，那些顺手牵羊偷走我散热器盖子的混蛋，是不能原谅的。要是他们死了，再好不过，这是些坏家伙。另外，洛·昂德罗，我听游击队里另外一个哥们儿（我不在乎人家说我在抵抗运动中有朋友）说过他。那哥们儿说洛·昂德罗讨厌那帮神甫，更糟糕的是，他还跟一个神学院的学生形影不离。后来，一个传令兵的枪走了火，把那个神学院学生打死了，还是他亲手埋的呢！这么一个人，无父无母，没有原则，死了也不打紧。

活着，为啥？我一认真琢磨，就想，要是我不让圣-安纳一点一点地挤对，生活就可能是另外一个样子。如今，事情却慢慢变成了这么个局面，确实变了。躺下的时候还受人尊敬，手下人还拿你当回事，醒来就什么都不是了，被人嘲弄，让人瞧不起，被随便一个什么小狗屁东西往泥水里拖。可是，那个叫卡塞·蓬蓬的，他已经服役七年了，七年，妈的！从一九三七年到一九四〇年，我是下士，我打算这辈子就在军队里干了，那时候，我很勇敢。从一九四〇年到一九四二年，我在坦克兵六连——还有两年在贝当的保安队里干，说到摆弄武器，那些野蛮人和那些美国人还可以夸夸口，可我听另一个差事不错的军士说过，德国鬼子和英国佬一样，对法国军队都怕得要死，停战以后还是怕，因为，贝当的保安队，他们枪打得好，好到世界上没见过。——后来，我终于当上了装甲兵。我说终于，是说我很棒。因为，德国佬，我不知道是不是只有我一个人发现了这一点，他们是很固执的。德国佬凶恶，非常凶恶。要是他们能叫你害怕，他们就叫你害怕。那时，我就不会看到我们这么精神饱满了。有一天，他们又发起了一场小规模反攻，我们把他们一下子打回莱茵河那边。他们又躲到阿杜尔河后面去了，就跟上次一样。他们会把我们踢回老家去的。我可看得清清楚楚，那些家伙，是打不败的，忒厉害……他们缺人，连我这个岁数的下士长都没有，也没有像我这样结过婚的。我不是为了军饷才说这话，凭资格，我差不多拿同样多的军饷。不是，我是为了荣誉才这么说的。我休假回家的时候，人家看不到我肩膀上比一九三八年多几个杠杠，我脸上无光，难受死了。尤其是，小学教师的儿子，居然升下士了。会有人跟我说：在步兵里，下士，也就是装甲兵里的一名小兵。是这么回事，可不管怎么说，没提升，人家就不会对我们家高看一眼。还好，橄榄帽上有只银鸟。这就神气了，差不多就是个军官了。从某种意义上说，摩托兵和步兵，得给我们敬礼，就因为有这么个杠杠。我没说坦克兵，他们太土，不懂这个。可是，摩托兵，他们感到应该敬礼，步兵要是不敬礼，就得受到严厉惩罚，甚至会枪毙几个，杀鸡给猴看。晚上没事的时候，随便靠在壁炉旁边，傻乎乎地，一边品着阿尔马尼克烧酒，一边就说这类故事。“是啊，”我轻声说着，“就像那天，有个步兵下士忘了给我敬礼。我把值勤的军士叫来，对他说：‘把这个人给我贬到前线部队去，把他带去毙了。’”然后，我又说起别的事来，这时，在场的人都吓得直哆嗦，而那个厄米尔（小学教师的儿子）凭着圣母发誓，说绝不再围着我老婆转了。在政府的各个部里，他们没有这种魄力，做不出这样的决定。

我看见圣-安纳在我旁边睡着了。我把他弄醒，我让他知道，他的行为为什么是有罪的。他在当孩子的时候所缺的，大概就是在脸上挨耳光！我可没少挨耳光，我可以以此为骄傲。在我们家，当爹的知道怎么样让人尊敬自己。我没有一个礼拜不挨打的，他总是安排得妥妥帖帖，让挨打的人觉得该打，而不是他这个人有打人的瘾。我妈的手也来得快。这样的人才是好人，会过日子。打完了，我还是爱爹娘。可是，圣-安纳却把一个手指放在我鼻子底下，对我说：

“你不会来事儿。在这个团里，如果人家看不上你，你就永远是个小班长。你得给那些贵族老爷舔屁股。你看，有一天，我错过了点名时间。奥利维埃碰上我，他恨不得照我屁股上踢一脚。这时我就要了个手腕，跟他说，我刚望完弥撒，望弥撒的时候，我向圣母祈祷了。”

“小子，”我脱口说道，“你是跟他这么说的？”

“谁说瞎话谁是猪！”

“说实话，你干什么了？”

“我打飞机了，傻蛋。黑灯瞎火的，你想让我干什么别的呀？”

就是说，那个一脸伪君子模样的圣-安纳，他会打飞机。哎，人是他妈的多可怜啊！他自吹自擂，说自己是造物主，可又说他去向圣母祈祷了。确定无疑，他是个傻瓜，可他会说话。要是我，就想不到说这些话。

“这么一来，奥利维埃就冲我笑了笑。他把我叫到一个角落里。起初我还以为他想让我给他口交呢……”

我气得喊了起来：

“口交！指挥官奥利维埃，他会让你口交？刀架在脖子上我也不信！他是个多好的先生啊！彬彬有礼，你会看到的。他说话从来都是四平八稳的。一个大官儿，口交！”

“嗨，你根本不了解他们！可怜的卡塞·蓬蓬，你就知道愁眉苦脸地干活。他们都是色鬼，又都得了阳痿。但不管怎么说。我晋升为一等兵了。那个奥利维埃，他没跟我要更多的东西。这一切说明你不会来事儿。”

他没什么可担心的。我明白了。从现在起，要是我找不到一个机会整一下上校，那才是见了鬼了呢！我要把他挤到一个角落里，对着他耳朵小声说，要是他有时感到想来一次的话，卡塞·蓬蓬就是个现成的人选。我要让这个身上沾了粪的奥利维埃知道，我去望了弥撒，甚至做了忏悔。我得向德·马克西米扬吹吹风，不管怎么说，他是个正直的小伙子。如今他已经是中士，不会像以前那样再惦记我这个小班长的位子了。这样，某一天，在仗打得最激烈的时候，那个马克西米扬会不动声色地走近指挥官，对他说：“头儿，卡塞·蓬蓬不在这儿。”“是吗？”指挥官会很吃惊，问：“这小子，他在哪儿？”这事我是这么说，可奥利维埃会是另一种说法。马克西米扬这时会像突然想起来似的，说："我想起来了，指挥官，他大概在望弥撒，或是在做晚祷。他老是钻在那里。啊，不过值勤的时候不去，您别那么想。对卡塞·蓬蓬来说，工作是神圣的。他干活的时候，什么都不顾，连上帝和老爹都抛在脑后了。可是干完了活儿，就没有比他更虔诚的了。他整天泡在教堂里。指挥官，他就是我跟您说的这个样子。"这时，奥利维埃会咬着胡子不说话。他是个懦夫，这不算什么，我刚到装甲兵的时候如饥似渴地读的那本书里，就描写了这么个家伙。接着，他会漫不经心地说："啊，他望弥撒去了，卡塞·蓬蓬真是好样的。（刚才他还说呢：这小子！现在他却说：卡塞·蓬蓬真是好样的。）要是这样，他可以升为班长，甚至升为中士。替我把这个给他吧！"他会给马克西米扬两个下士的杠杠，可能是他以前买来的。

对，从今以后，我就这么看待生活了。就这样，我们来到一个挺有意思的城市，说起来一点也不好玩，这个城市的名字叫康斯坦茨，和我老婆的名字完全一样。嗨，就说呢，开初，我还以为是同伴们和我开玩笑呢！（因为我已经说过，他们已经不那么敬重我了。）后来，我看到一些牌子，白底黑字，就是这么写的。这件事，在一个有感情的分队里，是个事，大家也许会请班长在小咖啡馆里撮一顿呢！嗨，可他们这些人对这事连想都没想。

就这么着，我们来到这座城市。我们在阴凉里待着，喝起白葡萄酒来。我们自由自在，太阳晒得很厉害。居民们眯着眼打量我们，为我们来到他们中间，和他们一起建设文明，建立世俗教育和兵役制而感到自豪。我注意到一个女孩多看了我几眼，晚上我得卷卷头发。圣-安纳的那些话，我一直在脑子里不停地回想着，我一遍一遍地重复着，对，不管是口交还是望弥撒，我一定要成为职业中士。

圣-安纳

就算有个德国公主迷恋上我，也不会是今天。原因如下：我得和马克西米扬到湖上去吃饭，那儿有个可以跳舞的地方。跳舞是士兵活动中唯一一项适合我的，我是为这项活动而生的。我刚偷来一副锃亮的护腿，是件光彩夺目的东西。拉沃雷给我擦了皮鞋油，代价是我五月二十三日发的那份酒。我不能再提前这么长时间就把酒卖掉了，特别是因为我忘了详细说明，那是一九四六年五月二十三日的，因为，我把今年整整一年的酒都让给了洛·昂德罗。这个，从我这边来说，有点儿无耻。我的橄榄帽是无可指摘的，因为又有了一张新的硬壳纸。梳洗完了，我照了照镜子。我的模样不赖。我没有任何理由对自己隐瞒这一点，这是上天的安排，天公地道。因为，我不十分聪明，打拳不行，文学方面也不怎么样，那总得给我剩点什么吧！勾引德国女人，我靠的就是这个。总得多少让我有点希望。康斯坦茨是一座外省城市，落伍了，也闭塞。我这张脸有可能在这里起些作用。（在别处，人家嘲笑我，把我当娘们儿看，让我亮二头肌。我没有二头肌。）

所以，七点一刻的时候我照了照镜子。七点二十，来了命令，让我们上车。有一群德国人拒不投降。我们和轻装兵的联络可能被切断。

消息刚传来的那一刹那，我还以为要入侵瑞士呢！一场好戏，可惜没演成。上礼拜来的那个大学生，露出了下流本性，说："哼，把背包都留下，等我回来的时候，就被偷得什么都不剩了。我会像个老仆妇一样上当受骗。"马克西米扬皱了皱眉头，狠狠瞪了他一眼，说：

"瞧您说的，您以为还是在步兵里吧？这里，什么也没人偷。一会儿您把那十二桶汽油提到装甲车那边去。这会让您有点事儿干，免得您胡思乱想。"

坦白地说，我早就把这个大学生背包里三分之二的东西都偷走了。他整天谈政治，搅得我脑袋发胀。他要整理的就只剩几件衣服。对这些新手，得教训教训他们。

天刚擦黑，上校来视察装甲车。因为圣维拉瑟上尉出发去联络了，就由德·莫洛中尉率领两个连的车群（第三连和第四连。第四连显然不像第三连那么棒。不过，洛雅尔杰埃勒分队应该提提，这个分队有派，有包括德·圣热内斯特先生、德·拉莫尔塔尼先生、德·奥先生这样一些人。我们这个分队，要是没有那个帽子总往后戴着的倒霉蛋桑代和那个从来不戴帽子的马克西米扬，有可能是全团最棒的。像拉沃雷或卡塞·蓬蓬那样的人，很明显，他们没什么道德观念。不过，只要有一分钟时间，他们就能洗洗，就能打扮打扮。说话得公道）。

我们出了城，经过一大片麦地，活像是一片黑乎乎的泥沼。我们是头车。卡塞·蓬蓬搓着手。

"我们占便宜了。因为是我们的中尉在指挥，小子，我们走在了前头。不过，第四连走在第三连后头，这也正常。他们也不太勇敢，指望他们？我可不敢冒这个险。我甚至可以对你说，在这里的其他分队里，没有一个能赶上我一半的。可这个中尉，我尊重他，敬重他。我升职业中士，全靠他了。这个人头脑清楚，知道谁胆子大，谁一钱不值。”

我硬生生给了他一句：

“我对你说的这一套不感兴趣。我不是个胆儿大的。”

他又看他的仪表去了，嘴里嘟囔着：“好了，我刚才对你说的话，只不过说说罢了。”

卡塞·蓬蓬本来是一头狮子，经过两档子事，就变成了绵羊。好像出于偶然，这两档子事都是假的。第一件，是我当众骂他是个睾丸，可他不知道睾丸这个字，脸都白了。第二件，是我跟他说我是从党卫军出来的。我们俩谈论军饷，伙食，跟贝当元帅的保安队做比较。

这不成其为理由，他用不着拿晋升这套话来烦我，那些德国兵，我可不想看见他们。我对他们不感兴趣。我只喜欢德国女人，从K市那一夜起，我就想保护她们。

我们沿着一条羊肠小道，关着车灯，往小山坡上爬。我觉得自己很镇静。我不会用炮。卡塞·蓬蓬也很镇静，跟我一样。第一批火箭在天空中交叉着出现的时候，他尖叫起来：

“妈的，那帮伙计在那儿咂摸什么滋味呢？我们可都是些悠闲自在的人，光看着有什么用。啊，瞧着吧！中尉会扑过去的，德国鬼子得把脸儿都吓蓝了。”

在我们前面十米的地方，是分队的第二辆装甲车，黑乎乎的，像一块黑乎乎的大石头，在黑夜中往前拱着。山坡高处有看不清楚的光亮。天空的情景，就像国庆日巴加泰勒[①]的天空一样。树越来越多。跟在我们后面的吉普车，已经没影了。我们放慢了速度。马克西米扬的装甲车往右边去了。我们现在进了树林，我在地图上没找到我们走的这条路。我趴在后边，为的是不让人看到我的手电筒，若是看到了，中尉会来劲，取消我的休假。总想屏住呼吸，就像玩警察与小偷的游戏时一样。我们可能全军覆没。我不抱怨。别人怎么干由他们。我呢，我建议卡塞·蓬蓬把装甲车停在一棵树后面，然后就看着手表的表针走动。可是，眼前竖着的两面旗子变得清晰了，一面是将军旗，一面是炮兵旗，都是敌人的，因此，我们行进得慢了。情况对我们不妙。我们绝对是孤军。我们就要和德国鬼子遭遇了。哪些人会吓得要死，我老早已经知道。

现在，我蹲着，两只手扶着驾驶员的椅背。我先是听到一阵喊叫，接着是非常急的噼噼啪啪的响声，还有两声尖叫，然后，突然之间，就好像舞台上亮起了成排的脚灯，整个树林子都亮了。于是我看到，两个连的装甲车、吉普车和半履带式装甲车，在四面八方闪着白光。远处，呐喊声骤起，炮火铺天盖地朝装甲车倾泻过来。到处是枪炮声，此起彼伏，火光闪烁，弹声呼啸。可以说，空气正在爆炸。我看到一个骑摩托车的通信兵，突然转了一个弯，就重重地撞在一棵大树上。一个大个子装甲兵从炮塔里出来，打了个手势，我军的炮声和我们的马达声就同时轰隆隆地响了起来。那些装甲车朝我们退过来。我站起身，叫卡塞·蓬蓬调头。可这个笨蛋却紧咬着牙，露在帽子外边的一缕卷发飘动着，加足马力往前冲去。在黑洞

① 巴加泰勒，指法王路易十六一七七七年在巴黎市郊布洛涅森林公园内为其兄阿图瓦伯爵修建的城堡。

洞的夜里，我们翻了个个儿。我滚落到地面上的时候，眼前还是一片火海。

我听到的，像是丧钟，回声响个不停，我觉得自己掉在了半空里。过了一会儿，我大着胆子睁开眼。声音小了下来。轰隆声被炮声代替，让人觉得放心多了。我想我还活着，居然还慢慢地站起来了。树林子里到处都是退却下来的人，噼噼啪啪的声音响个不停。我又倒下了，滚到了卡塞·蓬蓬身上。他脑袋动了一下，然后又弹回到原来的位置上。我摸了摸他脸，弄得满手黏糊糊的。我老早就一直跟他说，他会在这场战争中傻呵呵地被打死。摸了他一下，我反而完全清醒了。我吸了几口气。然后，我动手把他拖到后面去。我好像看到右边停着一辆装甲车。卡塞·蓬蓬死了以后沉得要命，我累得直喘气。最后，我差点儿撞上马克西米扬的那张大方脸。他就蹲在离我二十厘米远的地方。炮声变得有规律了，打得专心致志，像一个学生练过好长时间写字以后一样娴熟。炮都是从对面打过来的。

“他怎么啦？”马克西米扬小声问我，“你就跟他待在一起吧，有事我叫你。”

他帮我把卡塞·蓬蓬抬到一片灌木丛后面。小心点好，这很正常。

“我刚才看见中尉了，”马克西米扬接着说，“先让他们打一宿。天亮了，我们再发起攻击。两个连还剩十九辆装甲车。”

我心跳得很厉害。心跳是因为刚才使劲使的，也因为危险。幸好我声音还平静，只是有点失真。

“你看到火焰喷射器了吗？真棒，不过那种光亮不怎么让人高兴。”

“算了吧！他们没有足够的汽油。唯一让人心烦的事，是和装甲兵第二连接不上了。树林的样子看起来不保险。不管怎么说，明天早晨，我们进攻。”

我嘟囔了几句，又来到卡塞·蓬蓬身边。他没死，在小声呻吟着。我把这情况告诉了马克西米扬，他给了我一筒绷带。

“等稍微亮点了，把他弄到半履带式装甲车上去。一会儿见。”

“一会儿见。”

我想：没汽油了，没汽油了……德国鬼子一九三九年就没汽油了。可他们在一九四五年五月七日又找到了汽油，就在俯视康斯坦茨市的山坡上。真他妈神了！

我待在那里，脸凑过去看我的夜光表。我细心地给卡塞·蓬蓬包扎。他头发和伤口上都是碎树枝，是我把他拖过来的时候沾上的。我不敢用手指去拨。扎上韦尔波绷带以后，我比较放心了。我把装磺胺的小纸包都打开，把药全倒在了伤口上。我希望不会因为过量而使他中毒。

德国鬼子一板一眼单调地射击着。好像到处都有树和大树枝子倒地。可以肯定，要是在康斯坦茨，在湖上，手上托着醉得要死的中士的脑袋，比这个要好得多，也聪明得多。战争，我见得不多，不过为了日后有人问起我的时候能够侃一侃，见的也够了。这是主要的。

天慢慢亮了，卡塞·蓬蓬睁开了眼。起初他只是断断续续地说了几个字，就像翻一本书还没找到要看的那一页时一样。接着，他的声音变得有力了：

“说说看，小家伙。那帮兔崽子打中了我，我竟没看清是怎么打的。小家伙，说说，他们是怎么打的。”

“他们向你开了一炮。”

“开了一炮，王八蛋！真是见了鬼啦，他们居然还能瞄准，这帮德国佬。你看，对我来说，他们可还根本没被打败呢！你发现他们还能瞄准的时候，他们就还没被打败。我们现在是在哪儿啊？”

“我们在等天亮。天亮以后我们会把他们揍扁了。这是中尉说的。”

“要是中尉说的，你就可以信。他这个人有眼力，能分出谁是好样儿的来。为了他，我可以去死。我好像离死也不远了……来，别大惊小怪的……我只是不能动了。可我为什么先就不能动了呢？”

“你失血太多了。”

“对，是这么回事。他们会把我弄到医院去，会有一群小乖乖护理我。真倒霉，完了！我是在战场上负的伤，谁也说不出别的来。”

他一声不响地待了一会儿，接着又像梦呓般地说：

“我会在医院里享清福，这你得相信我。我会受到宠爱。嘿！你不会知道这是怎么回事，在战争开始的时候，我是指一九三九年那场战争，我从一个坏女人身上传染了一种病……因为我必须对你说说这方面的事。他们把我送到了奥尔良，可那儿也有成群的漂亮妞儿跟我不错……看得出来，没有什么真正的重伤号。因为这一时期，那个希特勒还不像后来那么凶……得让那些漂亮妞儿来照顾照顾，还有那个护士，她跟另一个女人一样，知道感激……这没什么理由……要有好日子过了。讨厌的是酒难弄，但我能跟那个男护士一起把这事安排好，这类事我在行。因为，我得告诉你，在医院里，没酒，是让人不高兴的……哎，你们这些人呀，不要忙着发起进攻。你们还有的是工夫呢……他妈的，我还是觉得自己有点可笑。在习惯了之前，受伤还真是个事呢！”

“别说了。”我说。

“无所谓，有了介绍信，我很快就会退役。不是说我在这里，在军队里待腻了，可是，七年，也够长的了，特别是因为我结了婚。康斯坦茨，我那结发妻子叫康斯坦茨。”

“别再说了，说多了你会累的。”

“我，累？哎哟哟，看得出来，你不了解我，傻瓜。累？我不知道什么叫累。卡塞·蓬蓬，是个扛得住的人！”

靠着树他还是焦躁不安。他的眼睛比我的表盘还亮。接着，他大口大口地吸起气来。我很容易就能看到他绑着绷带的伤口：从耳根到脖子底下有着一道长长的大口子。

“打败那些德国鬼子的时候，告诉我一声。这些德国鬼子。”他又说道，“你年轻，心不细，要小心。”

他嘴唇半张着，好像上面还挂着几句轻声的话语。我把他眼睛合上，拿了他的身份牌。我两手抱着他的头。这家伙，昨天我还拿他不当回事，为了激怒他，我曾当众上百次地预言他得被打死，可如今，出于软弱和恐惧，我不由得带着一种友善甚至是爱怜的心情抱着他。过了一会儿，我又把他放在地上。他入土的时候将穿着军装，而不是穿着可怜的农民服装。他的家人将无法明白，他怎么会死在一个和他妻子同名的异国城市的郊外。一切都似乎不真实，像是假的，连接不起来。

我腕上的表已是五点。我去寻找别的人。我没想到他们离我那么远。就要发起攻击了。我向他们爬过去。

“啊，好啊，你在这里啊！”马克西米扬说。他用沾满泥浆的手拍了拍我头，“我们撤退。你和卡塞·蓬蓬一起坐第四号半履带式装甲车走。”

我勃然大怒。

“你说的这叫什么事啊？我们应该进攻。你这算是哪一出？”

我往左右看了看。桑代和洛·昂德罗蹲在他们的炮塔后面，拉长了脸在生气。什么馊主意啊！不过上帝可以做证，我喜欢马克西米扬。但他那种说话的方式让我讨厌。我一下子忘记了害怕，虽然害怕是我的天性。我感到无比的愤怒，敞开了胸膛……我说中士死了，但是白搭，他命令我上车。他自己呢，和分队留在一起，掩护我们撤退。我在想，既然他们留下，干吗还要摆出这么一副嘴脸？我不再说什么了。

“再见，”马克西米扬对我说，“到别墅去洗个澡吧！我回去也要洗个澡。”

“我回去也要洗个澡！”我讨厌这种应景的好脾气。我满脸不屑地看着他，说：

“用四块板儿做个棺材，你就应有尽有了。一会儿见！”

太阳升起，树林不再显得那么密不透光，看得见岩石和掉了皮的树了。我登上半履带式装甲车。周围的人，除了圣热内斯特，我都不认识；圣热内斯特双手抱膝，噘着嘴坐在那里。运气帮了我的忙，因为，好像事出偶然，发动机打不着火了。我们下来两三个人，围着司机转。就在别人探过身去看火花塞的时候，我悄没声地往左边溜了。我手里拿着我来这里要找的东西，就是说，一支卡宾枪和一个子弹带。剩下的事好办，我只要朝着有响动的方向走就行。我没有一点儿要逞能的意思，就是不愿意扔下马克西米扬。

突然，右边传来马蹄声，还有用德语呼叫的声音。一个法国人窜到我面前，跳了一下，又倒下去，一边用手捂着胸脯，一边叫喊着。我像个疯子似的，拔腿就跑。枪声响了好一阵子，挺吓人的。血往太阳穴上涌。最后，我倒在一片灌木丛里。因为跑得太快，我鼻子流血了。我喘着粗气，声音比从我头上飞过去的炮弹响声还大。还不如昏过去呢！这回我觉得大地在欢迎我。不过，我既然已经到了这里，就得继续向前。我往前爬着。子弹带太长，我一俯身就贴到地上。前边不远的地方，是一辆翻了的装甲车。另有两辆装甲车停在几棵树中间。只有一门炮还在转动着射击。我一下子停在那里，因为眼前出现了两具烧焦的尸体。我的心不跳了。怎么会是这样的呢？难以容忍。最可怕的是尸体的头，还有手腕。第一具尸体的两眼之间似乎有什么东西在流动。另一具尸体稍微好些，因为两条腿还是完整的。不管怎么说，这人不是马克西米扬。我无法摆脱这两具受难的身躯，他们就在离我一米远的地方，僵硬的手指紧紧抓着土地。终于，我拿起卡宾枪，打了一梭子。我全速射击着。我走在了我们自己人的前头，他们射出的子弹在我耳边呼啸。一种强烈的感情占据了我，我想哭泣，想跳脚。那些德国人就在那辆被打翻了的装甲车后面。他们有一挺机枪，不过他们的枪不是朝我这个方向打的。我匍匐前进，想去和同伴们会合在一起。又有一个法国人，曾见他在舞厅里待过，不过他没被烧着。他趴在那里，整个上装的后背，从肩头到身子，全是湿的，成了一个大黑点。我看见了洛·昂德罗那张长满胡子的脸，一阵喜悦涌上心头。他正眯着一只眼，在专心致志地射击。我来到自己人中间了。我什么也不怕了。所有要发生的事，我们将共同承受。我喘着气重复着“共同”这两个字，一边把最后一梭子子弹打出去。“共同”这个词，我觉得太好了。

烟幕弹在装甲车周围爆炸，装甲车里只有一挺机枪在射击，整个装甲车都消失在烟雾里了，我们要利用这白色的烟幕逃走。我们身后是一个斜坡。我们一共十来个人。没有树了，不过到处都是半米高的荆棘。一颗手榴弹正好扔到我眼前，溅了我一身土。我顺势卧倒，往空地上滚去。我两手抱着头乱滚，碰上的也不知是些什么东西，弄得头破血流，不过万幸，我躲过了那两个被烧焦的装甲兵的命运。我不想被烧焦。我觉得我不会就这么完了，我还能回康斯坦茨。只是，荆棘丛使我不能快走，过了一会儿我又被钩住了。德国人嫌荆棘丛绊脚，没往前来。他们只是扔手榴弹。

现在，面临的几乎是直上直下的峭壁。我尽可能让自己站稳。我没了子弹，没了帽子，也没了枪。脚下一滑，我掉在一堆岩石上。我两只胳膊抱住一块岩石，在峭壁半山腰一条像羊肠小径的路上一动不动地待着。小路最宽的地方也就二十厘米。小路下面是一条比较宽些的路，路旁有树，树枝正好把我遮住。我看到两只大靴子在够一块石头。是马克西米扬，他掉在我身旁。他卡宾枪没丢。看到他的脸，我用手本能地摸了摸自己的脸。我流了很多血，不过，我的头虽然像着了火似的，却并不太难受。他大喘了几口气。

“这些混蛋，”他说，“他们想把我们一个个烤死。”

我感谢上帝让他来到我身边。我把手放在他额头上。

“瞧，你出了这么多汗。”我对他说。

“是啊，吓的。让我担心的，是那些人。”

“你知道，那些德国鬼子，他们不是……”

“我根本不在乎那些德国鬼子。我跟你说的是分队里其他的人。我们还剩下八个呢！”

我叹了口气。他嘲讽我，也自嘲。他总想着别人。我问他会出什么事，该怎么办。

“没办法，只能等。那些轻装兵到那边大概有俩钟头了。我不知道他们在那边干了些什么。他们应该从另一翼进攻。”

“中尉呢？”

“肚子上挨了一枪，一颗子弹打进了他的肚子。坦白地说，他指挥作战像个笨蛋。他本该早些让我们下车的。在这样的地形上进行侦察，应该徒步进行。”

听说莫洛中尉不是个好指挥官，又知道他死了，我很难过。我看了我这位朋友一眼。很自然，他跟我说到那些轻装兵，是为的让我放心。轻装兵到得太晚了，不过这对我已经无所谓了。

“马克西米扬。”我轻轻地叫了他一声。

“干吗？”

“我们大概得挂了。”

这一次，他生气了，说：

“你根本不知道打仗是怎么回事，可还想教训我。你是个可怜的白痴，就是这么回事。”

他把卡宾枪靠在峭壁上。他真勇敢，真有信心，甚至有点愚！

我们面前是一眼望不到头的树林，黑乎乎，密麻麻。阳光爬上马克西米扬的浓眉，他那样子像看门狗一样机警。他又说道：

“这是些纳粹党卫军。他们疯了。巴伐利亚剩下的军团两天前就投降了。这个他们知道得很清楚。”

我欠了欠脚，看到了下面那条路。一种单调的隆隆声似乎从下面传了上来。不时传来一声枪响，但枪声相当远。我正要大发一通议论，说我们眼下的情况和捉迷藏如何相似，这时马克西米扬用手抓住我腕子，在我耳边小声说道：

“别说话，别说话了。”

确实有脚步声，好像是从下面那条路上传来的。是鞋稳稳当当踩在碎石子上的声音。我们又向峭壁靠了靠。我是被遮住的，但马克西米扬几乎完全暴露在外。我吃不消了。额头上的汗水又淌到眼睫毛上了。

搜索队走近。德国鬼子在笑。他们快要走过去了，这时其中有一个喊了一声:“瞧那儿！”

也就一秒钟（尽管有的是时间）的事，全完了，让人难以忍受！我两眼睁得大大的，想闭都闭不上，我觉得我的上眼皮飞走了，无数尖尖的东西，无数声嚎叫，穿过了我的上眼皮；不过，我知道我一直还在呼吸，我知道我一动没动。在离我两米的地方，马克西米扬的脑袋开了花，这副面孔十分可怕，血红的眼珠子都掉出来了。他的身子也跟着倒下，引起周围一片笑声，就像一块石头掉进池塘里溅起一片水花。然后又是一声枪响。然后是我在那里等着，我居然等了那么长时间，我都不知道是怎么做到的。我吓得要死，伤心得要命，就那么盯着眼前被打焦了的树枝。德国鬼子走了。我跳到地上，滚到战友身边。我不愿意看到他成了那副样子，不，就是把世上的一切都给我，就是为了拣一条命，我也不愿意。

我无意识地往前走去，越走越快。往哪里逃？我肯定是在逃。磕磕绊绊地走着，摔倒了几次。终于，我滑进一个很大的炮弹坑，来到一个装甲兵身旁，他穿一件被撕破了的上衣，正在检查枪栓。

“怎么样？”桑代问我，往前伸了伸他那下嘴唇，“这才是运气呢。他们把你鼻子尖烧焦了。”

我倒在地上。我不再想听他说什么，他让我厌恶。我转过身去，喃喃说道:

“他们杀了马克西米扬，他们杀了马克西米扬……”

他能从中悟出点什么吗？他首先就是不在乎。他什么都不在乎。我讨厌他，因为他像我一样，还活着，而这是不公平的。

树林里又响起枪声。再远一点，是坦克车又交起火来的声音。

最后我们听到了脚步声，我们睁开眼，望了望这最后的场面。桑代在我耳边说道：

“你看，用不着觉得惭愧。他们还会和和气气地把一个人在另一个人身边杀死的。”

我厌恶地看了他一眼。

“不管怎么说，”我说，“这让我感到安慰。弗朗索瓦·桑代，您要是死了，我是什么都不会管的。”

这时，他把手放在我后脖颈子上，手指分开，像一把梳子，轻轻地摇了摇我脑袋。

“当然，”他喃喃地说，“那当然。”

第二部分

城堡

弗洛朗丝

法国人越来越活跃了，没几天就达到了疯狂的程度：他们洗起澡来了。

费芒迪迪埃上校

应该互相争吵，应该你撕我咬。我永远不和他握手。作为将领，我有绝对的权威。不要脸的小暴发户（似乎是个戴高乐分子，但他也不得不在卡特鲁将军的前厅里转悠……卡特鲁，我很熟……卡特鲁很有吸引力。仪表堂堂。变质了）。

首先，我下车的时候他没来接我。若是换个人，就能审时度势，就会明白，他虽然有两颗星，但从年龄上来讲，从作战经验上来讲，从举止谈吐上来讲，我仍然是他的上级。总之一句话，我不得不独自一个人在泥泞中跋涉，走到他的城堡。我对他说："您好！您把人都集合起来了吗？"他发窘了。不知所措了。我不无戏弄地对他解释说，一支部队的头儿，即使因晋升而离任，也得由他的继任者来支配。我们来到一个像是小公园的地方，相当脏，到处是枯枝败叶。我戴的是团里真正的橄榄帽，棕色粗呢子做的。看得出来，他的自尊心受了伤害：他只有天蓝和海蓝色的橄榄帽。我看了一眼部队。士兵的脸都长得差不多。有人告诉我，有几个人在游击队待过。这我不在乎，只要他们能打仗就行。他们会去望弥撒，人家会给他们讲道。这里，那里，都有地雷，要严密注意。

奥莱发表了一通声明。声明的味道不对。在号召造反，明显的是要留下一个烂摊子。想保住面子："战友们……战争结束以后，是另一场战争，它叫和平……法兰西思想的支持者们……文明的使者们……正义的骑士们……我全心全意地站在你们一边……我不和你们说永别，而说再见。"这个小个子爱尔兰人，戴着新橄榄帽，穿着皮靴，披着大衣，戴着他那几颗刚买来的星，那些星还有商店里的味道呢！他活像个利凡特人，不像个绅士。打扮得过分。给人的印象不好。

我们走进小屋。屋里各个角落都是鲜花。军官有：指挥官奥利维埃，第一装甲兵连上尉博比奥，第二装甲兵连上尉罗库尔，第三装甲兵连上尉圣维拉瑟，第四装甲兵连中尉巴龙瑟利埃，第五装甲兵连中尉德·内齐，第六装甲兵连中尉巴尔泰勒米，后勤连的德·普雷西纳克中尉。参谋部的有：德·福尔雅克上尉，布伊中尉，马瑟隆·代·昂热中尉，韦里泰准尉（对此人要留神，我觉得他像杂技团里翻跟头的小丑）。

爱尔兰人终于走了。我深深吸了一口气，脱掉夹克衫，穿着衬衣。换衣服时，和德·福尔雅克上尉聊了十分钟。此人品德高尚，正统。形势如下。装备方面：车辆是美国的。不想看这些车辆。让我们等着那些应该交付给我们的潘德式装甲车吧！以便严肃地开展工作。人员方面：参差不齐。我喜欢这样。泥腿子们教贵族们如何射击，贵族们教泥腿子们如何说好法语。词汇，这可是基础。爱国，首先是爱它的语言，爱它和煦的风，爱它的潺潺流水和它那些绿树成荫的地方。在这方面，莫拉说过很多想法。照这么看，韦里泰准尉简直没什么词汇。结结巴巴。思想混乱。好像有什么东西要隐藏。（传染病？坏习惯？在抵抗运动中背了什么包袱？）

我坐在办公桌前。窗子中间挂着好看的壁毯，图案是法国人进入奈梅亨[1]的情景。妈的！我们大概不得不吞并荷兰了。不再有中立国。中立国只能制造混乱，只能孕育可悲的和平。我考虑了一下，口授了两封信。

费芒迪迪埃上校

致驻德法军占领区军团军官书（机密）

先生们：

在被迫几年无所作为之后，现在由我来统帅驻德法军占领区的一支部队了。值此之际，我想将下列三点作为我统帅部队的原则：祖国、军队和军旗。

凡威胁、扰乱和批评作为民族生活基础的这三项原则之一者，亦即违反了所有另外两项。我不和破坏命令的人妥协。你们将会看到我是这样一个人：执行三项原则，坚定不移。

但是，法国的外部安全固然要求我们有铁的纪律，法国国内的伟大与高尚同样要求我们有铁的纪律：我们要团结在合法的、受人尊敬的领袖贝当元帅的周围，贝当元帅目前的处境我们都知道，他被一些什么也不是、什么也不代表、什么事也不能干的人拘禁着，他们只会把法兰西拖向毁灭，把军队拖向毁灭。

因此，我请求你们这些身居这支军队要职的人首先团结起来，要求立即恢复这位光荣老战士的自由。

伊弗·达尼埃尔·费芒迪迪埃

一九四五年九月十八日

于德雷克纳于

---

① 奈梅亨，荷兰城市，路易十四时代曾割让给法国。

第二份公告是给部队的。这份公告没有宣读，贴在了部队的宿舍、阅览室、食堂、停车场、车库和厕所里。

装甲兵战士、军士、士官和军官们请注意：

1. 你们是在一个被征服的国家里；

2. 你们应当尊重上级，即使不毕恭毕敬，至少也要听从命令；

3. 起床时间定于早晨五点半；

4. 需要的时候将成立惩戒连。这个连将由全团最捣蛋的士兵组成，依据“青年营”的原则，担负伐木和工匠的任务；

5. 士兵要保持整洁，但不能过分修饰。任何过分的打扮都将被视为矫揉造作和女人气；

6. 每个星期天早晨六点钟都要在城堡的小礼堂望弥撒；

7. 应该用武力使被占领区居民害怕，并因害怕而敬重我们。

第十六装甲兵团指挥官
费芒迪迪埃

妈的！看着这些枯树叶子在院里飘来飘去，真让人受不了。急忙下楼，让人把这些枯树叶子弄走。正好碰上一个穿得花花绿绿的毛头小伙子。问他是不是秘书，他泰然自若地回答说：

“不完全是。您不如去找韦里泰准尉，就是那个傻呵呵戴眼镜的家伙。我劝您别老在前厅里走来走去。都说新来的上校是个很凶的家伙，这会让他不高兴的。您要知道，我说这些，是为您好。”

我先是愣了一下，接着高兴起来。这小家伙还行，像个裤裆里有货的主儿。我很友好地拍了拍他脸蛋，训了他几句，也就是做做样子罢了：

“确实，小朋友，上校是不喜欢这样。您上下楼要走服务梯，那才是您该走的梯子。”

发现闹了误会，他脸红了。

“请原谅，上校。我听到钟声就……”

“可是，那是什么意思啊？钟声是叫军官的。你听到的可能是铃声。”

“是这样，”他说，“我可能搞混了。”

芒冉和铁托[①]没咬他。是个好兆头。他摸了摸两条狗的脑袋。这一切很让我开胃。想让人弄一套像样的银餐具来。看看能不能找个举止得体而基督教色彩又不很浓的小神甫来做弥撒。来到餐厅。根据我的指示，福尔雅克已经叫人把当天的命令贴出来，像在宿舍、厕所和树上贴的一样，我希望他们睡觉拉屎，睡着醒着，都在读我当天发的命令。让这些没用的小东西满脑子都是当天的命令！啊，这群笨蛋！大概已经忘掉一半了。我正了正单柄眼镜，走近去看。福尔雅克这家伙！让我高兴，很明显，这家伙让我高兴。我喜气洋洋地读了又读：

> 提请装甲兵、下士、士官和军官们注意，你们是装甲部队的成员，不是普普通通的丘八。

---

① 芒冉和铁托是上校的两只狗的名字。

德·福尔雅克

新来上校的做派，不能不让我感到不快和吃惊，倒不是他那做派本身有什么东西让我不高兴，而是我预见到，就是一百次里我有九十九次在场，对他做出的决定多少起些缓和作用，但总会有一次，命运使我不在场，于是灾难就可能出现，酿成大祸，把德雷克纳于毁于一旦。奥莱对这个意想不到的接班人高兴得不得了，因为，一段时间以来，奥莱已经不折不扣地转向反动，说到戴高乐的时候，就像说到一名成了败类的将军，口气十分不逊。他这一转向，费芒迪迪埃上校对他来说就成了个不可多得的人物。因为，身边有了这么个人，不管不顾地发表你要发表的那些观点，你就可以把自己的观点更好地隐蔽起来，同时，也使你个人的所作所为显得比较克制。不过，也得注意，别让这位昔日的凡尔登英雄和“北非战士”搞得太过分，太显鼻子显眼，要是那样，他就可能被换掉，再派个共产党（因为这类人自打解放以后红起来了）上校来，而光线一变，我们这位将军就会恢复他那喜欢搞军事政变的军人的天然本色。看护的角色落在我身上了。我同时注意到，对当时流行的那些对戴高乐的看法，我也并不同意。流行的看法是，戴高乐骨子里是个民主主义者，于美好的事业没用。可我不相信这些，理由有二。其一，没有足够的理由，你不能说一个人是笨蛋；其二，因为重建共和国这件事，除了证明他信守一项痛苦的诺言，证明不了别的什么，而这项痛苦的诺言里也没有什么能使他特别难受的东西。因为，在法国，重建共和国，从来都是把一个俊俏女人嫁给一个糟老头子，她肯定要背叛他。可是，在政治上，皮埃尔·奥莱和那些正直无私的小伙子们是一类人，他们让自己的情趣（冒险，荣誉，秩序，快而自命不凡的晋升）漂浮在他人利益的肮脏潮水上。因此，人们看到的是一片闪光的海水，想跳进去，因为水面泛着荣耀的光芒，结果却跳进了一个过于奇特的污水坑。

这些经过反复咀嚼的想法，一直在我头脑里盘旋。这些想法具有国道的优势：在国道上，你用不着怕出意外；倒不是因为我不喜欢意外，但我的习惯在于永不改宗，不改变想法，不在下午五点之前出发去打仗，因为我觉得五点钟起太早，按情理说，在这个时间以前不可能真正醒过来：五点钟的时候，一杯茶，拂面的晚风，一本侦探小说或是拉辛的一出悲剧，这一切加起来，就是在用防腐药水洗涤你的头脑。我就这样来到城堡的前厅，碰上一个穿着打扮非常奇怪的小伙子。他戴着装甲兵的橄榄帽，穿一件夹克衫，打着白色护腿，夹克衫里是一件盘花纽浅蓝色短上衣，脚上穿一双薄底浅口尖皮鞋，这身打扮，再加上他那副潇洒随便的神情，以及他那头金发，让人一见就喜欢。我情不自禁地摆出一副好为人师的样子，用因为激动而变得有点发颤的声音问他，到这里来干什么。他笑了笑，笑完了才向我敬礼，就好像他有意要先表示一下友爱然后再按军规办事一样。他很长一段时间不在，刚刚回到部队。我差点儿扑过去拥抱他，因为我现在认出他来了，我喊道：

“啊，您是士兵贝里，因为和您的中尉打架坐了两个月禁闭，是吧？来，来！跟我说说是怎么回事。据我所知，普雷西纳克的老婆和这件丑事有点关系。您喜欢胖女人。”

他跟着我走向分给我的那间办公室，手里拿着橄榄帽，在门口停下来，像立正不像立正地站着。

“请原谅，上尉。”他终于说话了，“不过我没碰过德·普雷西纳克中尉，更没碰过他老婆。我不喜欢棕色头发的胖女人，另外，也不喜欢黄头发的胖女人。因为我根本不是士兵贝里。我是从装甲兵三连出来的。我在五月八日那天负了伤。四十五天以后，团里把我除了名。我喜欢第十六装甲兵团。现在我回来了。”

（啊，他这么一说，压在我心头的一块大石头才算落了地，接着在我脑子里出现的想法是：因为，这个蓝色小装甲兵一下子成了儒勒·凡尔纳一部插图本书里的人物，一位一八九〇年的画家使他的线条有些失色，他就像现在这样在一扇门前站着，底下是神秘的、使翻看这本书的人感到兴奋的说明：“我不喜欢棕色头发的胖女人。”我不太清楚自己是不是也在画中，不过，我觉得这幅画里有一个留着勾状鬓角和络腮胡子的海军军官的位置，军官正用锐利的目光在和他说话的人脸上扫来扫去，好像要用直觉的观察弄清楚他的情况。）

然而，我必须放弃这个研究领域——等到夜里睡不着觉的时候再去想，因为，如果我们需要幻想这块土地给我们以丰收，我们就得细心地耕耘它——回到现实中来。我为他的伤感到担心。他脸红了，让我看到他已瘸了。我请他坐，告诉他，当他再被招募的时候，服役条件对我们就是不一样的了，我们应该利用这一点。我给了他一支烟，问他多大了。

“我十八了，”他说，没有一点不好意思，“我不吸烟。我入伍要干三年。”

这最后一句话，我听了心里无比高兴。我仰了仰头，想弄明白，军队为什么使他高兴。相信这个娃娃之前，这确是需要过的最后一道关卡。喜欢军队的人，一般是那些思想扭曲的人，那些天真汉，童子军，或者干脆说，是一些三流的多愁善感的人。可他的回答比我希望的还好：

“开始的时候，我也向自己提过这类问题。实际上，这么提问题毫无意义。我们在军队里。装甲兵就是装甲兵，就这些。”

他微笑着，两只手交叉着在膝盖上一摊，就像对我说，这是一件不言自明的事。他脸上那副沉思的样子，对我来说不陌生，我于是问他，过莱茵河的时候我们是不是在哪儿见过。不，他没有参加渡莱茵河的战役，因为在一次巡逻的时候，他肩膀上受了点伤。

“您很容易受伤啊！”我大声说，为了让他感觉到，说到底，对我来说，他不是不可缺少的，我没有他一样活，别认为“这下子行了”。我对他说了法国军队的状况，当地居民是平静的，他们喜欢干活，喜欢奶制品，他们麻木，我们在风化问题上是平静的，在距此六公里的树林里，有一些很有能力又信教的人。总之，绝对可以过一个好假期，能养胖点儿，能呼吸到松树的味道。这时，在我头发散乱，手势惊慌地为莱茵河地区的宁静生活无力地进行辩解的时候，韦里泰准尉进来了。他的白脸上贴着花蕾，我一直不明白，既不知道他为什么贴，也不知道他是怎么贴上去的。这些花蕾没有使他变得更难看，他天生那副丑八怪样子，用不着再人为地丑化了。说实在的，那些把丑东西一层一层摞起来（塌鼻子，肉眼泡，选举中投票，穿带刺的高筒皮靴）的人，我理解他们，因为，当他们是这样的时候，不这样就错了。然而，迫于形势，我对那个新来的人做了个权威手势，同时宣布，他为我服务，但没细说我的打算。韦里泰拿起大本子，戴上眼镜，开始写这个小伙子的名字。他姓圣-安纳，叫弗朗索瓦·吕卡·约瑟夫，写他的年龄，籍贯，这使我有了很长一段时间看着。在问话的时候，他向我投来信任的目光。他的眼是黑色的。他说：

"每次都像上中学一年级时一样。我说我的身世。老师努力做出可爱的样子。"

我没时间插话，因为，这个小装甲兵年轻，长得又帅，使丑陋的韦里泰受了伤害，他狠狠地训斥他，命令他实话实说。然后，在圣-安纳突然离去的时候，他又追到前厅，命令他敬礼。我急忙走到书架子旁边，靠在书架子上。这时我听到我保护的那个人神气活现地答道：

"把我编进去以后，发了制服，我才敬礼呢。这顶橄榄帽，是我私人的帽子。是我偷来的，好长时间了，从第一装甲兵连的一个小子那儿偷来的。不过，为了好玩，我也许会给您敬个礼。"

他们分开了，韦里泰告诉他，装腔作势在装甲兵十六团没有市场，装甲兵第一连和其他装甲兵连没什么两样，只有军官在行装甲兵军礼的时候手指才可以这样分开，以及其他一些差点儿让我发火的蠢话。不过，这种恶劣情绪没持续多久，因为笨蛋们不可能像他们想象的那样破坏我们的运气。我快乐得有些激动，我看到，我面前将有无数个下午，和这个可以信赖的小伙子待在一起，他睡在我上边某层，凌晨一点，他会光着脚下来，请教刚才做的一场噩梦是什么意思，或者巴苏陀兰首都叫什么。

九月里的最后几天，我想的就是这些事。我带着一颗病态的、被耻辱咬噬的心，从城堡去K市，我和皮埃尔·奥莱在牌桌前一坐就是几个小时，在生活里，除了悲伤或地理上的不同，我什么也看不到。关于我爱的那个人，我知道的事情不多，只知道他在说某些字时发音的方式特别，知道他的微笑和在他白嫩的皮肤上流动着的那种快感。我怨自己没能更好地记住他脸上的特征，没能记住他走路的姿势和眼神，害怕因此和他再见面时认不出他。可以肯定，这种情况不会发生。理智告诉我，将来他会落在我手里的，理性还把我引到镜子前面，让我看看我那讨厌的诱惑力还剩下些什么，但爱情是令人焦虑不安的，我会在咒骂而又欣赏我昔日的匀称的同时，就地枯萎。

接着，在一周之内，为了我的幸福，一切就都在极端秘密的情况下定下来了；从那时起，弗朗索瓦·圣–安纳成了我的亲随，陪我去K市，在车子里或者在官邸的门廊里等我。他弄乱我的文件，把最精致的地图搞得模糊不清，得罪韦里泰那个混蛋，其余的时间就赌气，但他毕竟是待在这里的。

在他眼里，我是基督徒的好典范，是个贤明的军官，要是把我的话抄下来寄给他的父母，立刻就会有钱给他寄来。我跟他说，我夜里很孤独，在城堡中突出的塔楼里待着，就像待在一只活的动物的身体里一样。我说我前途未卜，系于这支也是前途未卜的法国军队身上，而这支军队在力量和智谋方面都有太多的弱点……这是一支幸运的部队，由娃娃兵组成，但德国人在为他们召唤死神。法国军队的东进，阿尔萨斯保安队和守桥的卫兵，这些新词浅显的诗意似乎使他陶醉。他问我，我对法兰西是不是真的“如此”关心？我能说什么呢，我只能说，我既为法兰西感到耻辱，又对法兰西感到怜悯。

他拍起手来，一下子打乱了我那些严谨得像座美丽建筑物的句子结构，让我扮演起有耐心、有智慧和逆来顺受的爱国主义者的角色。这是对我的惩罚，因为我没有表示自己想围着炉火自自在在地闲聊，却排除自我，满嘴法兰西地说起教来，还谈论道德，展望未来。

十月中旬，一件痛苦的事让我从呆滞中惊醒。一天早晨，他上来得比平常早些，叫醒了我。他全副武装，对我说：

“请原谅，我被指派到树林里去站岗。是昨天晚上通知我的。”

我跳了起来，都有点糊涂了，差点喘不过气来；我走进费芒迪迪埃上校的屋子。他身穿睡衣，一只手在漫不经心地抚弄着那些肋形胸饰，那是他的装饰品。我向他指出，让一个这么小又受过伤的年轻人到树林里站岗受苦，他这种行径是可憎的，这是件让人讨厌的事，这项措施没有意义，扰乱了对我的服务工作。而这种扰乱，首先摆在我脸上，也表现在我这些语无伦次的抱怨之中。上校让我冷静，跟我说了一堆好话，充满温情和无私。他说，这项指派他毫不知情，责任在韦里泰准尉身上。换岗的卡车已经出发，太晚了，对这项不幸的决定，已经无法收回成命。不过，说到底，这是小事一桩。我厌恶地盯了他一眼，闷闷不乐地回到我的房间。我一直呆呆的。我要为他报仇。

那以后的几个小时，过得要多没劲有多没劲，是最令人讨厌也最令人感到不公平的几个小时。我一直心惊肉跳，不时想起我这一生中的各种坎坷，欲望、愤怒和不安让我发疯。我似乎看到那个可怜的金发小伙子，站在树林里一个十字路口，淹没在林海中间，被松树呛人的味道熏晕了，他真不幸，就这样被抛弃，去面对战争的种种不测。这个圣-安纳啊，我的心为他而跳动，我早已把他当成一个任意而为的西班牙王子，安排在我生活的全部进程之中了，我的梦想，就是希望他随心所欲，任性胡为！我好像来到了一个廊子的中间，廊子里有阴影，有壁毯，有廊柱，有卫兵。圣-安纳和费芒迪迪埃上校在我身边，一个穿一套浅黄褐色制服，一个穿一件带肋形花饰的睡袍。我那位年轻侍从，一头金发，派头十足，坐在一个凳子上，先向我指了指上校的胡子。对，他想要胡子。我觉得自己在最美妙的环境中飘浮着，空气中充满酒香，在这种氛围中，稍稍一点拒绝的表示都是愚蠢、难于理解、不可原谅的，因此，我取来了暴君的胡子，呈献到他脚下。然后，他想要一只耳朵，一只眼睛，一只脚，一个扣子，我用跳芭蕾舞的动作执行了他的命令，在我的动作里不难辨认出基诺①和皮埃尔·高乃依②悲剧的舞台风格。最后，费芒迪迪埃上校的主要部件都不见了，他也就消失了，背景变了，或者不如说背景消失了，只剩下圣-安纳独自一人，他打着战，空心穿一件制服上装，两侧一直裂到腋窝；我不敢碰他，因为，我心里充塞着冷酷无情的吝啬鬼和鸡奸者才有的那种狂热、颤抖、无力。鸡奸者和悭吝人相像，他们被置于可能瞬间消失的绝妙佳品面前：在在都是威胁、窥探，致命的一瞬就足以使它们从这个世界消失。因为，我们的财产是虚构的，而世界不容忍这种虚构。扑在金堆、银票和支票上的吝啬鬼，手里抓着的是他们永远不会使用的力量，是偶然事件可以使之散落的财富，是卑鄙而孤独的幸福——至少，我得用鸡奸的字眼来解释吝啬，才能把吝啬说明白。唉！我们并非得天独厚。最庸俗的情夫已经来到某种奇才面前，那奇才是一种灵与肉的融合，过去和未来的融合，眼睛说着“是”和“不”，享

① 基诺（1635—1688），法国悲剧诗人。

② 皮埃尔·高乃依（1606—1684），法国悲剧诗人，著名古典主义戏剧大师。

乐的汗水里隐藏着注定要下地狱的灵魂，快感的尖叫早有魔鬼用吼声来回应，但这奇才比我们的人种大一千倍，因为它身上加了个集男人和女人于一身的结合体，一种不可思议的奇迹，受上帝谴责，只有某些生物能够完全做到，有时只在完全裸露的人身上展现，展现在一种态度中，一次微笑中，一缕环状的头发中，于是，世界发光，又找回它已经失去的和谐；就这样，在我那些总是徒然的梦里，弗朗索瓦·圣-安纳既献身于我，又让我献身于他，不过，他一直是我真正的主人，有时他用他的清新压制我，就像我们过分热爱的乡土，给我们语言、习俗、声音和肤色（不过也许不如说，乡土拿走了我们这一切，以便按照它的心思加以改变，而我已经看到自己在像“圣-安纳”一样说话，用的是他喜欢用的表达方法，他的节奏，扮他爱扮的鬼脸，然后，在接触他的时候把我的皮肤变成金色，满怀热情地盯着他所有的微小动作，就像司汤达能够几个小时一动不动地坐在皮埃蒙特湖滨欣赏一棵松树的摇动，或是看米兰歌剧院大厅里穿着红色和黑色服装的人走来走去一样），有时我心甘情愿地完全服从他的意志，让他像暴君那样对待我，毁我，羞辱我，因为我清楚地知道，伴随着这种舍弃自我而来的是千百倍的富足，是他趴在我身上的整个身躯，是他坚挺的阴茎，是他使我肚皮这块不毛之地有了生气的双手，或者，是他整个儿放在我嘴里的阳具，他像年轻忧郁的王子朝大海抛洒珍珠那样，让他灼热的精液流入我的心田；而把我们变得像海洋一样，把我们溶解在每个时代的无穷无尽之中，把我们摆在事物的表面，让我们听见一句话就昏头，让我们成为随便什么人的奴隶，可能并不是爱情无关痛痒的一种特性，但比这种奴役更为真实的是，爱情的这种特性还把我们留下来面对我们的怪诞思想，这种思想使我们所有的动作都带上一种特有的派头。

唉！这一切都不是真的。我从梦幻中慢慢摆脱出来，慢得像个信教的人摆脱神，或者像个醉鬼——醉鬼的每个动作都要非常有耐心，因为他感到胃在翻动。就这样，甚至在我的梦结束以前，在我的内心深处，就有什么东西告诉我这是假的，有什么东西要求苏醒，要求在光天化日之下即真实的世界里去表现自己。我悲伤地掀开想象中的被单，离开了这个十分亲切的地方，这个地方的一切都在和我说他，虽然我知道这些都是我的幻觉。我醒了。

这时，我又只是占领军一名呆头呆脑的上尉了，一方面忙着看那些该扔到字纸篓里去的条令，同时又满脑子都是应该受谴责的欲念，我发现，我根本不了解他，不了解他的思想，假如他有思想的话，也不了解他的爱好，甚至不知道他皮肤的真正颜色，因为我第一次看见他的时候，他刚从医院出来，脸色还是苍白的。幸福使人忘恩负义。在和他交往的这两个礼拜里，我一直高兴得晕晕乎乎，心绪不宁。据说，有人能把幸福加以理性化的运用，知道如何享受幸福，能一点儿不糟蹋，不过我是不信这个的，我以为，幸福的人儿糟蹋他们的生活，这种没有耐心，这种糟蹋，这种对时间的不管不顾，就是幸福。因此，我不能真埋怨自己，说让圣-安纳生活在我身边，而在我记忆的白纸上，却没有记下他的举止，他的微笑，他的言语。我就像老百姓说的那样，“自己由着性儿来”，没有舵，更没有划桨的人：一切都使我高兴，一切都使郁闷无比的生活变得有活力，因为我像别人一样，也总是忍耐着自己的烦闷，但是，有了这么个娃娃，时光变得光辉灿烂了，让我把过去一脚踢开，就像一个人从陡峭的岸边纵身跳上小船并使小船远远离去一样。身后的土地对我来说似乎已注定成为一种浪费，成为一种无足轻重的东西。阿尔萨斯的小村（冻得发紫的手，没刮干净的胡子和坏脾气），沿莱茵河而下的行程，所有这一切都被涂上了一层色彩，是用回忆令人失望的自夸涂上去的，这种令人失望的自夸，在我的头脑里，相当集中地反映在占领K市的回忆里，装甲兵兴奋地围着女人转，他们对这些女人恨不起来，在我身边，有个小白痴，我已经记不得他什么样了，只记得我跟他长篇大论地说了一席话，当时我非常想说话，也许是想显示一下，可那个伤感的混蛋根本不听我的，他喝了很多酒或是类似的什么我不知道的东西。我那时的生活就是这样：随便懒散，枯燥无味，有人情味儿。我满脸通红，双手捂着心口，盼着圣-安纳到来。这些突如其来的幻象是痛苦的，因为在我最烦闷的时候，我不满足于只看到他的脸，我还立刻要他的身体或声音，可我又没有别的办法，只能求助于想象，可那办法是讨厌的，其可悲之处，不在于想象的丰富，而是这种想象事先就把未来的时日掏空了，把一重重门都关上，在我们非常想出来的时候，我们自己把自己关起来了，于是，在内心的快感达到最疯狂的时候，就有什么东西提醒我们，说不会有什么新东西到来，两个小时以来，路上一直空无人迹。

于是，只能活着，就是说，只能去签文件，和上校去说上两个小时的话，然后喝一杯茶，望望夜空，写写家信。生活只是谎言，生活的虚伪有时是以最离奇的形式表现出来的，在我突然打断韦里泰准尉的话，请他“让那些最美的地方光着……”时，他正在和我谈论制服。

“什么？上尉，光着？”这个笨蛋问。

我严厉地看着他，对一个误会了我们说的话或是把这些话曲解了的混蛋，就应该这样。

“让我们的军人在穿着打扮上留点光着的地方。别让弟兄们带那么多人工的东西，什么肩章饰带呀，皮带呀什么的……”

他立刻记录，而这就成了当天的命令：装甲兵平日不必佩戴他们视为荣耀的第十六装甲兵团的肩章饰带（法国军队中最漂亮的肩章饰带），这使团里的士兵在年轻德国女人眼里降了一档，给了他们的对手坦克兵一线新希望，总之，使他们在很大程度上避免了得梅毒的危险，也使他们避免了许多过度兴奋和心里难受的机会。这项把我的差错变成命令的插曲，最终令我高兴，因为这件事表明了弗朗索瓦·圣-安纳对整个团的力量。我还记得，有一次圣-安纳说他喜欢白玫瑰，因为白玫瑰的样子有点像小动物没有表情的脸，跟小猫的脸一样。我于是向费芒迪迪埃说项，告诉他，皮埃尔讨厌白玫瑰，这些花让他气得不得了，结果使得将军每次来的时候，城堡里铺天盖地都是白玫瑰。在等着将军到来的时候，我在大办公室里走来走去，嘴里叼着一枝白玫瑰，上校把这看成是我拍他马屁的一种新方式，其实，我两唇之间的东西，只是我所爱恋的圣-安纳的一种象征，因为我不能把他金色的那话儿叼在嘴里。

这些怪念头使我从单一的想法中得到些许排解，因为我只想着再见到他，只想着如何隐瞒自己的欲火，只想着不要在他回来的第一天晚上就跑进他的房间，以便使自己既显得有分寸又不失热情，保持一种自从这个世界存在六千年以来，自从人们做爱六千年以来，没有人发现过的平衡。我坐立不安，我把头往城堡的玻璃上撞，我活着只是为了再看到那张迷人的面孔，那张鹅蛋圆的面孔，那副小国王的身材，那双黑而活泼的大眼，那张美得不能再美的精致的嘴，那微微翘起的鼻子，那鼻子和剧作家马里沃[①]戏剧里天真的女主角的

① 马里沃（1688—1763），法国戏剧家、小说家。

鼻子一样。顺便说说，马里沃是个有些令人讨厌的作家。

可是，换岗的卡车进了院子，我刚走下楼梯，他们已经上了台阶。圣-安纳走进前厅，摆出一副阴郁不快的面孔，为了防止我可能会提什么要求，对我说：

“您知道，我们这些站过岗的人，今天的活儿都干完了。”

然后，他登上供秘书们用的楼梯。他打扮得完全像个士兵，头上戴一顶大钢盔，显得耸肩缩头，大衣的下摆拍打着双腿，上半身鼓鼓的，塞了不少长毛绒，因为这小畜生非常怕冷。是的，他摆出和同伴们一样的做派，并没什么不对，说到底，他是他们当中的一员，跟他们一样，是个身穿脏兮兮的本色哔叽衣服的小家伙，跟他们一样，是个算不了什么的装甲兵。想到这些小伙子以吵嚷、帅气和青春破坏了我极为珍视的平静，我有点儿生气。但是不，像我这样的人，是相当能够克制的，不会因为随便什么人就失去理智。我于是回到房间，以便把洛根·皮尔萨尔·史密斯的那本大部头书读完——那是我嫂嫂给我寄来的。

可是，我们在激情的平静时刻制造的冷漠，只要真正的不幸一接近，就会烟消云散。这一时期，我经常带着秘书去K市，去听皮埃尔和我谈论本地区的内部情况。有一天，弗洛朗丝参加了我们的谈话。我进去的时候，她正坐在办公室的角落里，没过多一会儿，她就显得被德国游击队激起了兴趣，她已经在想象着暴动、革命、大火，她将乘机设法强奸那些体格最壮的德国鬼子。话说回来，从一九四四年起，通俗画片就令女人们相信，抵抗战士是超人，健壮的、不倒的。这是大错特错了。一九四一年夏季我们在叙利亚的高莱时，皮埃尔和我，我们就根本没勃起过，更不是什么不倒的：他是因为屁股受了伤，我呢，是因为利凡特人对我的健康没有一点好处。这个令人无法忍受的女人在场，我真不知道如何摆脱，不是因为我们的谈话有多重要，而是我不愿意这个人怀疑我们的谈话没什么内容。我的沉默，我那深不可测的目光，很快就使她明白，我手里掌握着极其重要的机密，从这一刻起，我想她不会再瞧不起我，她该开始恨我了。

她终于走了。她的情人把她送到门口，门刚一关上，我们就听到一个清新、愉快的声音喊道：

“嘿，您在这儿呀！”

奥莱顿生一股醋意，待在座位上。我往近走了走，因为我听出来了，那是圣-安纳的声音。弗洛朗丝答话的语气非常轻蔑（我猜想她仰着下巴，皱着眉头，伸着食指）：

“您是哪位？您这是什么意思？”

“我们认识很久了呀！”他说，情绪非常之好，“有那么一两个月，我讨厌您，可我现在已经不再怨恨您。您不记得我了？我到装甲兵团来的第一天夜里，还是您把我叫醒的呢！”

将军满脸通红；我呢，一想到这个脏女人在我之前就尝到了圣-安纳的芳香妩媚，摸过他卷曲的头发，看到过他的笑，心里就恶心，但我挺过来了。说到笑，参谋部那个呆头呆脑的传令兵基迪在笑，笑声在大厅里回荡：是那种放声大笑，笑得轻浮，连珠炮似的，和军事文学著作中关于这个问题的描写完全相符（主要作家不是阿尔当·迪·皮克，而是库特林）。弗洛朗丝踩着脚尖急叫：

“有这么笑的吗？您有完没完？您到底有完没完啊？”

圣-安纳插话了：

“他是个白痴。您知道，在参谋部里，没有聪明人。不过，您确实叫醒了我。我当时在站岗，睡着了，要不是您，我可能就得进小号，把头剃得光光的……”

“我没问您的生平，”她吼着，“要是您一开始就规规矩矩，这个笨蛋也不会这样！”

在她说这几句话的时候，皮埃尔的脸色开始变得坚定，眼神也显得亲切了，可刚才他还像个暴怒的曼弗雷德[1]呢！他用激进社会主义者议员的大动作打开门。弗洛朗丝后退一步。基迪离得老远，立正站着，而圣-安纳则是一副若无其事的样子，伸出和解的手，想要说什么。弗洛朗丝抢在他前面：

“闭嘴，”她喊道，“我为你们的这些装甲兵向您致贺。他们很漂亮！这里有个装甲兵把我和饭馆的女招待搞混了。可能是那个女招待给过他两记耳光。”

我朝她亲切地笑了笑：

“给他两记耳光！他可能会受宠若惊的。他的伙伴们就会在大街上跟您说些无聊的话，为的是让您也给他们俩耳刮子。”

“那没准儿。这个标致的年轻人想要干什么，我早就看出来了，您瞧他那副伪君子的德行。”

奥莱因为把他的弗洛朗丝想错了，反而高兴起来，他觉得她像修女一样圣洁，而圣-安纳并不是一个能勾引人的角色。奥莱插话了，声调严肃：

“小伙子，别顶嘴了。记住，立正的时候眼睛不能望着地。亲爱的，您看，他得听您的吩咐。您肩上有肩章，这是为了下命令的。”

刹那间，我看到弗朗索瓦被投进了阴暗的要塞，他被剥夺了一切，连我看到他的机会也被剥夺了。

---

① 曼弗雷德，英国诗人，拜伦的同名诗剧的主人公，愤世嫉俗的典型。

“请原谅，”我说话了，语带诙谐，“您总不会让我带个光头的装甲兵跑来跑去吧？另外，您比我更需要他。您已经注意到，将军，您的文件都是井井有条的，这都是他的功劳。我们可是个好下属。奥利维埃指挥官把我们提成了一等兵，我们还望弥撒呢！”

“去望早晨六点钟的弥撒？”皮埃尔问道，他知道德雷克纳于最琐碎的闲话，特别是他那位接班人的那些宗教幻想。(还有，六点钟的弥撒并非毫无价值，有头脑的人都认为这类弥撒对身体有益，因为魔鬼在这个时候还没起身，而上帝可以利用这段时间和灵魂打交道。)

我用同样的声调回答：

“就是说，要是有的话，去望中午的弥撒。现在，我们更愿意加把劲把将军的文件整理整理。我们就是这个样子。所以，我们才总是低眉顺眼的。”

弗洛朗丝已经忍无可忍：

“多好的下属啊！趁您在这儿的时候，祝贺他吧！人家在您眼前冒犯我，说了些莫名其妙的脏话，还就这样去望弥撒，还有什么可说的。一个士兵只要进了装甲部队，就在操行上尽善尽美了。至于福尔雅克上尉，他插这一杠子，表明他心地善良，有爱心，可这不是他的事，真不是他的事，这是一件男人和女人之间的事。”

在她说这些难听并且是故意伤人——因为她从未见过我围着她转，她就只能说我是性无能或者是同性恋，但说到性无能，皮埃尔可是个当仁不让的主儿——的话时，我十分优雅地微笑着。因为我正在记忆里列举她犯过的错误，和那些使她的情夫不得不原谅她的理由。奥莱的小过失，不是公开影射我性格中的某些小毛病：他的错误是双料的，因为他既和路易十四一样，非常害怕丑闻，又和奥尔良公爵[1]一样，不能绝对不会因为丑闻而受到谴责。

圣-安纳于是得救，我挽着他的胳膊带走了。能把他带回来，我非常高兴，羞辱了弗洛朗丝，更快乐无比，在车里我都能跟他说："您真让我高兴！您真让我高兴！"而他却喊道："这个讨厌的女人！"

"完全没有道理，"我接着说，"这个疯女人，她还以为自己是我们这个装甲师的灵魂呢！对她来说，占领德国，就像组织一场慈善拍卖活动，只是用教理课本换掉橱窗里的《我的奋斗》。因为她既是个基督徒，又是个荡妇。她最近不是把一家书店里阿尔诺·布雷凯的画册全部没收了吗？我真希望，从某个角度凝视一个像我们这位将军那样不完美的人，时间一长就会厌倦，也希望这个女人产生报复心理。可是，干吗要拿阿尔诺·布雷凯的裸体画册出气啊！大人物真可怜！不，这不好……"

说到这儿，我突然打住，因为我害怕了，把弗洛朗丝放荡的性格告诉圣-安纳，是犯了个可怕的错误。太年轻的人听说某个女人长得美而又容易到手，会一下子就冲动起来，因为他们已经在想，这个女人会不用他们采取主动就和他们过夜。弗洛朗丝不是一般的美，她非常美。我立即转了话题，向他保证说，他能使围绕着自己的生活变得更幸福。

"我有个朋友，他说的刚好相反，"他答道，把脸转向我，那张脸就像第一次看到的画那么可爱，"确实，他谁也不喜欢；他是个了不起的家伙。一个聪明的愣小子。"

我害怕了，以为我永远也打动不了他，因为我不是个"了不起

---

① 奥尔良公爵，此处指的可能是亨利四世之次子，路易十三之弟，亦即路易十四的叔父加斯东·让·巴蒂斯特（1608—1660），此人平庸、怯懦，却参与了所有反对黎塞留的阴谋。

的家伙”，而他欣赏这种人的利己主义。对于他，我是既鄙视，又越来越爱。

“为什么您要带点不屑的神情谈论聪明呢？”

“因为我笨，”他笑着对我说，“笨得像参谋部的那条鳕鱼。”他接着说，这时我们走进城堡的大厅，韦里泰准尉向我敬礼。

我把他推进我办公室，生气地关上门。一开始，我一言不发，在他面前走来走去。然后我闷声闷气地，声音里含着恼怒、骄傲和我所可能有的各种感情，说：

“您的不逊会让我厌倦。小心点儿。您扮演抱蜡烛的侍童扮演得很好，但要记住：永远别犯顶嘴的错误。否则的话，您身上那些刺人的东西很容易就会变得令人厌恶。我有时真想把您从窗子扔出去，要不是我知道您会像一只小脏猫似的掉到地上，我就扔了。所以，和弗劳·巴尔克豪森的小姑娘们去玩吧，别在将军的文件里夹些让人惊慌失措的东西。”

开始他什么也不说，就在那里赌气，眼睛看着地，我觉得他差不多要哭了，那就会让我有机会高兴地把他拉到我身边安慰他。他根本没哭。

“上帝啊！您的性格让人难以忍受，”他说，“什么时候您才能学会待人处事啊？”

“出去！”我朝他吼道，他的高兴心情让我彻底失望了，“别让韦里泰准尉把您轰回去，那他会很高兴的。”

（他受这个愚蠢而丑陋的军官管辖，并非出于偶然。要是我每天都感觉到他和马斯隆·戴·昂热中尉那样一个魁梧英俊的军官接触，我得多难受啊！昂热身段好，矫健，说话的时候拿腔拿调，给他那天生的完美又平添了几分魅力。）

圣-安纳在离我不远的地方干活。我心跳得厉害，就奔过去找他，只到拧门把手的时候才放慢动作。为了进行一场困难的谈话，我对他说：

“您看，您还没跟我说说您那位朋友呢！就是那个不太傻也不太死板的朋友，是吧？”

他朝我转过脸来，他那双有黑眼圈的明亮大眼，闪动着，那双眼睛就像教会寄宿学校女学生的眼，那女生太漂亮了，以致她的女友们在晚上到她的床上来爱她。

“是啊，”他答道，“他叫桑代，三连的，就是洛雅尔杰埃勒那个分队的。”

“他总是待在德国女人怀里，您这位朋友？”

“噢，完全不是！他觉得她们不够帅。他因伤毁了容，但他仍然迷恋那些高个子漂亮女人。打那以后，他从不外出。他难看，更难相处了，成了道德的化身。”

我微微一笑。

“您真有点不可思议：因为您的朋友受了伤，口味变了，他搞起……我不清楚，他搞起军官戴塔伊的下属来了……”

“正是。他降了几档。他的要求也应该降几档。您知道，一切都是经过仔细衡量的，鼻子，眼睛，性格，读过的书，我们每个人都值一定的分数，从零到二十。分数有升有降。在罗克鲁瓦[1]之后，孔代从十四分升到十九分半。但在五月七日以后，桑代从十五分降到了七分或八分，就这样。”

---

① 罗克鲁瓦，法国东北部的一个古老城镇，十七世纪的三十年战争期间，孔代公爵曾在此打败西班牙军队。

“那么，女人呢，”我问，声音有些颤抖，“女人在您的系统里是怎样的呢？”

“她们的作用是衡量男人。当然，我们不选择女人的分数。是女人选择你，这有点讨厌。”

他声音里有点谦虚和专注，让人极想拥抱他，不过是纯情地拥抱。我告诉他，认识他的朋友我会很高兴。但他立即告诉我，这是不可能的，说我的性格太敏感，受不了那个弗朗索瓦·桑代的桀骜不驯。在离开他的时候，我看着他说：

“您知道，我们以后还会经常争论的。”

对那个小伙子的事我放心了，圣–安纳和我多次谈论过他，我看清了，这是个可能的对手，至少是个情敌。我毫无羞耻地想，如果弗朗索瓦已经为不同寻常的友谊所吸引，他将是个比较容易到手的猎物。相反地，我更希望知道他对临近的危险一无所知，对那些折磨我的讨厌想法毫无察觉。对于鸡奸，我只有厌恶。唉，鸡奸太普遍了，已经失去了一项真正的恶行所具有的魅力，真正的恶行总是使你远离人群，以便去想象。我喜爱幻想中的肉体，不喜欢活生生的肉体。

我鄙视肉体，却没有和打猎的伙伴绝交。他们教会我如何忍受苦难，如何去做难于做到的事情。不过，在各种宗教中，都有一些神学家。我就属于这样的神学家。

圣-安纳

他要是真以为我会抄他的指令，那他就错了。我爬上二楼。我打开办公室的门。一个黄头发、闷闷不乐的女秘书在修指甲。其他人在读关于人民航空的报纸。我对他们说："韦里泰准尉要这些东西，要打字的，不能有错，今天晚上就要。现在（我举起手，因为他们的样子像是不肯接受），这些东西是不是让你们讨厌，我可不想知道。别人心里的苦楚，他们对生活的看法，我是不放在眼里的。"然后，我摔门出去。我大步流星地走进花园。我要在树林子里睡上俩钟头。

醒来的时候，脖子上爬满了蚂蚁。我原地跳了跳。我一直跑到村里的广场上。我进了巴尔克豪森太太家。有个一脸疙瘩的下士长模样的人。看到我，叫道：

"跟他们说法语。今儿的命令里有这条。我们是拉丁文化使者，这是上校说的。可你们的软底鞋，真是臭狗屎，我就是这么想的。您可以就这么穿着。"

他摔门走了。我摸了摸弗丽达的头发。我对她说：

"你好，小绵羊。"

"不，我不是小绵羊，我是弗丽达·巴尔克豪森。"

和小绵羊的母亲聊了聊政治，挺有意思。她思路宽，屁股大。她丈夫当了俄国人的俘虏。她问我，我们什么时候发起一场战役，去解救这些可怜的人。一九三八年，战争开始的时候，他们在这里安顿下来。什么战争？打捷克人的战争，阻止他们夺取布雷斯劳。愿意说什么可以说什么，不过元首可不是一个让人随意冲撞的人。我郑重地表示赞成。

我冲进我的房间。我用粉笔在中间画了一条线。我告诉卡尔·马克思：

“在装甲兵这儿，从来都是这么干的。这条线，你无须动。就是站在老虎窗前往外看，你也必须凭着想象力把这条线在空中延长。这样，在你这边就能看到钟楼、池塘、体育场，你小子没什么可抱怨的。我呢，我只能看到树林。”

他把眼睛睁得溜圆，可怜的笨蛋大学生！你就得这样和他说话。说粗话，拍肩膀，这让他觉得有气氛。他不认为自己无缘无故地受了打扰。

我有时问自己，是不是应该回来。战争可能是美丽的：那些夜里也能开的装甲车，热热闹闹的军营，五光十色的军服，有穿皮夹克的，有穿衬衫的，有穿英国斗篷的（而且都是一副志得意满的样子）；驾驶员脖子上挂着用线穿起来的装甲车里各种箱子的钥匙，那是他们力量的象征；军官背着挎包，从书的轮廓上可以看出挎包里装的是侦探小说；没有什么事是真正重要的，时间浪费了，终于，集束弹道升空，战争结束。至于德意志，这个国家不怎么让我感兴趣。

这里，是个家庭，没有爱，没有目标，没有温暖，是一个封闭的世界。你在这里可以思念已经逝去的战友。每天的单调、刻板，阻止人去相信有什么事是不可挽回的。要是碰上桑代，突然和马克西米扬擦肩而过，我不会感到吃惊。

可是，马克西米扬，我不想碰上。他会盯着我的眼睛谴责我扔下了他。啊，我是个胆小鬼！从前，我喜欢这种怯懦。远离所有的人，这很好，我会觉得轻松。可是，马克西米扬……放开他的手跑掉，看着他在地上躺着的时候跑掉……

桑代不一样，更无忧无虑。死对他不是什么糟糕的事，只是必须演的另一出喜剧，他也并非不知道自己会演得有声有色。五月七号那天，在他没有子弹了的时候，他脸上流露出的是自信，他在笑，这些我都记得。这一点，乐天派马克西米扬可能就做不到。他可能也会做出这样的表情，但那一定是勉强做出来的。对我来说，这两个人都是难学的榜样。我不能肯定以前是不是喜欢过他们，但现在我非常喜欢他们。马克西米扬的骑士风度，桑代的坏小子做派，我都学不像。马克西米扬比较让人厌烦，我想说的是：他比较固执。他相信荣誉，相信道德，相信在生活中勇往直前是一种天然需要。这使他长了一张大方脸，动作粗犷，头发像刷子，脸上常有笑容。相反，桑代对于不作恶毫无信心，总觉得有朝一日会放纵，他甚至向我解释过这一点（有时他也和我聊聊）。对我来说，问题在于要找一个有特色的人，而他没有改变。我想要的东西有一大堆，这些东西常常就给了我。所有这一切，不能形成一个严肃的体系。我改变看法。我软弱。奇迹般的一分钟于我足矣。可是，我不能永远十八岁，以后有成千上万的机会让我变得令人讨厌。伤好以后回到部队的时候，我曾经希望能有个好结果。我最好的朋友，不是死了就是走了。我打算在这些漂亮的年轻人的荫庇下生活，就是在洛林的某个节日里见到的那些人……但我看清楚了：这不容易。有马克西米扬，有桑代，有贝萨克，换句话说，必须选择。那么，我学谁好呢？

我每次从塔楼的梯子上下来，这些想法就会冒头。阴郁，忧伤。但到了底下，一看到灿烂的白昼和美丽的花园，顷刻之间就全变了。正是这一点使我想下个大决心，确定一个日子，把我的过去和未来划分开。然后就改弦更张，重新开始。

在花园里，我贴着墙走。我想让福尔雅克过去，不让他看见我。他当然是好样的，就是有点儿太粘人。食堂里没有一个人，只有一只苍蝇在玻璃窗上撞来撞去。别的人都是成群结伙地来的。卡尔·马克思一副饿得前心贴后心的样子。这小伙子看书看得太多。他挺费脑子，而这又不是填点儿大杂烩和胡萝卜就能补回来的。我和摩托车手在一张桌子上。消息不错。我们要摸轻型坦克，要出发去印度支那了。这时，弗洛朗丝·莫尼埃正在为圣诞节的演出找演员。她要组织一个晚会；我的脸不由自主地红了。

“你真走运，”有人对我说，“演爱情剧里的男主角，你会让人心跳的。”

“是啊，可这个女人，她更希望把我剃成光头。这又是个装腔作势的女人，她们喜欢肌肉发达的那种。我认识一个家伙，是专为她生的。你们记得桑代吗？他要是在，肯定让她高兴。”

正在这时，在门口，进来的那个人抬起蓬乱的头，笑了：

“别担心，你这个走运的笨蛋，我是让她高兴。昨天，在糕点铺里，她走到我身边，对我说，我大概因为伤疤而感到痛苦，说她会照顾我，说她要到野地里去给我找点什么东西。你们想想：到野地里去！”

他坐到凳子上。他的脸只有一边被烧伤，从额头一直烧到下巴，形状像个S。他开始吃饭。

“让她觉得讨厌的是，”他又开口了，嘴里满满的，“伤疤招苍蝇。”

我吓坏了，一句话也说不出来。他可能要比从前更瞧不起我了。因为，我没有变，战火没有改变我。他拿其他人也没放在眼里。不过他还是转向了我，哈哈大笑起来。

贝尔纳·蒂索

望完弥撒，我和最后一拨人一起走出教堂。我不急于到广场上去找其他人。很明显，这还不是占领。除了指挥官奥利维埃和福尔雅克上尉，其他军官去望弥撒都是出于职业义务。真的，他们让我倒胃口。他们没有任何理想，比那些德国人强不了多少。不过，是个法国人这一点还是至关重要的，我只是和福尔雅克上尉说了说这种看法。是啊，他对我说，为法兰西献出一切，就是每天都在为创造法兰西尽力。晚上，我把这句话记在了笔记本上，我要把这话写给克洛德。他说，人有幸拥有像我们那样的上帝和祖国的时候，地球上就少不了占领。这一点，他说得有道理！当然，要有耐心，要能忍辱负重，我们的国家已经不是从前那个样子。关于这一点，以前我曾和可怜的马克西米扬长谈过一次。不过，说到底，即使是个二流国家，也是要起作用的。只要看看比利时和荷兰的情况就能明白……都代表着点儿什么。人们生活在对现存秩序的敬重之中，同时，社会的进步也是摆在那里的……前天，我重读了阿尔贝·普雷阿米内的一本好书，书名是《造就领袖》。这家伙真行！我能想象出他写这句献词时的样子："谨将此书献给成年男人和童子军。"这样一个人，解放那天在阿尔让松大街自家窗前被民兵打死，怎么说也是不公正的！那个向阿尔贝·普雷阿米内开枪的混蛋，他也许知道他干了什么：他杀死了我们当中一个最杰出的人！前天，我把这一切都跟我内弟说了，为的是鼓励他读读《造就领袖》这本书，但他只是睁了睁他那双圆眼，不停地说："啊，啊，真的吗？"接着摇了摇头。我希望可怕的烧伤能使他性格变好些。唉，他一点也没变。自从克洛德走了以后他在马尔索大街上接我那天起，我觉得他什么也没变。这有多久了啊……我比他大五岁，可发号施令的是他。

我正想着这些事的时候，差点儿和他撞个满怀。只有生活中才有这样的巧事出现。

"你不进去吗？"我问他。

他用教训人的口气答道：

"我就是来做晚祷的。"

"可我想你这一辈子可能都没有好好望过一次弥撒，"我大声说道，"那种使人振奋，洗净一切污垢的弥撒，你一次也没望过。"

"望过，"他说，"我望过。占领K市的第二天，我望过一次弥撒。怎么说呢？望过一次了不起的弥撒。不，不是这么说。是一次终生难忘的弥撒？对，一次终生难忘的弥撒。"

尽管他的腼腆是假装的，一股对他的强烈爱意还是突然涌上我心头。因为，不管怎么说，我爱他。他不知道我有多么爱他。

"噢，弗朗索瓦，"我对他说，"我必须告诉你……我要求去印度支那了。在这里，一切都让我倒胃口。别人都只想着过好日子。可那边，印度支那那边，可能要艰苦些，我是这么希望的。只是，如果我……听着，你知道我多么舍不得克洛德。原谅我拿这事麻烦你。不过，要是我出了事，我必须确信你能在她身边照顾她，帮她活下去……”

他盯着我的眼，他很少这样。

“去印度支那吧！”他说，“这是个好主意。”

费芒迪迪埃上校

德意志人的心灵对我再没有什么秘密了。没怎么费劲，就把这些小伙子完全制服了。不过，他们很崇拜贝当。这个老人对他们还有影响。这些人比想象的有诗意。凡尔登①，已经成了前尘往事，而维科尔和斯大林格勒②那些故事，大家又都觉得是虚假宣传。够了。

到这里已经俩礼拜。跟自己说过：你要给这些傻瓜戴上嚼子。说干就干。于是立刻叫人在我的防区建起了瞭望台。在这件事上，福尔雅克帮了我很大的忙。因为想到了过去的事，所以命令连队的军官们把他们的瞭望台建在近水的地方。哈哈！建在近水的地方！福尔雅克真棒：皮靴子擦得锃亮，头发梳得溜光，系着法兰西军队的皮带。真棒！不过，在叙利亚，他是个正统派，但是，到和奥莱在一块的时候，就又和英国侵略者搞到一起了。可以想象，对于像我这样一个老北非战士来说，要听命于一个变节的人，该是件多高兴的事。瞎掺和，想组织音乐会和展览会。展览个屁！要是在西

---

① 凡尔登，指第一次世界大战期间一次破坏性最大、持续时间最长的战役，德法双方死亡超过二十五万人，受伤五十多万人，被称为“凡尔登绞肉机”。

② 维科尔，法国被德国占领后，游击队的根据地所在。斯大林格勒，即现在的伏尔加格勒，苏联与德国在这里进行的会战是第二次世界大战的转折性事件之一。

迪·布–萨伊德和棚户区，也许能让人高兴。《莫扎尔斯科夫啪嚓奏鸣曲》，是人类之友军乐队在全盛时期演奏的。哈哈！现在，和一个想冒充海军少将莫尼埃女儿的小娼妇一块，想演圣诞剧了。算什么东西！已经告诉福尔雅克："小鬼，您已经在参谋部混好长时间了，干的都是和您的本职有关的事。可要是让我知道了您围着小莫尼埃转，我向您打保票，我要撤您的职。"因为，必须提高警惕，那个小姑娘身条长得好。她长着一对大奶子。但缺乏道德准则。妈的，一个女人身上，这两样必须都有。

还有一天，半夜里，在岗哨撞上一个年轻下士在读巴黎的报纸。叫他不要叫醒那些呼噜打得山响的人。问他：

"小朋友，干吗要看报？"

他嘟嘟囔囔地说，是为了了解时事，思考思考什么的。

"可是，小朋友，这只配给你擦屁股。擦了屁股以后，你就不会再去动它了，是不是？那好，你看到一张报纸的时候，你就像刚用它擦完屁股一样对它，那你就会看到，你升中士该有多快了。"

我应该说，有时候书也不怎么样。举个例子：好长时间以来就想读《军人的荣誉与屈辱》。讨厌的想法！带皮鞋油味的文学。很想认识那书的作者维尼，大概不是个花花公子，但可能是个躲在角落里干见不得人事儿的虔诚教徒。总之，是戴高乐分子一类的人。

弗洛朗丝

他可一点也不傻。他没能拒绝为我画背景，现在，我就坐在他旁边，看得见他眼睫毛落在脸上的阴影。大厅里就我们两个人，演员们正在排练。突然，我再也忍不住了。我跳上舞台，抓住一个小傻瓜的肩膀：

“您这么一来就变味了，念台词的时候要看着他眼睛。您的台词呢？‘晴空万里，’嗨，就这样。这并不复杂，动动脑子，要是您还剩下点脑子的话。要不然，您就跟平常一样说话，就像站在您面前的是您的未婚妻或是个地铁检票员。您有未婚妻没有？噢，见鬼，别说悄悄话，该干吗干吗，演好您的角色！”

我不知道是生活中的什么东西使他们变得自然的。在我面对这些临时找来的演员时，我盯着他们，心里烦得要命！怎么都这样啊？我不喜欢他们的身材，我恨不得给他们改改，把这个人的头发拉长些，把那个人的肩膀加宽些，等等。圣-安纳显然好得多，但我把他留下了，为了干一件全然不同的事。我来到一排椅子旁，征求他的意见。他用很严肃的语气告诉我：

“我向您保证，是您搞错了。他们演得都很自然。生活就是这个样子：有点笨拙，有点胆怯。”

“听着，我的小宝贝儿（我一只手放在他肩上，他没想躲，接着就给了他俩耳刮子），您给我听着：您愿意干什么就干什么，但是，我请您别在这样的日子里自作聪明。干什么都行，就是别自作聪明！”

然后，我叹了口气，说：

“圣诞的节目要对路！要说傻，我是傻。我不是很傻吗？”

他看了看我，表示赞成我的说法：

“噢，是的，在生活里您有更好的事可做。”

“可是不，我的心肝，我不是傻瓜。您很快就会知道原因的。”

会有人这么想，我跟这浑小子装傻，不会是为了好玩。是有点过分，肯定是，也可能是发疯，但不可笑，不会，永远不会！一个小伙子惹恼了你，一开始，你会以为把他忘了就行了，不值得去怎么样。我就是这么想的。我经常想起这个讨厌的装甲兵，他在参谋部当着皮埃尔和福尔雅克的面嘲弄过我。因为有福尔雅克护着，他得逞了。我恨他恨得牙痒痒，不过我对自己说，在我这个年龄，以我的军阶，可以不把一个普通士兵放在眼里。但是，到了晚上，我脱了制服。我穿着连衣裙站在镜子前面，幻想着。什么东西也不能宽慰我，因为这小傻瓜显得洋洋得意，他长得不丑，也不怎么干活，整天穿着一件漂亮的蓝上衣在德雷克纳于城堡转来转去，那件上衣让他出了名。

过了一个礼拜，我明白了，必须有个了结。两个小时，我就把晚会的计划搞好了，我得到了皮埃尔的同意，我选好了演员，乐师。不，我不笨。再有一张本县地图就齐了，就是我在卷宗里见过的那张。不知为什么，我问地图是谁画的。是我那个对头画的，是小圣-安纳画的。我不由自主地笑了。那好，我们演一出戏，让那个漂亮小伙子画布景。那他就得总待在我身边了。开始他可能会害怕。他会以为要听一些难听的话，嘲笑他的话。但是相反，我要和和气气，温存体贴，我会摆出一副很看重他的样子……

我照了好长时间镜子。我摸了摸乳房，摸了摸肚子。我不错，是的，我真的很不错。我一头金发，长长的，淡淡的。有点瘦，但瘦得不厉害。那么是谁，到底是谁，在某一天晚上，把我卡在门上，吹我眼睛，然后用缓慢而带嘲弄的口吻跟我喃喃低语，是谁，啊，我想知道是谁，付什么代价都行……“就凭您这翘起来的鼻子，您会永远幸福的，您……”可是，看到他总是那么平静，那么自信，我就怒火中烧，这个什么也不是的小家伙，他什么也不知道，什么也没看见，而一大堆出色的小伙子，只要我以某种方式看他们一眼，就要发疯，这多好玩，我又从中得到多大的乐趣啊！有的时候，男人身上也有威严的东西，那就是他们发达的肌肉，刚毅的目光。必须克制，让肌肉放松，让目光变得柔和。他们匍匐在你脚下的时候，你会笑得很开心。然后，要是他们和你做爱，也没什么不得了的，你把头偏向一边，望着天花板，想着编结法，就行了。我承认，偶尔也会碰上几个不那么特别笨手笨脚的。不过，他们的胜利持续的时间不长。一离开你，他们就毫不犹豫地四脚朝天一躺，说：“我……”

我在德国很高兴。街上全是顽皮的孩子，总是笑嘻嘻的。碰上礼拜天，我和别人一样，也到糕点铺去吃点心。上个月我甚至碰上过一个大个子伤兵，正是个装甲兵，他的半边脸都烧坏了。当时我脑子里闪过一个怪念头。我走近他，装出关心他的样子。我主要是想就近看看他。可他的答话语调温和，和他那副强壮的样子正好成了对比，我很兴奋，想着他是不是要脸红，是不是会显得很慌乱什么的。我向他俯过身去，向他显露我的乳房，我试着找话说，但是白费劲：他用福音书上的话回答我。

在像他这么个粗人身上都没成功，真让人受不了。那个小圣-安纳，我应该承认，恨他不是件坏事。他像阳光底下的一棵杏树。想去动动它，这很自然。我的计划也不禁止我这么做。首先得让他爱我。然后，我的选择方案可就多了：给他设个圈套，就是说，让他不得不对我说些爱慕的话，让皮埃尔偶然间听到。或者，让他做出什么怪诞的事。我不担心。啊，他不能碰我。到头来，兴许要打他十几个耳光让我高兴高兴，我要是不好意思打，那才傻呢。

圣诞节晚上，参谋部搞了一场“民主”舞会，谁都能参加，各种军阶的人都来了。我事先和皮埃尔说好：“您不能待在那里，而没有您，我也只好忍着，可是，亲爱的，为了您的晋升，搞个舞会之类的下流勾当是必不可少的。如果您不能成为法国最年轻的将军，您相信我还会爱您吗？”当然，我说这些话的时候，语调里是要充满爱意的。来了这么一大套温情，没怎么起作用；像所有那些怂包一样，他更喜欢鞭子。于是我继续说道：

“另外，我的朋友，您有几份政治报纸要看，还有一本叫《反叛与荒唐》的好书，这些会使您感兴趣的。啊，要想永远聪明，就必须读书。”

他生气了。为了摆脱他，我没有别的招数，只有把裙子褪下，半张着嘴，嘴唇耷拉着，摆出一副十足的欲火中烧的神态望着他。这非常有意思。

我应该承认，他身上让我高兴的东西，是他肩上的那几颗星。我虽然出身军官家庭，但我还是希望，趴在我肩膀上的那个人是个将军，就是说，是某种说不清楚但是地位高的人物。从这个意义上说，有一些军官比皮埃尔出名，而两颗星，也不算多……可是其他军官……加墨林，把他放在壁炉前，也许不错……卡特鲁是个餐桌上用得着的人物……至于高乐，我觉得我和他不完全属于一类，上帝知道他这个人有多固执！

有个很帅的主儿，一个了不起的主儿，那就是克尼戈。他在检阅或主持午餐的时候，我看到他就不能不想吻他（不过只吻面颊）。

音乐奏得正起劲，或者说过节过得正高兴，我也不知道是什么，有个固定的说法，不管怎么说，我都赞成。士兵们一个个直挺挺地站在那里，像一些刚刚刷过白灰的小杨树。我不想太快地接近我的对头，喝点东西于我的计策更有利。我靠在碗橱上，手里拿着一杯佩里埃产的矿泉水。我旁边是个装甲兵准尉，奇丑无比，满脸疙瘩，不断地打着嗝。

“再来一杯，”一个中士喊着，“再来一杯，要不你就不是爷们儿！”

他给了他一杯。

“我是个爷们儿。”另一个声明，一边站起来。

我认出来了，是韦里泰准尉，他在装甲兵十六团参谋部工作。我总在想，他的丑陋早晚要对圣-安纳产生影响，但是没有，这大概是一种永远不变的丑陋。那个中士攥住他的小胡子，扯起来。

“你得把胡子剃掉，老兄，必须剃掉，你不配留胡子。”

他把韦里泰准尉放下的杯子喝干了。

“要是你把那件西里西产的羊绒衫送给我，”他继续说道，“我就把胡子给你剪了。明白吗？嗨，明白吗？”

“别理他，这人太孩子气了。”他的一个朋友说。

我看着眼前这一切，一直感到既不好玩，也不讨厌。突然，最后的那几句话说到我心里去了，使我的心翻腾起来。我恨的那个人，他也是个孩子气的家伙。我浪费了时间。

我朝大厅里望了望。那个附敌的德意志，已经选出一些丑婆娘和一打胖媳妇，她们正以淫荡的眼神望着那些法国军官。两个美国人戴着白色眼镜待在角落里，正在严肃地观察着这种生活。在你面对面地看着生活的时候，生活似乎显得慌乱，转身就溜了。哈哈，这些美国人！最好把他们用玻璃纸包好了给我们；因为玻璃纸有意思，可以用火点着，那火苗是很好看的。

圣-安纳在一群人中间，有皮埃尔的侄子和另外两个我不认识的人。他们一看见我，就开始说起乌七八糟的事来。他们说费芒迪迪埃是个童男，奥莱性无能，奥利维埃不敢进车库，借口是人们在车库里谈论睾丸。听这些乌七八糟的话让人难受。我被这类无聊的谈话和天知道从哪里翻出来的老探戈舞曲，以及从斯特拉斯堡定购来的香槟搞得昏沉沉。

我那位漂亮对头请我跳舞，把我从这种淡淡的哀愁中拉了出来。他跳得很好。我和他一般高。我低垂着眼帘，从下面看他。这小伙子不错。他不是漂亮，而是美。他不像个大人，也不太像个孩子。因为他紧贴着我，我就想，真不走运，要是对头是别人就好了。如果我就这样让他跟我跳下去，就不可能使他当众难堪，他也就不可能成为笑柄。我很犹豫。他做爱可能像个笨蛋，不过这可能更迷人。我还有时间思考，我还有一个小时呢！但我讨厌犹豫。我口袋里总有一枚硬币，用掷硬币的办法帮我拿主意。想到几分钟后我就能定下来，心里很满意。我睁大眼睛，对他说：

“哎，我的小天使，您下午没在这儿吧？”

他结巴了一阵，然后问我，我们是不是很成功。

“太成功了，到处是鲜花，有很多有魅力的人，灯火辉煌……应该来。特别是音乐会，让费芒迪迪埃上校高兴得不得了。他出来的时候不停地喊着：‘了不起，了不起，音乐美极了，音乐美极了……享了耳福了。’”

接着，我们的谈话严肃起来。我问他对我的印象如何。引诱男人，这是个妙招。他们是那么吃惊，会突然想到某些事，你的形象会在他们的头脑里和某件真正的奇迹连在一起。过了一会儿，他答道：

“您想取笑我吗？”

“噢，不！”我低语着，声音低沉，真诚而充满肉欲。

“也有人说您是个疯子。”

“有点神经病，我亲爱的，但不疯，别这么夸张。您多大了？”

“噢，好吧，我十八了。”

“很好。好主意。您身高多少？一米六五？一米七？”

“差不多……我不知道……”

“太好了。去喝点香槟，等着我。我一分钟就回来。”

我朝衣帽间走去，掏出硬币，抛了上去。可我太笨了，硬币滚到了暖气片底下。福尔雅克正往外走，跑过去替我拣。我拉住他：

“慢点拿。”我说。

他嘲笑地看了看我，用他那柔和的声音对我说：

“这是……”

“您不会明白的，这是在打赌。”

“我明白，我明白，我还没笨到这份儿上，我能明白。”

我们两人跪在衣帽间的凉地上，他的慌乱让我高兴，因为，如果女人们让他害怕，我可能会让他吓得要死！

“是反面，”他对我说，一边把硬币递给我，“至少您不要伤心。我这一辈子都会为这事责备自己。”

“啊，这事，我不会伤心的。这么一来，事情就能圆满解决了……对您也一样。”我又笑着补充一句，因为我脑子里刚闪过一个念头。

我脚步坚定地回到大厅。说到底，这小混蛋不值得我费这么多事。除非让他自己惩罚自己，可是这没劲，没什么意思。我甚至不再讨厌他，我轻视的是我自己。

晚会到这一刻，那些美国女人开始行为不端。她们亮出大腿，大声说话。这种做派让我极端厌恶。我承认，我已经在说“我不在乎”“这是个笨蛋”“我想给他两下子”一类的粗话，不过都是小声地嘟哝一句，说话的神色也还得体，还不算太那个，至少我希望如此。

我不想继续待下去，挽着马斯隆·戴·昂热的胳膊走了出去。这也是个装甲兵中尉。他追求我，追求得很急切，不停地跟我说他自己的事（根据这一点，就不能怀疑一个男人的爱情。要是他请你帮他挑鞋，挑内衣什么的，就到热烈的程度了）。他带我去望大弥撒，说这对我的灵魂有好处。在地下小教堂里，我又碰上三个美国佬。他们非常了不起。他们在这个可怜的上帝身上转着念头。但是，主从来没说过：“可口可乐是我的血，口香糖是我的身子。”我可是热爱宗教的。从很小的时候起，我就搜集圣像。我看得很清楚，到了二十世纪，这不怎么时兴了，人们脱离了宗教。啊，要是我有时间，我一定会心甘情愿地把这些都稳稳当当地恢复起来。

望完弥撒出来，我听到有人在喊：“圣-安纳，圣-安纳！”大家在四处找他。结果，卡车开走了，没等他。马斯隆·戴·昂热建议我坐他的吉普车。我谢了谢，劝他开车去睡觉。

我又回到舞厅。一个乐师也没剩，没有人，一个人也没有。我上了楼，在几个房间里找了找，哪儿也没见这个混蛋。我一下子明白了，我真的是在找他，我在为他操心。我立刻觉得这个想法很傻，完全不可思议。不过，就算我在找他，这也算不了什么。他会很快为我的软弱付出代价的。用不了多久，我就会高兴地看着他受罪。一个月，我就会厌恶他；那时我会满心欢喜自自在在地看着他匍匐在我脚下，我会笑得多开心啊！那时候，舞会散了以后，到处找我的将是他，摆出一副谦卑可笑的神态的将是他，到那时候，为了鼓足勇气，他甚至不能像我现在这样想，因为，那时我的爱就结束了。

我终于在四楼一个洗涤间找到了他，他躺在一堆脏衣服上，脸格外地红。他眼睛睁得很大，像吸毒人的眼睛似的。啊！在他这个年龄，他显得可笑。为了让他站起来，我很开心地打了他一个耳光。这下子还挺灵。在他唉声叹气哼哼唧唧往起站的时候，我双手抱胸，我抿着嘴唇，我微笑着，因为我心里有了个好主意。我要把他带到皮埃尔的浴盆里去……啊，这么一来，当别人把他叫醒的时候，这个让人无法忍受的家伙，就有他好瞧的了！

我把他从楼梯上弄下来，我急着要实行我的计划。可是，清新的空气非但没让他打起精神，反而把他完全弄晕了。他倒在我怀里。他就这么待着，这个混蛋，醉得一塌糊涂。我不能把他留在雪地里。我抓住他脖子。他的头东倒西歪。幸好，我这个小装甲兵还不太沉，我费了很长时间把他拖进我的吉普车。我把他安顿在身边，用盖马的东西把他裹好，把他那蓝色外套的领子拉起来。我打着了马达。车起步一颤，他就倒在了我膝盖上。我让他的头靠在我两腿上，用左手机械地抚摸他的额头。

坦率地说，我的想法很傻。我是昏了头，才想出那么一招来。我望着夜空，我是单独一个人，把手指伸进他后背，紧咬牙关，我确信自己感到厌恶。是啊，到此刻为止，我所做的一切，他，他，还有这个人，那些我感到好笑的晚会，那些逝去的光阴，那些旅行，那点小小的野心，我那总爱和名人交往的狂热，我那颗谁想要就给谁的心，我那谁能吻谁就吻的双唇，一到早晨就用水猛洗……我再也受不了啦，我说不出是为什么。

自然，圣诞夜里这样一个人发作，这是另一种疯狂。不过，这没什么要紧。

我们沿着大路走了一会儿，然后我开上一条穿过树林的小路。这是一种奇怪的幸福，什么也不为，也可能就是因为醉了。可醉意在开始消逝。这对我会有什么好处？还有明天呢，明天在等待着我，一个安静的、刻板的明天在等待着我，我的苦痛和我的软弱，一切将重新开始。

我把车停住，因为我们到了一片林中空地，月光正好倾泻在小伙子的脸上。我小心翼翼地把他的头放到吉普车的座位上。我看了看表。已经是凌晨三点。我不觉得冷。地上是一两厘米厚的雪，可是，雪在星下闪着光，是柔和温暖的。

我有多笨啊，我的上帝！这是我吗？

他张了张嘴，又闭上，一句话也没说。我狂喜地看着他，跪在他旁边。

“你还是个孩子呢！”我对他说，“你不能这么喝酒。”

自然，他不会真笑，可是，月光照在他唇上，使他的样子显得高兴。我是多么不幸啊，他显得如此遥远，如此陌生，在他那固执的额头里根本没有我这个人！可是，他就在这里，要是我愿意，我可以看到他的身体，这一两个小时以来，我已经在想着这副身体了，这个无论怎么说我都得称之为情人的身体。我用手摸他的脸，动作尽可能地柔和。唉，这只手抚摸过的脸太多了，不带一点爱意地抚摸，我对这只手感到厌恶，这只手只对那些带星的军官，那嘴角上的小皱纹，那些“有意思的”晚会和所碰到的那些“了不起的”家伙等等有用。啊，我现在知道了，疯狂是一种单调而伤感的东西，我再也无法忍受这个眼神恍惚的弗洛朗丝了。然而，这个穿着漂亮蓝色上装的小伙子，躺在雪地上，在他着凉之前，我还能再看他一会儿；这几分钟我不配享有，但却使我充满一种不可思议的激情。

可是晚了，我生活中这段幸福时光，像其他时光一样，结束了。

圣-安纳

如果我去站岗，谁还会拿我当回事？

我的外套太大了，枪碰着我的肋叉子，我的钢盔……我想还是不要说我那钢盔的好。那些德国小孩聚在我周围。总有个男孩骂我。他说等他爸爸回来，就痛打我一顿。要是我走运，弗丽达会在那儿，她会护着我。她会阻止那个孩子，不让他用木棍（他不愿脏了手指）刺伤我。她肯定地说，我是有点笨，但不真凶。她是对的。不错，我是个法国人，可那不是我的错。他们坐在一辆装甲车上，就像坐在土堆上的约伯①，对我说着污言秽语，但是白搭，我感谢上帝。因为，他们说的是德语。

在城堡里，我的处境似乎有点不妙。自从我和弗洛朗丝一道工作以来，福尔雅克一直气鼓鼓的。他要是知道了我的秘密，就会笑了。我也忘不了圣诞节的舞会。因为，我的事就是从那以后几天里开始的。这次舞会是个标志，打那儿以后，我的日子好过了，我可以往醉里喝酒，可以和装甲兵们一起说笑，可以一天二十四小时就

---

① 约伯，典出《旧约·约伯记》。约伯敬畏上帝，远离恶行，耶和华为考验他，毁了他的家室，夺去他儿女的性命，让约伯从头到脚长满毒疮，约伯坐在灰土中，用瓦片刮身体，依然对神不发一句怨言。

这么浑浑噩噩地混：总会有个笨蛋把我带回城堡来的。此刻，我是一个人。

我经常回K市。别人都说K市是个令人厌烦的城市。那里有很多教堂，我在那里找到了精神食粮。在这座省城里，只要我像个迷路的小装甲兵应该做的那样，伤心而又怯生生地在街上往前走就成，不费什么事，我就进了教堂。我双手抱头，静悄悄地跪在那里。当然，我想着上帝，不过是带着私心。我祈求上帝，要求上帝再帮我一次忙。上帝要什么，我就许什么愿。事成之后，我将属于上帝。完完全全地属于上帝。像这样的心愿，我许过不少，但都没还。可这次不同，上帝应当相信我，我急得想跺脚。上帝应该这样做，也就是说，上帝不得不这样做。噢，是的，我知道我能强迫上帝。多数人认为，这种为个人私利的祈祷让上帝倒胃口。要是听这些人的，就得保持头脑空空地去爱上帝，忘掉世界，忘掉自身，可能也得忘掉上帝……我不这样。我是既过于幸福又过于不幸。如果不是上帝，谁来帮我解开这团乱麻？我知道，在上帝眼里，这个故事是真的。只要看看我吃的苦，上帝就明白了：整夜整夜地得不着觉睡，在没人的地方站大岗，由于对自己没什么信心，甚至连个目标都没有……很明显，这样的祈祷可笑。祈求健康，祈求钱财，好像更好些。我把上帝拖进一桩肮脏的事情里来了。不过，要是这一切都不可能，上帝也就不存在了。这个陌生女人，她存在着，一半在我心里，一半在她自身，那个映在玻璃窗上的影子，在呼唤我，在温和地嘲笑。

我真正开始行为不轨，是稍后的事。我不再满足于祈祷。我需要回应，需要斥责。在爱情中，人总是希望别人冷峻些，我们知道，没有礁石，海潮永远不可能抛得那么高。于是我就向不同的神甫长时间地忏悔。我混在信徒中间，走进忏悔室，让他们看不出我的年龄。神甫们向我保证，说我没有口音，如果有一点，也是因为激动造成的。我的谎话是不变的：我是德国国防军的一个老兵。我爱过一个法国女人，是个有夫之妇。我只想去找她。到眼下为止，只是因为受了伤，没能成行。这是个很美的故事，听着一个陌生的声音询问细节，我心里很受用，那些细节我得现编。这是要冒险的。如果人家辨认出我的国籍，我一下子就成了个骗子。一分钟前还在安慰我的神甫，非把我打翻在地不可。教堂会把我扔出来。神甫们也会收回他们那些絮絮的话语，而我的双手也会永远空空，再也摸不到他们的念珠。

我不得不撒谎，因为，在这个一九四六年，我爱上了一个不认识的德国女人，在忏悔神甫眼里，这肯定算不上一项真正的罪恶，那是个被困扰的时代，即使是教会，也不能不受到这些模糊不清、飘忽不定的问题的困扰。我是法国人这样一个事实也不会受到重视。我想受到真正的惩罚，受到一个忠诚的德国人在欺骗了他的帝国和上帝时应该受到的那种惩罚。

和教堂的这种对话是漫长的。关于她，我们说了多少话，编造了多少故事啊！逐渐地，我们赋予她生命。我离开K市的时候，内心不可思议地畅快。上帝本人分享了我的秘密，这秘密又反过来加深了上帝的神秘。

噢，也许我喜欢另一种帮助。需要一个普通的活人的帮助，一个无嘲笑之意，有耐心而又好奇的人，可能对我更合适，因为，上帝终究让我敬畏。可是，这样的普通活人比上帝更难找。跟我住一个屋子、我给起了个卡尔·马克思绰号的大学生，是个孩子，对任何事都严酷而愚蠢。至于桑代，说到爱情，他……即使碰到上帝，他也会扑过去的。不过，虽然他大喊大叫、冷漠，也许他真是个深藏不露的人呢！

正是冬季。白天很短，下了雪，静悄悄的。城堡显得空旷。上校感冒了，不出屋子。我买了一本彩色日历。哪天看见她了，我就做个记号。有一次，我撞到了卡尔·马克思。他拿着一支红铅笔，刚把几个月杠掉，为的是便于计算他退伍的日子。我扑向他，打碎了他的眼镜。我怒气冲冲地跑到福尔雅克面前。平时，福尔雅克很正直，就是有点唠叨；可这时他也许正在为一个德国女人心里不痛快，因为他发起火来了。他威胁说，要让我和戴塔伊的秘书们住到一起去，那是些留着小胡子的人，多数已经结了婚，他们曾对我指指点点，说我是“上尉的相公”“将军那个荡妇的跟班”。后来，福尔雅克平和下来了。他对我说“别把我当白痴，不过……”或者“如果您愿意让我高兴，您就坐到窗子前面，一动不动待在那里”。他完全疯了。

我喜欢这座城堡。因为冷，人都搬走了。装甲兵们待在二层楼上不出屋，二层有暖气。剩下的房间，他们就当礼品送给了我。我到处走来走去，开了几间房子的门，听着来自远方的声音。这声音在跟我谈论她。这声音算不了什么，贫乏，不意味着什么。这声音有些哀伤，由于来自远处，有些模模糊糊。您听好：这声音在跟我谈论她。

我还是在那个地方离得很近地看到了她。怎么看到的，我不说。不过，那个地方好像是专为我设的。

一个年轻女人，我在练兵场上经过的时候看到了她的身影；一座花园，看来很美，因为树叶能够拖到地上；总之，都是一些不用怎么费劲就能从旁门进入记忆的东西。没有什么不可思议之处。我不想知道得更多。一切都是自然而然的，那个陌生女人的身影在阴影里慢慢变大。她穿的是一件灰色大衣，她刚刚在窗前点着了灯；这是她头发的颜色，可以肯定，那头发比人们想象的还要黑；夜幕降临得太快了，吞没了她，这时，我在想象中看见了她；这是一些无所事事的下午：练兵场成了散步的地方。人们靠着柱子，看着一个分队排队走过，举枪甩头向想象中的共和国总统致敬。一往一返，都要向邻近的花园望上一眼。她在收集枯树叶，或者在读书，裹着一块毯子。这一切中没有任何邪恶。陌生女人是世界的一角，完美地嵌在其他各角之间。这一角是上了色的，如果你愿意，可以说它像彩色玻璃一样在那里闪闪发光。但是，没人想走到另一面去看整个世界，这一次，是通过这一角来看世界。

可是，在城堡中看到她的时候，我竟没认出她来。我没想到她这么年轻。突然之间，她又是这么有韵致。她跟这些天偶然间在花园里和树林中看到的一点都不像。她很美：一个年轻的少尉对一个同伴这么说过，这就是个证据。乌黑的头发，明亮的眼睛，这很有些与众不同，这很好，这很动人。得给她取个名字。

名字没立刻想好。我想把事情弄得复杂一点。我给她取名叫莉莉。这时是一月底。我曾经听人谈论过一个女人，或是一支歌，叫莉莉。莉莉·玛尔莱娜。我不太清楚这是个什么人，但好像是一个被英国处死的女间谍，而有一天，她又在所有士兵的嘴里重现了。不幸的是，装甲兵们只唱《南特的冉·弗朗索瓦》，所以我不知道莉莉的故事。不，这个名字不完美。二月初，她有了真名字。不是德国人的名字，也不是因她的头发而取的。但这个名字温柔而朴实。我要打交道的人，还是温柔与朴实的好。所以她就叫伊莎贝拉。

这段时间里，我每天夜里都要从房间里出来。城堡成了我一个人的了，特别是走廊。我喜欢走廊。我常常害怕得要死，张着两只胳膊走路，为的是可以摸到护墙板。护墙板是凉的，湿漉漉的（换个人得冻坏了，而我是害怕）。我觉得好像在参观一个庞大无比动物的血管；由于某种不可知的原因，血不再流了。但是，那个动物并没有死。

在三楼，有一间从来没用过的大办公室。屋里满是灰尘。墙上有挂毯；也有一些油画。我费了好大力气打开一扇窗子。突然，风猛地吹进来，一下子，我全身像披了一套冰冷的甲胄，眼睛干巴巴的。壁饰和挂毯在黑影里晃动。由于有月光，可以看到查理曼①从画中走下来，骑着马缓缓而行。但是，在另一个地方，苏莱曼②和巴巴罗萨③正在进行密谋。刽子手正要刀劈一个骑兵。一个年轻的法兰克女人，跪在那里祈求苏丹。

呼呼，在德国，这是风吹树叶的声音，和风吹在查理曼的战袍上，吹在巴尔博鲁斯的衣袖上的声音相似。

我受不了啦，我关上窗户，走进另一个房间，裹着地毯，睡了一会儿，扑鼻而来的是浓重的尘土味儿，是一支美丽的、带毛的人群。这群人带着历史的一切礼物：王后朝国王走近的脚步，信使的靴子，跪呈给夫人的扇子，躺在地上的年轻侍童的梦想。有一次，我摘下一幅粉红色窗帘，发现窗洞里藏着的是杀人犯，隐藏着情夫，首领出现在阳台上。我换了房间，也换了心境。这样跑来跑去，使我这个在这群笨蛋和铁石心肠的人中间闷着的人，觉得还好受点，也证明我并不孤独。有些人觉得被世界抛弃了，还有一些人爱过。

---

① 查理曼，指公元八世纪法兰克国王查理曼大帝。

② 苏莱曼，指苏莱曼一世（1494—1566），奥斯曼帝国苏丹。

③ 巴巴罗萨，苏莱曼的海军司令。

他们也不知道是不是真爱了。他们的激情没有开头，以为这样的激情也不会完结。他们能勉勉强强说的只有一个时代，那就是“从前”。这个时代对他们来说似乎可以上溯到很远。但是，在一份日历牌上，这才仅仅两个月。

夜里用不着再克制自己。有一副性格和一张面孔有什么好处？没有人知道。学桑代没用。要是偶尔想和他相像，你可以做得比他好得多，而且用不着费劲。你可以立刻让自己的肩膀和萨莫松①一样宽。或者，就一头钻进《宝岛》的故事中去。

下午就不一样了。我登梯子上房。房顶上积满了雪。但我知道有个地方能看到她的别墅和花园。炉子里点起了火，可以想见，她正蹲在那里用力吹火。我拿起福尔雅克上尉的望远镜。要秘密地看，才能看清一张脸。你看的那个人没想到有人在观察自己。她脸上线条清晰，清晰得如同一具小巧精致的艺术品。她样子有些烦闷。她烦闷，这很好。她就在我身旁，而我无需对她说话。

接着，望远镜让我感到厌恶。我像一个间谍，或是一个没教养的孩子（这更糟）。我觉得，看到她的别墅就够了。从别墅里升起的烟，关着的百叶窗，走过去的仆人，这都是友谊的征兆。我不再要求更多的东西。要是我看到她端庄朴素地穿着冬天的大衣，那就不像是真的了。我跑回房间，把自己关起来，闭上眼回想刚才所看见的一切。

她来城堡——她来过两次——的时候，她脸上的东西我一处不落地看了个全。我能准确说出她如何垂眼帘，如何开门。她在无意间看过我几秒钟。

---

① 萨莫松，英国著名大力士。

我不是白痴。我也知道，不该爱一个你不认识的人。这不礼貌，这样做是被禁止的，理由有成百上千条，同时，这也很无聊。我不腼腆。若是在一间客厅里站在她面前，我会和她说话。我能让她像朋友那样答我的话。她会成为我的朋友，我不再要求更多的东西。其余的东西，我无所谓。到了必须脱衣服、必须拥吻的时候，爱情就变得令人厌恶了，要流很多汗，要流很多口水。但撩起她一缕头发，拉着她的手跳过一条壕沟，躺在壁炉前面，那可就……

看得时间长了，恍惚来到她脚下。不过我也可以说相反的话。我只是从天上看她，她是白雪中的黑点。和她相比，我的眼睛大得不得了；我用两根手指就能把她整个藏起来：她会在我手心里站着。她现在在我脑海里站着。我的脑海真的很深。

冬天就这样过去。在忏悔人的低语声和城堡周围的可怕寂静之间，我来来往往，感到绝望。因为，希望就像一只呆笨的野兽，每天晚上都要出来寻觅食物。我做了些计划。我想和这个伊莎贝拉交谈。我想让她也爱我。这才真是罪恶呢！

自然，我的计划没什么意义。这些计划都是东拼西凑的。这是一项美妙的建筑游戏，能使人静静地去梦想。灾难永远不可怕。在这种自由之中，有迷人的魅力。

每周有一个小时，我是坦率的，我承认，这种想象中的爱情是唯一适合我的爱情。我过去只有过一个情妇。她比我大，教了我不少难以置信的东西。她觉得我漂亮，我使她快活。可是我，我不再快活了。我明白了，情夫这个职业也不是容易干的。这事就像战争，像银行，像工业。你可以不经过学习就入行，但是必须拼命干，而且特别要注意，永远不要全身心地投入。

但是，爱情自身也有些独特的东西。爱情把世界缩小为一张面孔。在十八岁，当你头脑里还没装进多少事的时候，把这张面孔捧在手里，去亲它，是很吸引人的。但这是很脆弱的，每时每刻都有走到另一面去的危险。在你有一个情妇，维持一种关系的时候，一些新的义务也就加在了你头上；你会感到和过去一样软弱和一无所有。

在我把她安排进去的情景中，伊莎贝拉当然令我心醉。她那大而明亮的眼睛，也许有些迟钝，干扰着我的忏悔。我和她在想象中犯下的那些罪过，使她的眼光有了活力。神甫们提的问题是另一种奇妙的东西，神学的奥妙曲折是另一片树林，我和她在这片树林里迷失了。

你得相信，冬天是这样一个季节，人在这个季节里并不真正存在。长久以来，人大概就有了个被寒冷彼此分开的习惯，直到今天还是如此，一月和二月被孤寂主宰着。在床上一躺，往梦里一躲，就是这个季节的对策。雪化了以后，万物又真实地出现了，光芒四射，五彩缤纷。这些东西让人向往。想用手摸摸。三个月的无所事事让你得以积聚力量。

我的恶念，是伊莎贝拉又一次到城堡里来的时候明确起来的。她向福尔雅克申请一张通行证，我们说了话。她的声音温柔。她说她太厌烦了，需要去旅行。我没搞错，她二十五岁，是个寡妇。我应该对她的温柔有所警惕。必须行动，必须再见到她。

我跑着上楼。猛地倒在床上。我说过我那些夜访。绝不能被这些夜访搞糊涂了。你要知道，这不是什么伤感的事。睡着以后，我进入了一个比较公平的世界，在那里，我的敌人都被拴着，我的爱得到了满足，到处是藻类，温暖柔和的水溢满我的心。但另一个睡眠叫未来。我满心不高兴地朝着未来的梦走去。这是个寒冷的大花园，在这里，话语脱口而出，说出的话都带回声。你睁眼看，就立即有人看你。

在她眼皮底下朝我太阳穴开枪。

开小差。

成了法国最年轻的上校。

在城堡里放火。

向桑代求教。

看最优秀的作品。

自慰。

等着和俄国开战，取得荣誉，等着某种为冲锋队特制的证章，一个骷髅，一个马耳他勋章，一条蓝色饰带。

一个小时以后，我已经坐立不安。我必须见到她，不然我就会像一棵缺水的植物一样干死。你是个笨蛋，圣-安纳，你跑过去照照镜子，你会难为情的。别再想着去装风雅之士了。你不是马泽帕①，虽然外表相像。你没去过上海，也没见过克莱斯特②和那些伟大的斜塔，不知道黑格尔，更没去过巴塔哥尼亚③，也根本不知道尼采是谁，那可是个吹牛大王，是人们喝着白兰地谈论的人物。上帝啊，一个小小的法国人在生活中被缴了械！尘世上一个如此可爱的人儿怎么会爱我呢？

那好，我去给她写信。我什么也不对她说，这倒可能更有意思。我急忙跑到巴尔克豪森太太家。她给了我些纸。我把小绵羊放在膝

---

① 马泽帕（1644—1709），乌克兰的哥萨克首领，曾依附彼得大帝，后投奔瑞典王查理十二。

② 克莱斯特（1777—1811），德国诗人和戏剧家。

③ 巴塔哥尼亚，阿根廷南部一地区名。

盖上。我写信。由于我不时要停下，我就把手插进弗丽达的头发里，叫她不要动。她不听。她是我的小情人，我得给她解释。我说“我是在寻找灵感”。过了一分钟，她把我的手指拿开，自己摸起自己的头来，一边不停地说：“拿点灵感去吧，拿点去吧！”

我差不多快写完了，这时有十来个小男孩气势汹汹地闯进小铺子。他们抓住小绵羊哥哥的衬衣：

“用不着撒谎，”为首的那个说，“已经有人报告过我们，说实话吧！不然就打死你。小伙子们，把机枪架好！”

两个红头发小孩抬过一个像洒水枪一样的家伙。

“说实话，不然就把你那玩意儿割下来。村子里有法国人，我们的探子报告的。是不是这样，居斯塔夫？”

“是。”那个叫居斯塔夫的说道。

“哈，怎么样啊，我？”一个小胖子说，“还说不说我不是探子了？这回你们总没得说了吧？”

“安静点，”那个头头说，“我们要把他带走。”

弗丽达尖叫起来。我保持着一副傻呵呵的样子。要想一直不拿这当回事，这是唯一的办法。我在空场上忧郁地走着。我的信荒唐。我不寄了。在市政厅的废墟上，那些孩子在狠揍小绵羊的哥哥。然后他们争论起来，讨论探子是否有权动那挺机枪。他们向我求教。我带着忧郁的样子回答说，他们无权动那挺机枪。

突然，这时候，我突然受不了啦。我爬到我楼上的房间里。我穿上我的蓝上衣，因为，我也不知道为什么，我觉得我得像在一生中最重要的日子里那样打扮起来。我三步并两步，急忙从楼梯上下来。到了二楼，韦里泰准尉拦住了我的去路。

可他在笑。他要去K市。他用一只手搂着我脖子。他对我说，他爱着一个姑娘。我问他，他们是不是要结婚。

“我不知道，”他很严肃地对我说，“这件事里掺杂着好多因素：她的家庭，前程，等等。她是个德国人。”他补充说，样子像是犯了罪，但是又坚定不移，“别对任何人说。说了就是害我。”

我不由自主地叫起来：

“好啊，这些女人可真了不起。”

在路上，我又是一个人了。我沿着树忧郁地走着。两眼低垂。我的热情消失了。我没把这个准尉放在眼里。德国女人怎么这么复杂啊！就在这时，发生了一件不寻常的事。这时是三月底，时间是六点钟，冬天的晚上还是很冷的。雾把城堡笼罩起来了。城堡的神秘，在于寂静。现在，我不能再撒谎了。我已经浮在我的不幸的表面。我尽量让自己什么也不想，一分钟一分钟地挨着。我害怕了。对我来说，这是一种新事物，非常可怕，这种恐惧不是他人造成的，和厌烦不相似；这是一种有决定意义的感觉，像一张沉重的帷幕突然落下。太阳下沉着，消失了。我走了五百米，我迷路了。我已经分辨不清我走的路。我真的走到了世界的尽头。前面是个十字路口，路口的后面大概什么也没有了。再往前走，可能是错误的。我吓坏了，退了回来。我不明白这雾是怎么回事，我也不明白我的不幸是什么。这时我想起来，今天是个节日。与此同时，一丝音乐声，时断时续，缓慢飘入我的耳际。我转了个身，不敢决定怎么做，我等着树林的雾消散。那里应该只有一条路，有墙，和一个像其他日子一样的下午。我朝着音乐飘来的方向走了几步。我分开荆棘，我不怕困难：我必须前进。

一所房子在雾中慢慢显现出来。房子好像很大。不过我已下定决心，不要太相信自己的眼睛。我悄没声地走上一块草地，我发现草地上长着玫瑰。我围着一个平台转了转。突然之间，我明白了我的心为什么如此沉重。

屋里半明半暗，很有生气。他们在里面，人很多，说笑着。起初，我觉得有个穿黑色连衣裙的女人，背朝着我。她露出肩膀和两臂。也许她要当着这些人的面脱衣裳。你在薄雾中撞上这样的场面，你就得准备碰到更糟糕的东西。我鼻子抵住窗上的玻璃。我听到隐隐的嘈杂声。倒挂金钟的两个小枝子挂在我头发上。我打了个寒战，这时已经入夜了。

我喊不出声来。这个半裸的女人，是伊莎贝拉，是活生生的伊莎贝拉！她就在这个大鱼缸里。我的心跳得厉害。她穿的是一件晚礼服。她的朋友们围着她。这是个封闭的世界。我想到了鱼缸，是因为我们永远地被分开了，就像人和美人鱼那样被分开了。

我让自己掉进荆棘丛中。我吓得要死。她向我这边走过来，她肯定看见了我。窗子开了。我的手攥得紧紧的。她的声音从来没有这么柔和过。但我现在猜想，这种柔和表现在脸上，可能是一种神秘的嘲弄。

“听着，我的小弗雷德里克，”她说，“您荒唐。照您这么说，看法国人一眼都成了十恶不赦的罪恶。但两年前您占领法国的时候，您曾经暴跳如雷，就因为波尔多的那些家庭不接待您。”

(听到“波尔多”这个法文字，感到挺有意思，对于我这个在她脚下冻得发抖的人来说，这是个无意之中的友好表示。)

恐惧和寒冷驱散了幻想。我小心谨慎地站起来。我看到一个谢了顶的先生，一个棕色头发的小伙子，长着乌鸦一样的鼻子。我走开了。雾从来没这么大过。世界的尽头就在离城堡两步远的地方。我讨厌伊莎贝拉。她的肩膀白皙，长得很美，她的头发比人们能够想象的还要黑。我匆匆地看了她一眼，但看得很清楚。这一刻是不会忘记的。

因为，此刻我活得比较自在了。我知道，我永远不会再见到她了。

“一个年轻女人”，这个富有魅力的字眼已经失去它的力量。(姑娘们对我这个年龄的小伙子没兴趣。她们总是以比我们大的人为目标。结婚以后，她们厌倦了，又把眼睛向下朝向我们。而在我们想到她们要爱上我们的时候，我们很快就爱起她们来。)

是啊，这事儿了结了。我周围的人在分吃面包，在分享着简朴的生活。我只要有面包屑就满足。他们在正儿八经地谈话，我在一边发愁。谈的都是检阅、晋升、退伍一类的事，我努力使自己相信这些事，我答着话，不久我就活跃起来了。自信心，只要静下心来，立刻就能有。啊，我不再是独自一人，我喝他们递给我的酒。我红扑扑的脸，额上的一缕头发，都在述说着我的成功。

回到自己屋里时，我醉意朦胧，话说多了，酒也喝多了，我轻蔑地看着我的草垫子。我在这上面做过太多的梦。哎，这太有意思了，我笑了起来，是那种喝醉酒时不怀好意的笑。

外面是夜。一个高大而聪明的人统治着城堡。上天在轻轻地呼吸，好不使满天的星斗熄灭。似乎什么都不再是不可能的了。我前面还有像沙子一样数不清的岁月。要是我愿意，我可以抓一把，就一把，生活中的一切就会吹吹打打地向我敞开大门。

然而，我没这么笨。往后看就明白了。在那个奇特的夜晚过去一个礼拜以后，我碰上了弗洛朗丝·莫尼埃。我说过，她讨厌。觉得她漂亮，是不对的。再说了，她讨厌我。她把胳膊高高举起，说：

“您真不像话，自从那个了不起的舞会以后，就再没见到您！”

说话不挑时候，要是在我不高兴——那个长着棕色头发的小伙子把胳膊伸给伊莎贝拉，是他们俩的错误，我不高兴——的时候，跟我提那次舞会，倒还凑合。可我已经不再不高兴了。等一会儿，我会证明给她看的。

我大声说道：

“啊，那个舞会呀！那个舞会让我多厌烦啊！”

弗洛朗丝大笑起来。她这一笑，地球也得跟着晃晃。我们是在德雷克纳于广场上。我把这个满脸堆笑的对头带进了教堂。教堂里空空荡荡。这很好。我们跪下来。说话的时候，我的声音发颤。必须这样。我用一只胳膊搂着弗洛朗丝的脖子。她微笑着，用一种我不明所以的神色看着我。我吻了吻她嘴角。这可能有点笨拙，但不会不好。过了一小会儿，她站起来。

“您完全疯了。”她说。（但我想：此时此刻，正用一种放肆的眼光盯着一个小伙子的眼睛，不停地说着“您完全疯了”的年轻女人得有多少啊！这么一想，就把一切都毁了。）

她继续着，成百上千的年轻女人也跟在她后面继续着：

“您的这些想法是从哪儿来的啊？……我还以为您只喜欢杏子酱呢。您嘴唇有橘子味儿。”

我没费劲就摆脱出来了。所幸的是，我想到了地球上所有的年轻女人。晚上，我对桑代讲这事时是这么说的：

“这没什么了不得的。你低下头，装出一副坚定不移的神态，然后你就吻她们，那你就想什么有什么了。”

“哈哈，”桑代开口了，一边走来走去，“你确实相信这没什么了不得的吗？不管怎么说，我得试着去吻一个女人的唇，亲爱的，吻她们的唇。是啊，我这也是给自己找乐子，因为我离老的日子也不远了。”

很久以来，我一直把我的事讲给这个笨蛋听。我几乎没有说过假话。我跟他说过，我当兵是因为我爱上了一个年轻女人，说她留在了法国，说我刚认识她不久。我打算靠打仗使自己成个人物。她叫伊莎贝拉。

他没忘记这个名字，因为他停住了脚步，声音也变了，瓮声瓮气地说：

“你这么玩真是白痴。你爱上了一个叫伊莎贝拉的，就碰上谁把谁当伊莎贝拉。”

“我得这样。我太腼腆。我这么做，丝毫不会减少我的忠诚。”

“我认识一个杀人犯，他就像你这么说话。他说他非常爱他杀的那些人。可他也想掐他们的脖子。你真是个小怪物。”

干吗拿我和杀人犯比？只有桑代才会这么想。这小子满脑子想的都是血与火。

此后天气就要好了。日子过得更慢了。时间蹒跚而行，令人无法忍受，它就像个躺在折叠床上的看门人，嘲弄地看着你。德·福尔雅克在散步，投过来的目光是阴郁的。上校在给他的两只狗挠痒痒，捉虱子。卡尔·马克思继续干着傻事，不过我已经不再恨他。他是个大学生，这也算不上是谁的错。

至于我生命中这份儿伟大的爱情，我还是常常去想。不过我把纯朴找回来了。现在我已经不去忏悔室，也省得再让桑代嘲笑。小说已经结束。我很快发现，梦是黏黏糊糊的，令人不快。我的耐性有限，发作前只能忍一分钟。我已经演了一场热烈的喜剧，伊莎贝拉只不过是个演员。这一切，没有危险，女演员只剩下个施曼娜[①]，

① 施曼娜，高乃依的名剧《熙德》中的女主人公。

而施曼娜也不过是排字工人创造的人物，她的真名字是喀迈拉[1]。

不快活，我依然不快活。不过我不怜悯任何人：既不怜悯我那颗缺乏灵感而又悲伤的心，也不怜悯那个没有我也玩得挺痛快的外国女人。总的来说，也不怜悯情人。“这类女人肮脏，苍白得像苗圃里的蘑菇。”桑代这样对我说过。我早听他的就好了。要是在我开始难受之前他就告诉我，就训斥我、嘲笑我，那就好了。那我就会感到不好意思，我就会知道，所有这一切都不值得。

---

① 喀迈拉，希腊神话中的喷火怪物，狮首、羊身、蛇尾，喀迈拉和施曼娜字形相似，词根相同。

洛·昂德罗

不，说起来真算不了什么，但在保卫和侦察分队里，什么也保卫不了，侦察出来的，只是大家都烦得厉害。要是丘陵地里那些德国鬼子十分悠闲自在，如果真是这样，就应该想办法让他们捧腹大笑。有时候我就想，为什么不让他们过更苦点的日子。为什么在大街上不能翻他们的兜呢？要让我说，就得让他们把脾气改改。我占领了你的首府，我侵入了你的一片陆地，这类怪事，过去德国佬干过。在那段时间里，我们在丛林里打游击，都冻僵了。晚上，那个笨蛋上尉还得给我们朗诵诗。“我想提高你们。”他说。幸好德国鬼子把他抓去了。后来，我离开了游击队，进了法国内地军[①]。啊，这下子可好了。那里有纪律，还有知识上的交流什么的。

没来由，但看着难受，在这个团里，贵族们装成什么都不在乎的样子。也许他们真什么都不在乎。也许，如果是的话，是为了把事情激化。他们自以为出身高贵，整天游手好闲。甚至像圣–安纳那么个年轻人，也是个没心肝的。他们不是利己主义者，而是一些快乐而无用的人。

① 法国内地军，第二次世界大战期间，法国国内反法西斯地下抵抗组织的联合武装力量。

桑　代

圣–安纳由他的德·福尔雅克上尉陪着打发日子。我总是不让自己去想那些可能把他们拴到一起的卑鄙勾当。我们俩在树林——因为我现在喜欢树林了——里散步的时候，他跟我说了他们最近的一次谈话。我温和地笑着。他们那次说的是个红棕色头发美人的事。我告诉了他我的看法：

事实上，那个红棕色头发美人：（1）有肺结核病或是长了疣；（2）头发既不是红棕色，长得也不美。根据最新消息，这是生活给我们安排的一个场景。或者还有，根据你那位上尉——他长着温柔的大眼睛，有一个像伞架子似的屁股——的说法：（1）法兰西完蛋了；（2）即使法兰西能够幸存，它也会毒化我们的生活，它会强迫我们每天早晨读那些为法兰西歌功颂德的报纸。从这里你可以看到：法兰西投了票，发行了三个法郎的邮票，杜鲁门总统已经宣布：法兰西不会灭亡，埋葬法兰西太费钱。上帝啊，仁慈的上帝！

“真棒！”圣–安纳叫道，“你要是能经常说说话，那该有多好！不需要听你的，但确信你的话有意思。烦人，不过非常有意思。”

过了一会儿，他又笑着对我说：

“我总是想，你是浪漫主义英雄的新典型，是一九四五年铸造出来的。你具备浪漫主义英雄的一切特征：强劲的步伐，坚毅的目光，这么宽的肩膀，男子汉的手劲。你不常笑。你心里只相信闰年。你干想干的事。可是，你什么事也不想干。”

不过他还是错了，因为我还是有事情要干的。如果真像他说的那样，我的做派不好，那也必须原谅我，然后把这些都忘掉。

法国最近几年的形象在我眼前跳动着。我那时刚满二十岁，这可是真的。这是个不停地说谎的年龄。我骂我的国家可能比别人骂得厉害。我的国家也让我比别人更感到失望。不过，我反复思考过这场搞得沸沸扬扬的共同冒险：这些年打的内战。内战没让我们流太多的血，更没浪费我们多少智力，因为，血，上帝总是给我们五公升，可智力就不同了！

太晚了！我现在是在德国，处在一种奇特的无忧无虑状态之中。莱茵河上那些小城镇，像一本书那样翻开着，左边是文字，右边是插图。中世纪，是一些惊人的花朵，是以黑森林的雄劲风格用石头雕成的！我的女友陪着我闲逛过一两天。回来时累了，真幸福，我想。她需要这种幸福。这是个很怪的女孩。以后我还会提到她。

这一年，没踩到水底，陷进泥沼里了。我回到团里已经两个月，面容已毁，心满意足。过去生活中的各个角落，我都认不出来了。甩不掉的老习惯，种种怪僻缠着我，就像一张松软而起皱的皮，令人厌恶，天气寒冷，我也不急着去勘察这块地盘上的情况；战争已经结束，不再有任何要在几年内死去的理由。人有幸把自己忘掉一段时间以后，也就没有了再结识自己的好奇心。

马克西米扬死了。他的死使我充满仇恨。一想起他那副笑眯眯的神情，我心里就难受，他的力量化成了欢乐，他眼神清澈：有这么一副迷人而又有点天真眼神的人，热爱战争，会在战争的怀抱里流尽自己的血。我幸存下来，多不光彩啊！命运让我在二十五岁的时候死去，该有多好，我不就是在这种思想中被培养成人的吗？如此可笑的雄心，把我这个人描绘得淋漓尽致。

我非但没有忠实遵守我这位朋友的伦理道德，在他死后，我还把这些伦理道德彻底否定了。仇恨，放荡，羞耻，这类感情并不总是定向的。我把这类感情暴露到极致，上帝给一把燕麦让我咀嚼，我不知道该把一副不幸的面孔转向何方，因为，不久之后春天来了，和平降临，对所有其他人来说，生活重新开始了。

这场战争只是童年的延长。五年以来，我似乎不曾离开中学的凳子。很多人来坐到我身旁，没说一句话就消失了。他们有名姓，有眼神，有秘密，他们像呼吸一样自然地做出决定。可以肯定，这些做得太快的急促决定，使他们的存在变成了不可能。任何东西都没能从这种疯狂之中产生。这就是无谓的牺牲，这就是二十岁。

不过，在这个季节里，在莱茵河畔，我不完全是孤独的。我像我这个年龄的体面小伙子应该做的那样，也是很忙的，就是说，我找到了一个女友，相爱以外的时间，我们各干各的，一个读书，一个检查军械。一个好军人会发狂地做保养工作。他喜欢摸金属材料，金属材料不会忘记他，会使他的形象变得更坚强。至于浪漫主义，在这里一点也不会受到损失。在世界大战进行的那几年里，年轻人想掌握一件武器的愿望是很强烈的。一挺机枪，就像一九〇〇年你有第一个情妇一样，成了你是男子汉的证明。几乎全部融入青春期雄心壮志中的文明，已经不再从爱情中提取价值，而是从杀戮中提取价值。在接近十八岁的时候，这种变化不乏可爱之处。在这个年龄，事实上，社会是乏味的，女人从我们身上得到的乐趣，多于她们因我们而受的苦楚。战争、犯罪和革命，是个理想王国，对我们的心来说，是巨大的安慰，驱除了我们的无动于衷，逐渐把我们的病治愈。但这个王国也给了我们不幸的翅膀，而我们也不要求别的更多的东西。

从前，我在父亲的那些手枪前一待就是很长时间。生活自然而容易地给了我在这些想法方面所希望的一切。我在军队或军事团伙里生活过，我机械地拿着这些子弹，死亡证明了它们的价值。我作恶终于遭到报应，受了重伤。在医院的病床上，我长时间地思考着，觉得这很公正，我感谢这种公正。我把占领K市的回忆，有意地摆在我的主要罪恶之中。那天我跟人家打架，因为他们攻击德国女人，因为那场面令人厌恶。可是，到了第二天，夜里和那个叫丽达的德国姑娘在一起的时候，我本人也学了他们的样儿。这，这不太好。我在痛苦中不无乐趣地重复了这件事。我睡不好觉了。烧伤毁了我的脸。我会高兴地用指甲把我的伤疤撕掉，我留着指甲，希望有一天我有勇气这么做。没有勇气，就把这种痛苦当成一种惩罚，这也很好。对那些放弃宗教的混蛋，我从来没有像现在这样蔑视过。

（宗教！因为上帝本人已经把它抛弃，我就在这华美的宫殿里高兴地游荡。）

后来，再想到我的错误时我就笑了。我那时刚回到部队。部队就驻扎在我们发过狂的地方。装甲兵两个人两个人地一起在K市的街道上走着，以他们的白色护腿或橄榄帽而自豪，对他们到的那天晚上的事，什么也不记得了。

一开始我没认出那座城堡，更不要说城堡周围的那些别墅了。我从不看自然环境，这是不对的。自然环境帮了我忙：它通过蚊子或火焰喷射器让我想起了这一切。我想过，我和丽达的风流韵事完全发生在一个想象中的地方，但是没用，我知道我是在撒谎。隐隐约约感到一种拘束，使我不能到树林里，到大路上，到所有能够瞥见她的地方去转悠，如果她还住在这个该诅咒的省里，她是会到这些地方去的。我用自己的不好意思来宽慰自己，不断重复着说，她死了，或者她根本就没存在过。

然而，我回来一个月了。那个美丽的德国女人的面容若隐若现地在我头脑里飘浮着，像是一件既惬意又残酷的东西，两种性质刚好各占一半。我们需要这类亲切的思想；只要不好意思地碰一碰，就能使这些思想活生生地保留下来：这样，我们就有把握永不厌烦。

我正在一个花园里偷水果，偷那些滚圆珠亮的大苹果，这时窗帘打开，一个我已经全然忘却的声音在我身后响起，吓了我一大跳。我慢慢转过身来，嘴里满满的，对我这副脏模样感到懊恼（我刚刚穿过浓密的荆棘丛，又和一只大狼狗打了一仗）。你不得不相信，这就是她。她的脸让我吃了一惊。那脸是安详的，打扮得整整齐齐。她穿着马靴。她似乎很高兴的样子：

“您干一些被禁止的事来打发时间。”她说，“这是一种病态。”

我不知道我说了句什么。反正她摇了摇头，也不再笑了：

“您真蠢。您要知道，我盯了您好一阵子了，可您连眼皮都不抬，每只胳膊夹着一个装满水果的帽子，要开溜。”

我道了歉，感谢她还没有把我忘记。她很潇洒，而我确实脏得厉害。她又笑着说：

“把您忘记？啊，不，相反，我常常想起您。命运仁慈，又把您带到这里来，真是太好了。”

她笑了，我真从没想象过她会笑，因为，温柔似乎不能让高兴跟在后面。

“说实在的，”她接着说，“我没敢梦想会遇到这样的事。不管怎么说，这很幸运。”

我因为没明白她的意思，愣在那里，一只手合拢起来贴着心口，她建议我买一块镜子照照，撂下这么一句话，走了。

过了一会儿我才镇静下来。她是真美，也真瞧不起人，她的两只眼睛居高临下地在我身上扫来扫去，她的头发好像在一种浓浓的黑色物质里流动着，这种黑色物质像蛇肉，就像我们在旅行家写的书里想象的那种蛇肉：既辛辣呛人，又奢侈豪华。在医院的那些夜晚，我的羞耻心是非常强烈的，我责备自己当时不仅强暴了这个年轻女人，而且还靠自己的口才污辱了她。从我口里说出来的那些漂亮话，我还都记得。是的，我用不应有的粗鲁扮演了一个漂亮角色。这一次，正好相反。在光天化日之下，对一个从前在夜里使自己难堪过的小伙子突然说点什么，不是那么容易的。我得承认，她干得漂亮。

佩服，加上她的美貌给我的新感受，以及惊喜在我心里产生的非同一般的影响，使我在整个下午爱她爱得要命。有人会说，一个下午，并不长。这是个性质问题。相反，我以为，在仅仅一天的时间里想一个人，要有更多的激情，分分秒秒地想，想得出神，陶醉，还有愤怒和不安，比一种长久关系里需要的激情还要多，长久的关系，时不时地望上一眼就行，接触日用物品就能使爱的火焰继续燃烧。

晚上十点钟左右，我觉得我平静下来了。丽达性感。喜欢爱情的女人，就像喜欢思想的女人一样，都是注定没有希望的，而且理由相似。整整一夜，她一直疯狂地紧抱着我。这种疯狂将来还会有。我心里有了决定。我还会占上风。一个未来的声音告诉了我这一点。可是，难道我属于那种天性不讨人喜欢、连爱了这么长时间的人都不能驾驭的人吗？难道不幸的命运在我们的欲望上撒满了枯叶？我不能回答这个问题，因为我睡得很安稳。醒来的时候，我心里只剩下三种非常简单的感情。我甚至能把这三种感情编上号，就像是对一个问题的几种答案：

（1）被如此年轻貌美的女人激起的柔情；

（2）由我的伤造成的痛苦，因为现在一个小女孩也能来嘲笑我了，而且用不着多费什么想象力；

（3）快乐，对未来数周快乐日子的布尔乔亚式的信心。这种快乐可能还是由一些新发现引起的。她的臂膀什么样？她个子高还是矮？富有？贫穷？她有低级趣味吗？这会造成不少的惊奇，所以，再说一遍，会有几个礼拜的舒心。你不可能找到进展一词的最佳定义，除非碰上一个其性格与肉体都有待我们去暴露的女人。脱掉人的衣服，会有人说，这不是一种理想，但似乎是一项解决办法。

后来的几天，我在路上没费什么事就找到了她。装甲兵第三连驻扎在离城堡相当远的地方，在树林子里边。到参谋部去，必须从她的别墅前经过。我经常去和摩托兵或秘书们一起用餐。我常和圣-安纳聊天，我回去的时候他送我。圣-安纳和气而随便。他要抽烟的时候我离开了他，说我不愿显得像个刚把烟借给六年级学生的毕业生。他笑了，我继续走我的路，耳边是他笑声的回音。逐渐地，一丝伤感占据了我的心。我正来到她的花园前面。我们故意做出好像谁也没看见谁的样子。

然而，一月中旬的一天，我喝多了卡尔·马克思的劣质白兰地，没克制住像个正常人那样行事的愿望，进了她家。老仆人请我在客厅里等，客厅的窗子很大，可能还有点威严。这姑娘大概有不少钱。不知为什么，这么一想，竟增强了我的幸福感。我这一代人，装出的是一副唯利是图的样子。我们老说，我们期待着一个能供养我们的情妇。但这不是真的。证据就是，我们和法国军队搞到了一起，跟它姘居了，但法国军队是个穷鬼，吸引我们的，是它的没教养，是它的暗绿色眼睛，是它的光荣历史，但绝不是它的财富。丽达一进来，我就先说了这么几句话。

这完完全全是低级趣味，但我并没有到此为止。吃完炒鸡蛋，喝了些红酒，然后又喝了大半瓶白兰地，到了这个时候，一个人要是露出流氓本性，也就无须大惊小怪了。不管是不是流氓，这是一种本性，而这是很有意思的。

我很少瞧丽达。她正坐在沙发扶手上。她用动人心魄的眼光端详我。我说了差不多一个小时。我根本不知道自己说了些什么，记性不好，倒让我高兴。她只是有时回答一两句。她看得很清楚，我醉了，对于醉的厄运，她也就只有屈从。回营房的时候我在想，有三件事明显地让女人着迷：年轻、笨拙和白兰地。不幸的是，我二十五岁了，已经不算年轻。我又相信，小伙子需要显得聪明（聪明就年轻）。我只剩下白兰地了，而白兰地让我胃难受，想折腾，这一点当天晚上我就看清楚了，因为晚上我和圣维拉瑟上尉发生了争执，他扯掉了我的肩章。那是一副下士肩章。

这有点丢面子，不过我早已养成一种好习惯。我经常去那个德国女人家里。轮到我听她说话了。她温柔，说话的时候闭着眼睛。我们之间存在着某种友谊。这种情感冷淡，但有生气。我们都不想取悦对方。环境，阅历，使我们超越了这种愿望。在一九四六年的冬天，我无疑是信赖她的，我不曾像信赖她那样信赖过别人。最不同寻常的是，我偶尔会有个好脾气，而这仅仅是因为，喝醉了以后，走进屋子，在一月的天气里，屋里温暖，舒适，还有个年轻美丽的女人，在听你说话的时候不时地撩撩头发。

在这个时期，我们无疑是彼此相爱的。但我小心翼翼，不露形迹。我们的平衡并不稳固。要想打破这种平衡，拥吻丽达或是在壁炉前给她脱衣服，得大费周章。现在，这种克制已经变得毫无把握。也可能是我想做的第一件事就是驾驭她，虽然我受伤毁了容，还是想让她要我。我搞不清楚自己为什么要如此行事。我仍然从美妙的白兰地中吸取灵感。如今我手边有几箱质地上好的白兰地，是姐姐克洛德给我寄来的。我为此不断写信对她表示感谢。

春分前后，我的老毛病又犯了。我开始注意到，丽达常常换连衣裙，有的低胸，有的高领，我更喜欢她穿高领的。一天晚上，她请我去吃饭，我不能自制，很奇怪地不能自制，喝了她给我倒的酒。她挑战似的把杯子递给我。要是事情不特别困难，又是当着别人的面，我总是抗拒不了那种让人以为我是超人的想法。所以，我就这样喝了三四瓶。对我来说，这太多了。然后，我站起来，想表现一下我的坚定。不怎么坚定。丽达笑着看了看我。记忆，决心，都显得很遥远了。只剩下一个亭亭玉立的德国女人，她的嘴性感而忧郁。我拥吻她，并不激动。她紧抱我，气喘吁吁。放开她之前，我又用突然变得柔和了的嘴唇吻了她一阵：就像我们嘴里含着一块烫嘴的热土豆时那样。

她有点心不在焉。我们倒在长沙发上。她不让我动她，说她恨我。我呢，反反复复就是一句话："傻丫头，傻丫头！"她确实傻。我不想让她有一点难受。我们就这样待了好长时间。她看到我躺在她身边一动不动，把头放在她散开的头发上，和她脸贴脸，放心了。我右手在她身上晃动着，抓住了她那只垂着的手。在这种暧昧的友谊中，容不得抚摸。她讨厌我，并不全是假的。但她喝了酒，她感到了我的热情：换个人可能会给自己捞更多的好处。这种计算方式我觉得有点像小人。

仅仅这份儿平静，就又是一种陶醉，于我更相宜。我任各种疑虑在富于幻想的头脑里丛生。我把这个称为勇敢。对于她，我过去的行为方式庸俗。对未来我不能肯定，对我的魅力就更没把握，要想用一个吻把她那些讨厌的记忆驱散，得等很久以后才行。

第三部分

发奖

费芒迪迪埃上校

都抱怨自己是法国人。德国人侵略我们的时候，都抱怨德国人。不过，上帝仁慈，使我们避免了一国人民所能遭遇的最悲惨的命运：被一支法国军队占领。不会有这个问题。但还是经常梦到这样的事。带着我的装甲车队开进巴黎。把健壮的男人都集合到广场上。让那些没有逃跑的抵抗分子站出来，对其他人，发表一通关于个人义务的强有力的演说。然后，再把他们赶回自己家里去生孩子。宣布废除“电影”“爵士乐”“三角裤”等等词汇中的外来语，通通废除。那些抵抗分子，我不知道怎么处置。把他们毙了：对这类搞鸡奸的人来说，这是肮脏而残酷的。把他们给波兰，波兰不会要。不给他们佩带武器的权利，不给他们和老婆配种的权利：这就是解决办法。

说到底，我还是浪费了时间。在德国干吗？住在老百姓家里，演戏，等待。等什么？这可不是法国人的脾气。要做出决定，而且要当机立断。要有能产生激情的行动。

我知道。这些坏家伙不急于行动。但我不会听他们的，我不这么考虑问题。部队没有行动，让我感到羞耻，不知道为什么，德国人的无所作为也让我感到羞耻。真见鬼，我们是待在他们家里啊！荣誉没有祖国，既然他们没有能把我们打翻在地的老帅……

正是在这个时候，我做出决定：进行演习。

圣-安纳

这是个温柔而富于幻想的姑娘。确实，这就是她，但我可是有点不知所措了。她身穿晨衣，脚上是一双软底鞋，头发蓬乱。在客厅里见到这种打扮还真有点不同寻常。她好像刚起床。她的晨衣——直到现在我也没弄清是什么图案；色调是：白色，阴暗的胭脂红色和绿色，样子发暗，是多种颜色的——她晨衣的扣子，从脖子一直扣到臀部以下。这个外国女人就是我们喜欢的那种样子：漫不经心，露着髁骨。

她用非常厌烦的神态看着我，让我不得不垂下眼皮。这样我就显得腼腆，显得非常和气。我的蓝色上衣，从镜子里看，非常帅气。我非常郑重其事，让我的到来显得极不寻常，像要解决个什么问题似的。但是，这次造访没有任何结果。

"您还是来了，"她说，"这么说您是圣-安纳……我还以为我弄错了呢。"

首先，我说这没什么关系，然后我也盯起她来。她完全是个疯子，我没要求过她什么。我在自己的角落里待得好好的。我的爱情，我这种爱情，不要求什么更多的东西。如果我痛苦，那是我的事。她猜出我在生气。她做个手势，叹了口气。

“糟透了，”她说，“以后会更复杂……听着：我们认识很久了。在城堡里，在树林中，我们都碰过面，打过招呼……但问题不在这里。我和弗雷德里克谈到过您几次。弗雷德里克是我小叔子，是个讨厌的小伙子，非常讨厌……他一说话我就发抖，因为他总有理，可您知道，我又不能被说服……我小叔子爱德国……我告诉过您，这里有些东西您是怎么也不会明白的。这么说吧，弗雷德里克并不怎么喜欢您。他觉得，您比别的人更能代表占领什么的。”

她说话的方式的确奇怪。不好意思也好，温和也好，急迫也好，她脸上都总是一副恹恹的、抱憾的样子。她的手在靠背椅的椅背上来来回回地摸着。我注意到，她指甲上涂的油都一片片地掉了。突然之间，她兴奋起来，眼睛也更明亮了：

“跟您明说了吧！昨天一看见您，我就生出个愚蠢想法。我小叔子当时正跟我在一起，我想把他激怒，就朝您走过去。可我不知道该和您说些什么……您终究还是猜到了，这事也算不得什么，只是打扰了您，也显得愚蠢，我向您道歉。弗雷德里克是个点火就着的人，我让他相信，我只是问了问您在德国是不是开心。您不认识他。”

我从来没像现在这么生气过，从来没有过。刹那间，我又想起过去了的那一整天的所有梦想。还有更远一些的，我在城堡房顶上做过的那些白日梦，当时我费了好大劲才在她家花园的雪地上把她认出来。我知道我脸红了，显得可笑，有个地缝都想钻进去，眼前就是世界末日才好呢！她还在跟我说着：

“当然，您生气了，这是可想而知的……可是，别埋怨我。您不知道，他这个人有多让人受不了……要是您想喝杯茶，或是……我真不知道怎么着好了。”

我一下子爆发了，说了一通气话，她请喝茶的事被我大大奚落了一番。我完全不知道自己在说什么。不过，总的说来，我以为这一次我全然是直言不讳。我越说越感到羞愧。耻辱像大海，在你完全沉没以前，大海是冰冷的。这就是当时的情况，后面的事我也不在乎了。最后，我大声说，我从心底里讨厌她。

她慢慢后退着。她脑袋歪向一边。她装出有点吃惊的样子，双手抱胸，待在那里。她再开口说话的时候，声音没变，只是她的话里有一种来自很远地方的无情冷漠。

“希望您幸福，”她说，“您是个大人了。话多，烦人……”她笑了笑，然后又接着说，“您要搞清楚，您是爱我，还是讨厌我，省得您一会儿热一会儿冷的。”

她像一片池塘那样沉静、美丽。她说得对。从她满口白牙的嘴里吐出来的话正确。突然，我觉得自己整个陷入愚蠢（耻辱）之中，像一块石头掉进水里。沉睡的水面先是被浪花和涟漪搅乱，好像到了世界末日。然后，一切又都恢复成原样，人在水底，甚至看不见天日。就这样，屋子里充满绝望。喊叫也没用。事情该怎么样还怎么样，而这样也挺好。我为什么总是这么笨呢？我得改改。我控制不住自己，莫名其妙地哭了。

她没有走近我，两只手依然交叉着抱在胸前。她声音里带着厌倦地说道：

“那好，要是您这么想吻我，那您就吻吧！”

洛·昂德罗

“他们真走运，”他对我说，用手指给我看那口井和那堆垃圾，“这些乡巴佬，他们真走运。他们眼皮底下的善恶都是有骨头有肉的。白天也好，黑夜也罢。最有意思的，”他继续说，“是看着善总变成恶。毕竟，他们喝的水，如果不从这堆垃圾里打，他们又到哪里去打呢？”

桑代这个混蛋，他有两种声音。说起来不算什么，但这是真的。一种是游击队员的，那是男子汉的声音，话也说得得体。另一种是战斗部队里小混蛋的声音（一个时期以来，他一直带着两个杠杠。我不向他提问题。他不回答）。我正在想这些事的时候，年轻的斯泰法讷哇里哇啦地开了腔：

“宝贝儿，我附庸风雅，跟您不搭调，我剽窃您的表达方法，正大光明。”

“行啊，那你就这么干，叫桑代也这么说！”

“我提供给您几首埃利奥特的诗吧！会让您变得文明点儿。其中说到光环和烟雾，非常优美。”

是啊，混蛋，我暗暗在心里说，等着看我怎么把你的光环捅破吧！

彭从房间里走出来，问：

“你去不去？我们要到仓库的几间房子里转转。我们不带桑代那个吃狗屎、长大疮的混蛋去，他走起路来就能把人都吵醒。”

“小子，用牙签去蹚垫圈吧！”桑代说，“瞎转悠，已经不是我这个年龄要做的事了。”

斯泰法讷、彭和我，我们从一架梯子爬上去。“你会看见一些东西的，童男子。”我对斯泰法讷说。“噢，”彭说，“他真是个童男子吗？”斯泰法讷脸红了，说：

“宝贝儿，有一句让人吃惊的话：‘得拿女人当那么一回事，而且要因为对如此不值一提的东西感到那么冲动而开心。’这是我的座右铭。这话是谁说的来着？”

（他妈的，真他妈的！）

“我爱胖的，”彭说（他一边说一边把手摊开，一副想入非非的样子），“在图尔宽[①]的一个窑子里，有个胖娘们儿，啊，老兄，她真让你快乐得发疯。”

“别说这些啦！”我突然对他们说。

可是，这个他妈干鸡奸的家伙还接着说：“如果这是些女仆，你就可以和她们草草了事，我会告诉你怎么干。”

我轻轻开了门。这是一间灰色的房子，有坛子，有筐子。我没弄错，隔板后的人说的是法语。

“妈的，”彭说，“那儿已经有几个伙计了。喂，伙计们！”

他晃了一下门。我们三个人都在这个有坛子的房间里。

“你们要干吗？”一个声音问，说的是德国话。

---

① 图尔宽，法国诺尔省一城镇，位于法比边界。

我隔着隔扇问他们，为什么他们刚才说的是法国话。其实这也没什么可疑的。接着是一声枪响，彭应声倒地。我躲到了一边，小斯泰法讷大声喊：“救命！”卧倒在那些大坛子中间，谁都没来得及想什么。门半开着，能看见轻机枪的枪筒。斯泰法讷不喊了。他像蛇一样，在筐子中间游走。幸好我趴在了门后，他们看不见我。我看了一眼斯泰法讷，那些人还在射击，斯泰法讷的额头开始流血，很快就流了一大摊。坛子碎的时候冒出一股奇怪的烟气。我后悔那么爱那些女仆。上帝，我真后悔啊！

终于来人了，先是两个，然后是三个，扔着手榴弹，人就到了。我急忙缩到房间角落里。斯泰法讷的身子突然翻了个个儿。这小子，鼻子都没了。我站起来，冲进第二间房里。房子里全是烟。又是两梭子子弹，接着我一头撞上一个小伙子。那家伙挺有意思，不但没倒，还抓住了我，照我肋叉子给了一脚，把我踢翻在地。就在这时，拉沃雷滚到我身上，一边喊叫，一边用手捂着肚子。烟散了。只剩下桑代对着两个家伙。幸好，他用前臂给了那个最狡猾的家伙一下子。然后，他们开始厮打。第二个家伙插不上手。我在装死，拉沃雷是真死了。最后，他们滚到我们身上。桑代站起来，浑身是血，又扑向第二个。两个人棋逢对手，那家伙被碗橱顶回来，桑代眼看就要撞到墙上。我看桑代要不行，就自言自语：要是他坐倒在地，我就用不着装死了，不，我用不着再费这个劲了，死，对我来说就是一件自然而然的事了。这个时候那小子从兜里掏出一把手枪，可是，他刚把枪掏出来，桑代就扑了过去，抓住他胳膊，好像扭住了他的手。三枪都打在了天花板上，如果情况逆转，这三枪就要打在我肚子上了。接着，桑代给了他肚子一拳。这时，中尉和另外几个家伙跑来了。

那家伙很费劲地站起来，德·拉洛雅杰埃勒中尉用左轮枪指着他的鼻子。我觉得好多了，刚好拣了一条命。我说：

“他们是法国人，刚才他们说的是法语。”

另外那个家伙也站起来了。他们都是大个子，穿着海蓝色衣服。我进来时把我踢倒的那小子说：

“跟我想的一样。在你们的军队里，只有些唱诗班的孩子和吃软饭的家伙。”

他好像还笑了。

“闭嘴，”德·拉洛雅杰埃勒中尉说，“是保安队的吗？”

“就算是吧。唱诗班的孩子和吃软饭的家伙，由干鸡奸的人指挥。”

我扇了他一个大耳刮子，他不该这么对中尉说话。这不礼貌。

留下桑代和维达-巴盖看着他们。其他人把尸体搬了下去。我呢，我跑去向圣维拉瑟上尉报告。我心跳得厉害，一个劲地说：保安队，保安队！不，这是一次偷袭。我不等着他们搞这场狗屁演习就好了。我在院子里找到上尉。他穿着一件睡衣上装，一条英式军服裤子。

“好家伙，”他说，“这么大动静的演习呀？全线都在乒乒乓乓地响？叫他们全给我滚！”

我跟他说了是怎么回事。农场的人都出来了，看着我们，眼睛睁得老大，比人家叫他们贴墙站着的时候睁得还大。

“啊，”上尉说，“一伙歹徒！你们干了一件大蠢事，我感觉到了。你们把莱茵地区分裂分子中一个家伙的内脏掏出来了，嗯？又是这么回事吧？”

他在彭、斯泰法讷和拉沃雷的尸体前眨了眨眼，尸体摆在干草上，但不太难看，因为伤口上都沾满了干草。彭的嘴唇上有不少血沫子。这时候，又有三声枪响，我们冲过去。桑代在窗子前面站着，枪是他打的。

“怎么回事？”圣维拉瑟问。

“跑了一个，跑到树林子里去了，上尉。”

圣维拉瑟带着两个人下去了。

“真是白痴，”桑代说，“维达-巴盖见了血就害怕。他拉稀了，把我一个人留下。一个家伙扑到我的卡宾枪枪筒上，一梭子子弹都打进他肚子里了，另一个家伙趁机给了我脖子一下，跳窗子跑了。奇怪的是，我没打着他。我有点晕。可能我没准头啦！”

“您够机灵的，”中尉说，“这么说我们一个没逮着？”

“就这一个，”桑代说，指了指保安队员的尸体，“现在，他可有礼貌了。”

拉洛雅杰埃勒耸了耸肩，出去了。

桑代微笑着看我。然后端起枪，又开始朝那家伙的尸体打去，好像他身上打得还不够烂似的。真的，我觉得那尸体都成了碎块了，没有比这更难看的了。可能有人会说，对于一个保安队的人来说，这没什么了不起。可这究竟……这小子，他竟朝着眼睛打。那家伙的脑袋都成一摊浆了。

“嗨，你疯了，”我对他说，“你精神完全失常了。”

他停下来，用手指打着匪子说：

“我消遣消遣。我装一回游击队员。别摆出这么一副嘴脸。你不也一样吗，宝贝儿？在大多尔多涅[①]，你不也打死了好多保安队的

① 多尔多涅，法国西南一个行省。

人吗？”

他伸过沾满血的手来摸我头发。我退了一步。我从来没有看到过一张像他那样的脸。我只是嘟哝着：

“别这样，老兄，别这样。”

圣-安纳

“可怜的小伙子，你这辈子永远也升不上去了，”她对我说。她发狂了，连着打了我三记耳光。她披头散发。“小傻瓜！可怜的傻瓜！您可千万别哭！”我们在那张大白沙发上滚着。她用柔嫩的手轻轻抚摸着我的额头。我们脸贴着脸，我看得见她的眼睛，很大，有些迷茫。她稍稍欠了欠身，用手把我头发弄乱。然后她又向我俯下身来，把嘴唇贴在我嘴唇上，而我对这次艳遇还什么也没闹明白。她的双唇柔和，柔和得几乎让我晕过去。她没完没了地吻我。她声音又变乖了，她管我叫她的心肝宝贝儿，抚摸着我的额头。接着。她整个身子放平，躺在我身边。她装出一副不高兴的样子。“那好，我亲爱的装甲兵，那我们就来看看我们会不会爱。”她把舌头伸进我嘴里。她只穿着一件睡袍，里面是赤身裸体，要是我的动作像天底下最笨的小伙子，那也正常。

终于，她把我扔在了一边。她突然站起来，把睡袍裹在身上。我也只是猜想，她的身体雪白，像她的脸一样端正。我已经相当了解她，想到了她会在清醒之后再责备我。不过，在这张漂亮的白沙发上躺着，我觉得幸福极了。我深情地看着一颗扣子，那是她抚摸我肩膀时弄掉的。扣子在地上，在离我几厘米远的地方，这时她对我说：

“别斜着眼看，您那样子吓人。”

她站在镜子前面，专心补妆。接着她发疯似的梳起头来。她的头不停地摇来摇去。她非常严肃地照着镜子，咬着嘴唇。她回来笔直地坐在我身上，两手抱胸。她的个子真高啊！比我的个子还高。她好像在想事儿。她不时地看我两眼，端详端详我。谁也说不清，她看我的眼神是蔑视还是情爱。

我以为她爱我。可以肯定，她在自问，她也搞不明白。我比她走得远。我认识她多久了啊！她噘起嘴来。

“您得学会接吻。”她语气平淡地说。

接着她命令我别做出一副目瞪口呆的样子。她直跺脚。她赶我走。我不会为自己辩解，在陌生女人面前就更不知如何是好。我这么熟悉的这个年轻女人，一下子就变成陌生人了。现在我知道了，我们两人都气得要死。我再也不会来看她了。她在忘掉我之前会一直瞧不起我。她跟我说了理由。我有气无力地问她：

“那您为什么要干这个呢？”

她转过脸去，耸耸肩。我唉声叹气，又说：

“我没想跟您要求这么多。我只想看看您，和您说说话……”

“小家伙，您的话太多！您多大了？不，还是什么也别说的好。要是……那就太可笑了。”

她停住不说了，继续整理她那些小摆设，那些盒子，连看也不看我一眼。我明白她是什么意思。她觉得情人这么年轻不光彩。我得明白，对她来说我算不了什么。她是因为无所事事才跟我搭讪的。现在，我准备好了。我慢慢向门口退过去。这不容易。我嗓子发紧，低声说着“再见”。可是，她跨了两大步，来到我身边，把一只手放在我脖子上，搂住我，亲了我四五下，一边用眼角察看着我。我是既感到幸福，又觉得不好意思，就把眼睛垂了下去。于是，我又挨了一记耳光。她又说起话来，但这次声音温柔，没有恶意：

“你低眉顺眼的样子让人恼火。你用不着做出一副讨人喜欢的样子。滚！”

我再也不会到花园里来了。我径直朝城堡走去，什么也不想。我不时地用不同的声调重复她最后那几句话。一会儿用无所谓的声调，一会儿用愤怒的声调，一会儿用和蔼的声调。我听着卡尔·马克思讲他的事，不置一词。他那一套政治，没意思，但让人感觉得到了休息。这几天我都不会感到厌烦了。我只要闭上眼睛，不用着急，今天的那个场面就会重现，而这再也不是梦想。首先，我用不着同时想很多：一句话，一个细节，这就够了。紧接着，其余的情况就会全部重新出现。要是我仔细数数，伊莎贝拉今天给了我不少温情。感觉到她睡袍下面的赤裸身体时，比一分钟后吻她还让我激动。“我的心肝宝贝儿，你让人恼火，我们来看看我们会不会爱，我漂亮的装甲兵，滚！”这些话真是太棒了！让我放心。我不能起誓发愿地说看到了她的大腿和酥胸，但这些不同寻常的话可都是真的。啊，这是个讨人喜欢的姑娘，我迷恋她是对的。她温柔吗？她凶吗？圣-安纳不知道。他带着某种着迷的心情入睡了，就像一个孩子，晚上睡觉前把一队铅制的玩具兵按战斗队列排好留在了床脚一样。

我第二天醒来的时候，气氛有点紧张。演习中间，第三装甲兵连和保安队干起来了。我不知道究竟发生了什么事。桑代表现得像个英雄。这家伙很可爱。他不让他的观众失望，而他的观众就是我。我去找他，向他道贺。同时，我也想把我的艳遇告诉他。我可能会要求他陪着我走到别墅门口。有个人看着，胆子就大多了，可以干很多事。就是他不在，我想我以后也会把经过的事告诉他。我很重视他的看法。就因为这个，人才会在生活里自找麻烦。

准确地说，我找到他还真费了一番周折。我是在最后一个地方才终于找到他的，一般来说，在这个地方准能找到装甲兵：装甲兵营地。他的下士告诉我，桑代说自己病了。一想到朋友受了伤，我非常紧张。要是我再多想想，我猜，头脑里昨天的事就会露头，会没来由地增加我的不安。让人心里感到厌烦的就是这个。消化不良，爱情，恐惧，电话铃响，这一切都可以变成……而没有丝毫的优雅。啰唆得够了：还是去看桑代吧！

我轻轻摇了摇他，不管用。于是我拿起一根稻草去捅他鼻子。这可能不够风趣。他哼了一声，睁开一只眼，然后张开嘴，冒出一股酒气。

“去泡妞吧，你这个坏蛋！”他没好气地说。

我正是刚泡完妞回来看他的，但作为惩罚，我先不告诉他。看了看他草垫子周围，我放下心来。他身边有两瓶杜松子酒，有一瓶倒了，酒撒了他一身。我觉得这有点危险，要是扔上去一个烟头，就可能起火。我去找来他同屋人的一条毯子，把他的床整理了一下，所谓床，也只是说说罢了。他嘟嘟囔囔地埋怨着，我没理他，我这是为他好。要是他不老喝杜松子酒，而且一喝就醉，他在连里人缘会很好的。这种科隆水的味道叫他的同伴们不舒服，他们常说：“桑代呀，固执不说，还装腔作势。”临走的时候，我跟他说了一句话，他可能根本没听见：

“活该，要是你肯听我说，我会把我的故事讲给你听，可那么一来你又会把我的德国女人偷走。干这事你肯定高兴，你这只公猪。醒你的酒去吧，咱们什么也甭说了！”

回到参谋部，我发誓半个月内不再去找伊莎贝拉。可一个小时以后，我就又去她的别墅叫门了。仆人把我打发出来。我闲逛，我偷水果。快到吃午饭的时候，她走进花园，看我一眼，做个鬼脸，走了。我站在那里，通过客厅的窗子从远处看着她。中午过后，她过来拍了拍窗帘。我心里烦闷得不得了。爱情里，有件事值得提提：除了激情和痛苦，也有烦闷，而且比人想象的要强烈。根据我读过的小说（邦雅曼·贡斯当、司汤达和爱德华·埃斯托涅），大人物都不觉得自己伟大。起床以后，他们也谈论像政治、流行款式和做什么吃的等等一大堆的事，谈的时候并不疯狂，因而也就没有爱。我谴责这种态度，我宁可在树底下啃手指甲。突然，伊莎贝拉无声无息地来到我面前。她高大端正，像正义女神，从头到脚一身黑，既严肃，又善良，因为她只对我说了句：

“来吧！”

我站起来，抖掉沾在我衣服上的树叶，跟着她。她让我进了客厅。我的心再次狂跳起来，这间房子太美了，洁白而富丽堂皇，要让我来形容，我会说个没完没了。最后，我激动起来。她把我一个人留在客厅里，我想她回来的时候穿的可能是那件撩人的睡袍。那睡袍是用托伯拉尔科呢做的，我想起了这个词，我小时候在布洛涅森林里玩时穿的罩衫，就是用这种料子做的，这可就太不一般了……我坐在一把执政府时代风格的椅子上。她回来了。我刚好来得及把脚从椅子腿里抽出来换个姿势。这个笨拙的动作表明，我还会做别的蠢事。

但是今天，什么都不难了。她还穿着那件黑色连衣裙，神情还是那么严肃。她端来一张小桌，上面放着一只冒着热气的大汤碗。她把汤碗的盖儿揭开。这是一碗土豆泥，够一家五口人吃的。

“吃吧！”她说，“一会儿就凉了。”

我愣在那里。我试图说点什么。她双唇紧闭。

“我不会把您留在外面饿肚子的。在您这个年龄，需要吃东西。现在都两点半了。快吃吧，我的朋友。”

不给我“我的朋友”这么个倒霉称呼，我也会迷恋她的。真的，为了这种待遇，过莱茵河是值得的。我满脸不快地拿起一把大匙子，开始吃起来。因为讨厌土豆泥，我有过恐怖的经历。十年里头，就因为不吃土豆泥，先是不让我吃甜食，接着是不让我外出，最后是不让我看电影。我烫了舌头，我不敢跟她要喝的，这是在受刑，她的奚落也没能让我轻松点儿。有一回，我抬起头，发现她想笑，因为我正想哭，她也就没笑成，我也没哭出来，各自恢复了平静。我要让她看看，我并不那么蠢。一直到最后，我一勺一勺地把那些油腻腻的土豆泥都灌进了嗓子里，我觉得那些东西就像沾了牛奶的棉絮。

我吃完，站起来，谢了谢她，然后就大大方方地走了。在关门之前，我有足够的时间准备好要对她说的话。到时候啦，我看也不看她，就大声说：

“您为什么不叫我到厨房去吃呢？不管怎么说，我也只不过是个上等兵啊！”

她笑了，她笑的时候多美啊！她只是微微一笑，也没多少爱意，更像是好奇，眼神里带着可怕的讥讽，下嘴唇往前伸了伸。但这仍然是高兴。

“你爱我吗？”她问，“你真心实意地爱我吗？”

“当然，在您对我做了这一切以后，我爱您。”

我听着自己这么恶狠狠地回答她，自己也呆住了。但我还是接着往下说，因为她不再笑了，我感到骄傲。

“您今天给我饭吃，昨天吻了我，我理应对此表示感激。”

她摆了摆黑发，气疯了。

“别又变得这么没教养！”她威严地说。

当着我的面，她砰地关上门。噢，我不再是她的“朋友”了。我惊叹自己的大胆，但同时也有些害怕。她用这种语调说话的时候，像是有什么东西被打碎了，这是一种不相干的大人物的语调，命令我别没有教养。是某种具有决定性的东西：我们推着玩的东西，掉进水里了——正被我们通过钥匙孔观察着的那些人，突然发现了我们——一个人把枪丢了，而中士威胁着说要送他去军事法庭。生活里的这些可怕的难题涌到我嗓子眼上来了。

后来，我试着给我的这个德国女人写信。巴尔克豪森夫人的小铺子给了我灵感，但是没写成。

伊莎贝拉碰见过我两次，睬也没睬我。她不爱我。不过，只要她愿意，她就能显得善良、和气。

我的夜晚是凄凉的，连梦都不会做了。我和她之间发生的事把一切都毁了，我不是可笑，就是没有教养。一分钟的极度幸福之后，我发现了另一种不幸，那是一种更大的不幸，充满了软弱、耻辱和无能。这时是四月初。换一个人会想自杀。可我觉得自杀太复杂。得给我点什么东西代替我的生命，比如，一个小时的友谊。另外，四月也不是自杀的好月份。

我常常在树林里走。经过她的别墅时，我很注意，不让自己转过脸去。天黑下来以后，我就自在了，我盯着那些灌木丛，盯着那些窗户和平平的屋顶。上校定的熄灯时间是十点。这妨碍不了我出去。团里放假的事我说了算，所以哨兵总放我过去。但有一天，事情糟了。巡逻队已经派出，我想起来的时候，已经晚了。哎，我傻呵呵地没戴帽子就出去了，雨衣下面穿的是睡衣，胳膊底下夹着雷兹的《回忆录》。我没打算读这本书，但桑代借给了我。感到手里拿着本红色而充满机智的书，在黑天里借着月光翻翻，望望蓬乱的树，令人感到愉快。这算不上好操行。要是让一个下士见到，我就完了，就会被派到一个装甲兵连队去，可能离别墅就远了……这些下士恨我。自从我来到参谋部以后，他们大多数人还没度过假呢，他们知道为什么。我大步回到城堡。时间差不多已是午夜。我已经听到巡逻队的狗叫声和士兵回答口令的声音。我干脆跑起来，冲进一个花园。这是伊莎贝拉的花园，但我不是有意要到这里来的。那些巡逻兵没看见我。他们走远了。由于经历了一场危险，放松下来之后使我们有了更多的勇气，现在，我想看看我那位女友了。我不敢按门铃。围着二层楼的百叶窗转了一圈，我似乎看到了个机会，因为我发现有一扇小窗子没有铁栏杆。倒霉的是，那窗子太高。我血往上涌，又骂街又许愿。终于，我勾住了石台子。我眼睛贴着玻璃窗，什么也看不清。我费好大劲，来了个引体向上。我想象着我带领一支轻骑兵，我已经是枪上膛。在激动中，我的额头碰到玻璃，玻璃碎了，这么一撞，窗子也开了，我掉进一间屋子，屋子的地上铺着石块，过了很长时间，我觉得还能听见我摔到地上的声音，还能听见玻璃碎的声音。我整个晕了，糊里糊涂地爬起来，手在地上打滑，地是湿漉漉的。我听见有脚步声，但我不再害怕。我猜得出来谁会在我眼前出现。我不再试着往起爬，就让她看看，我这有多勇敢。我一定摔出了包，她会安慰我的。为了让自己显得十分值得同情，我摸索着抓到一块玻璃碴子，把手指头划破。就在这同一时刻，屋子里亮起灯来。伊莎贝拉向我急走过来，对我说：

“您真是疯了。把玻璃扔了吧！”

她的头发盖住了脸。她穿着睡衣，没化妆，这使她变了样。她一再说：“我的上帝，我的上帝啊！”声音像是发疯了一样。我觉得她有点夸张。她跪在那里，周围全是碎玻璃，我的头靠在她身上。她用一个脸盆和一块布给我洗额头。水一下子就红了。这下子，我也害了怕。我要像桑代那样破相了。通过我雨衣上那个半圆形的缺口，她把手放在了我背上：

“背上全是汗，”她说，“多脏的一个孩子啊！”

幸福的泪水模糊了我的眼睛。

“树林里有巡逻队。您知道，我偷偷来的，没什么别的。”

我头上扎起绷带，有点不好意思。现在，我闻到一股很有意思的香水味。她让我上楼，进了她的房间。无声无息地跟在她后面爬楼梯，无声无息地走向一个未知的境界，心里感到暖暖的。这是一个很大的房间，里面有很多靠垫，只有一盏灯，照亮一把扶手椅。扶手椅旁边是几堆书，一架留声机在地上放着，几块方头巾，几双鞋、袜子，乱七八糟地放在那里，这种乱令人兴奋。让你觉得自己是受欢迎的。

“坐下，”她说，“你得喝点儿朗姆酒。”

她的声音又平静下来。她递给我一只银高脚杯。我一口气喝了，接着咳嗽了五分钟。她两手抱胸，端详着我。

“对你来说，这酒太冲。但这会让你精神振奋。你受伤倒漂亮啦。”

我开始道歉，但我发现我误会了她的意思，脸一下子就红了。

“不是，”她说，“我一点也没埋怨你。我觉得你漂亮，是因为你穿着睡衣，没戴帽子，前额的那缕头发上还有血。你的头发像女孩。”

“我知道。”我阴郁地说。

她嘴角上轻轻掠过一丝笑意。她也喝了一杯，这时我想她要对我说：“现在，你的想法我都知道了。”这都是从电影院里听来的蠢话。我们不是在电影院里。

“你胳肢窝里夹的是什么？”

我看了看，发现了雷兹的《回忆录》。我跌下来的时候没把它扔出去，封面上沾着血和水。桑代肯定不会原谅我的，即使我把这前前后后的事都讲给他听，他也不会原谅我。七星文库出版的这种书已经绝版，而且……

“雷兹的《回忆录》。”她说，一边爽朗地笑着。

我向她解释这书是从哪儿来的，可她还是怪里怪气地笑着。她穿的不是我见过的那件睡衣。这件是黑色的，里子是深黄色的。总之，这是个漂亮的德国女人。

“伊莎贝拉。”我有气无力地叫了她一声。

“可我不叫伊莎贝拉呀！”

她又笑起来，看着我。

“这没什么关系。对我来说，您就是伊莎贝拉。我那天从远处看到您的时候，您就成了伊莎贝拉。我看着这间屋子的光，就是这间屋子的。我看了很长时间，想到您不是一个人，我嫉妒。要是现在我在城堡里，我也会嫉妒在这里的我的。”

我的微笑僵住了，因为她脸上的表情变了。

“你让人讨厌，”她突然说道，“谁允许你监视我的？”

她弯下身来，可是，这年轻女人真是谁也闹不清，她突然解开我雨衣的扣子，抚摸起我肩膀来。

“你知道，你的身子真软和。”

她强迫我站起来，脱了我的睡衣。我羞得要死，她一定看出来了，因为我脸红了。她身后壁炉上有一面镜子。她稍微转了转身。

“我看出来你照见自己了，”她说，“你为什么害怕？”

她好像考虑了一下什么，跪下来，两手抱着头；听到下面这些德国话，感到这个年轻女人那两只吃惊的大眼正盯着我，真令人感到奇异。

“不，你不美。你只是漂亮而已。要是你美，你就会有发达的肌肉，你会很凶。可是你不凶，你现在这个样子甚至让人厌烦。你像个法国人吗？像个装甲兵吗？似乎不像。承认你是个莱茵人吧，像其他人一样。”

她的胳膊沿着我身体活动。我的两肋很快地鼓起来又陷下去。她用手指触碰我的嘴，一会儿又触碰我的眼圈，然后又移下来，停在我胸上。

“你心跳得多快啊！”她高兴地说，“你是多爱我啊！不过，你也许只是想要我吧，这个，我可不答应。”

她站起来。我透过我的睫毛看到了她。不管怎么说，她的样子像很理智。一个真实而聪明的女人。我想吻她，可她把我推开了。

“别动，”她说，“你得‘非常’听话，我才会爱你。”

我们的关系以这样一种奇怪方式开始，把我头脑里的一切都搅乱了。她能爱我，我觉得不可思议，她能这么和气地跟我说话，我觉得不可能。可是，我赤条条待在她面前，倒没怎么觉得吃惊。她又跪下，头靠着我大腿，用额头在我膝盖上蹭来蹭去，两只手平放在我肚子上。然后她走开了，但我知道她在看着我。我想说点什么。就在这时，我感到她的手指甲轻轻地陷入我的皮肤。她行事不端。

装甲兵有一整套词汇，用来形容大兵们的性行为。他们把这些词汇集到一起，有五十多个。但是，没有一个适用于眼前这一刻。她吻我。我害臊得要死，快乐得要命。她的舌头，那一小缕摩挲着我的头发，那一对蹭着我大腿的乳房，没多会儿，我就什么也分不清了，这一切都同时发生，就像一团三色火焰，红的让你吃惊，蓝的让你窒息，绿的让你感到被嘲弄。慢慢地，我进入她的双唇，这时候，是她，一个德国女人，一个年轻棕发女人，一个陌生女人，干起我来。我把头往后仰着，不一会儿，我就晕了。她用手抚摸着我肚子，而她那张嘴，那张蔑视人的嘴，不干别的，只用来爱我。这时我真的要死了。绷带掉了，一丝血沿着太阳穴慢慢流着。我控制着自己，没喊出声来。

现在，我闭着眼。我觉得自己富有而强大，像个埃及国王，同时又感到疲累、幸福，我听着她说话，如在雾中。

“你真香，身上有蜂蜜味儿。”

她音速变快，差不多变得野性了。

“我讨厌蜂蜜。但是在你身上，是可爱的。睁开眼。看着我。我命令你看着我。”

她向我俯过身来，把我的头发整理了一下。

“你差点儿叫出声来。幸亏你没叫。稍稍动动嘴唇：就这样，很好。你冷了。你想要什么？朗姆酒还是睡衣？”

我跟她要了一件睡衣，就是她第一天穿的那件。她苦笑了一下。

“你回答得不好。你怎么让我爱你啊？酒让你咳嗽，你像个小姑娘一样由着人家爱，都不敢看我。傻瓜！”她叹了一口气。

我用谦虚的语调回答她。我喜欢人家说我傻。这样说不是欺负我，刚好相反：大多数人都傻，最好和大多数人一样。她打断我的话，说现在说我傻的是她。她用一只手漫不经心地翻着雷兹的《回忆录》。接着她跟我说起扶手椅旁那一堆书的书名。只要我不知道她提到的书作者是谁，她唇边就泛起一丝得意的笑。

“说到底，”她说，“除了美之外，你总还得有点别的有意思的东西吧？可是，是什么呢？是你瞒着我，还是你的遭遇把你变成了白痴？我要强迫你说。是的，你得跟我说说。”

烟花在天空爆炸了。这些法国笨蛋就是用这种办法宣告演习结束的。我们关了灯。我们走近窗口。她脱下睡袍，围在我肩上。她穿着睡衣，还算得体。我们望着外面的夜色。一个摩托兵从房子前面过去了。伊莎贝拉用胳膊紧紧搂着我。她不再说话的时候，就又变得天然地温柔。一支分队唱着歌从小路上走过。这是大声喊叫，给人的印象不是雄壮有力，只让人想到一种野性。

“这是些高卢人。”我对我的朋友说，在她耳边吻了吻。

歌声可能来自装甲兵三连的一个分队，因为三连的人喜欢唱这支歌。唱的时候，先由一个领唱的人用夸张的语气朗诵：

装甲兵一个士官向她求婚！

一个浑浊得像喝醉了酒的声音接着：

啊，真见鬼！

这时你可以想象，一个长着一脸胡子的胖大农民，赖施豪方或塞瓦斯托波尔的老者，拍打着大腿，军旅生涯是那么让他吃惊。分队接着合唱，速度之快，就像听到鼓声去冲锋：

岂有此理，多气派啊，真见鬼！

岂有此理，多气派啊，真见鬼！

伊莎贝拉大概听不懂这些故事。但我是个利己主义者，我酷爱这些歌。在这片美丽、阴郁而优雅的德国树林里，看到冒出一帮野蛮人，很有意思。

姑娘愿意，母亲赞成！

啊，真见鬼！

我有点冷，直打哆嗦。我看了看我这位美丽情妇的侧影。我没见过她的侧影。她鼻子短，浓密的头发中露出瘦小的脸庞，双唇温柔地下垂着。那些法国人走远了，最后几句歌词从空中飘来：

在床的四角，站着四个步兵！

我伸长耳朵，因为我好像在“真见鬼”的嗡嗡声中听出了桑代的声音。一般情况下，有他唱的时候，他的声音很容易被辨认出来，因为他唱得从来不合节拍。他总是比别人抢先，而且，要是他愿意，他会像驴一样叫。现在，我不能确定什么。也没什么，要是他正巧从我们的窗子底下经过，那是很有意思的。回到屋子里的时候，我突然想起雷兹的《回忆录》。真是灾难！我要给巴黎写信，叫人给他寄一箱子杜松子酒来。杜松子酒能对他起同样作用。

伊莎贝拉脱掉衣服。她赤身裸体，紧紧抱着我，用手抚摸我双肩。我吻她，可她这时把嘴唇缩了回去。是她要吻我。而我呢，我得让她吻。我们俩一般高。朦胧的月光照着她的脸。

她倒在床上。然后就一动不动，两腿直挺挺的，两只手贴在身边，眼睛闭着。我喘着气吻她身子，我闻着她的体味，这真是不同凡响：因为有三个她，一个在呼吸，另一个在被人触摸，第三个刚刚还在说话。她的样子像是死了。我把她扳过来朝着我。她抬起眼皮，严肃地看着我。这是一个正在呻吟的高个子德国女人。突然，她抬起头来，两只手摸着我的脸，用焦虑的语气问我：

“你叫什么名字？圣-安纳，这不是你的全名。”

我回答了她，她向后倒下去，一边大笑起来：

“弗朗索瓦！”她说，“这太有意思了，弗朗索瓦！”

我吻她，我不让她笑，我们正在做一件严肃的事。这时我发现，她眼睛湿润，她哭了。

然后，她对我说，不必悲伤。这回是我躺在那里一动不动了。她跪在我那像尸体似的身子旁边，让头发垂下来，撩拂我。

“别伤感，”她说，“你是个可爱的情夫。而且，你叫弗朗索瓦。我不可能梦想更好的了。这是德国敌人的名字[1]！你的嘴很漂亮。”

她不经意地抚摸着我。透过闭着的眼帘，我在黑夜里看得到她的乳房和双肩在微微颤动。她的身体温柔而结实。但她单薄，而我也没真伤心。我是装的。

我后来又经历过一些夜晚。我学会了很多东西，都是以前没想到过的。她吹在我脸上的气，她快乐时的叫喊，她手腕上温柔的皮肤，我吻她的时候她那些碰到我眼睛的睫毛，所有这一切都让我围着伊莎贝拉转：却没有真正占有她。确实，快感是个太大的字眼。

---

① “弗朗索瓦”（Francois）和“法国”（France）词根相同，发音接近。

我们之间的是幸福。

我在这里的目的不是让自己变得有意思。我是把自己摆在这里，像任何人一样，摆在这里供人品评。我可以把自己的思想隐藏起来，让自己的行为显得无辜。我可以摆出一副非常自然的样子。

但我关注着那些最微小的细节。我无处不在，也无处没有我的错误。在这段时间里，伊莎贝拉会变，她的歌会永远成谜。所有的人都停留在门口。这不是我决定的，但我很快就接受了。一个陌生地方允许你生活就已经不错了：在海上遇难的人不要求更多的东西，他可以没有历史，没有宗教或习俗。我就是这样一个在海上遇难的人。没有一个人在不知不觉之间如此不幸过。我在其他人中间走过，满脸桀骜不驯的样子：那是因为害怕。我没有他们那样高的个子，没有他们那样的自信，我不是高卢人，而是像桑代说的，是“某种小艺人，是一只有学问的狗，是让人看着能得到休息的东西”。我羞得要死。在伊莎贝拉怀里，我发现了世界的神秘，不过我已经不那么害怕了。在要她的时候，我听到了叫喊。有一阵，我像个征服者。

这第一夜的第二天，我碰到了弗洛朗丝和德·福尔雅克。这两个可爱的成年人已经介入我的生活，但不太过分，有点像骑士勋章上支撑纹章图案的天使和恶龙。他们还是一面镜子，如果他们说我像是病了，我准是又到我那个德国女人那里去了，把她搂在怀里，听她小声说：“我要你。”对这一切，这两位军官什么都不会懂。爱情对他们是陌生的，他们更喜欢桥牌、酒、烟、机关枪或丝袜子。他们看出我有点不自然，都想问我是怎么回事，语调不同，但都是笑嘻嘻的，问我是不是找到了心上的妹妹。他们这么问，完全是出于礼貌。不过，用笑声来确定我刚得到的幸福，我倒很高兴。

下午，快五点的时候，我溜出办公室。我从客厅的落地窗钻进女友家。我爬上楼梯。她在扶手椅上坐着，看着我进来，什么也没说，一脸赌气的样子。她左手的小圆桌上，有个大杯子，她不时地喝上一口，很珍惜的样子，跟喝春药似的。她半坐半卧地待在那里，眼神疲惫，脸色不善，我高兴地发现，她并不总是很美。在我这个年龄，我们讨厌尽善尽美的东西，因为尽善尽美正是世界残酷的标志。

“烦死了。”她说。

她深深叹了一口气，噘了噘嘴，做了个怪样子。

“你啊，你可得让我高兴，听见了吗？你认识弗雷德里克，你看见过他和我在一起。可他比生活本身还让人厌烦。他来看我，他说啊，说啊……我讨厌长篇大论，讨厌那些大字眼！我没那么复杂。”

我答话的时候，故意用错一个德文字，权当我的机智。她笑了，站起来。她抓住我一把头发，使劲拽：

“好，很好。”

她出去了，叫我待在那里别动。我用崇敬的目光打量着这间奢华但乱糟糟的屋子，有相片镜框，有丝质连衣裙，有鞋，到处都是首饰。一分钟以后，她回来了，挥动着一把大烫发钳子。

“现在，”她说，“我给你烫发。”

我站起来，气得脸都红了。

“听着，我不是三岁的孩子，也不是一只小狗……”

“你闭嘴行不行？”她说，一副不可冒犯的样子，“你得听我的。你来这儿是为了让我高兴的，明白吗？”

我还想说什么，可她已经向我扑过来，跺着脚，抓住我的衬衫领子，把我摔到一把摇椅上，我愣在那里。

“我怎么这么倒霉啊！”她带着哭腔说，一边把那把大火钳子在我眼前晃了晃，“我孤身一人，没有人来宽慰我。只有这么个小伙子，还不愿意我碰他，真讨厌！”

不过，她还是抓住我的卷发，烫起来。就这样，一边抱怨，一边折磨我，她总算高兴了。我一动不动，两只手放在制服裤子上。我为这裤子感到惭愧，因为，有一天我犯懒，让卡尔·马克思把裤线缝了缝，他就像那些干事马虎的大兵一样，活儿干得太糙。除了这个细节，我自我感觉都挺好，因为，在给我烫头发的时候，她还拍着我脸蛋儿，说了几句我觉得很温柔的话讨好我。

“宝贝儿，”她说，“漂亮的小伙子，再耐心点儿，咱们会美得像个明星。”

最后，她允许我站起来了。我急步走向镜子。啊！我差点儿瘫在地上。我的样子可怕极了。

“等一会儿，”她说，声音像银铃似的，“待会儿我把那些卷发夹子拿掉，你就漂亮啦！会比你从前漂亮得多。”

我懊恼。她走过来，用手托着我下巴，问我，我想不想让她觉得我好看。我胆怯了，笑了笑。为了安慰我，她允许我翻看照片。照片上的人很多都是德国军官，一个大个子金发上尉照片最多，有站在坦克车上照的，有骑着摩托车照的，有靠着大炮照的。另一些照片是伊莎贝拉的，穿着各式裙子，在不同时段的阳光下拍的。在早些年的照片上，她显得野，显得阴郁。我问她，照片上站在她旁边的那些人叫什么。我问两句她答一句。总是说“这和我没关系”。我翻唱片，把一张唱片往留声机上放时，她从我手里把唱片夺了过去。那是一张《希特勒颂》，她的解释很简单：

“这不是给你听的。”

我放莫扎特和瓦格纳。这是两个卓越的音乐家，不过我有些伤感。确实，有好多东西都不是给我预备的。她什么都猜得出来，真不可思议，因为此刻她正跪在那叠唱片前，帮我找我喜欢的。

“你眼圈黑了，”她说，“我敢打赌，昨天夜里你干了下流事。你跟谁干的？”

我也凑趣地说：

“和一个德国女人。”

“这么说有不少不怎么样的德国女人献身给法国人了？真可耻！我希望至少她们是要钱的，是图利才这么干的，是不是？”

我说“是”，于是她跟我要钱。这真荒唐，因为她有钱，她是为了好玩，可我，我需要这些钱。

“你不怎么阔，”她说，“没关系，我留这些钱做纪念。”

然后，她请我转过身去。她脱掉那件深色睡袍，换上一件宽大的绿、白、灰道印花棉布连衣裙。这件连衣裙漂亮、欢快，不过我可惨啦，因为她这么穿戴的时候会更不许我吻她。我嘴角上挂着微笑，心里怀着英勇的决心，洋溢着浪漫情感，请她允许我给她看手相。她带着不曾有过的兴趣看了我一阵，然后坐到我身旁，对我说：

“你会看手相？你会吗？你太小了。至少，别说伤心的事。不，还是说吧！可能挺好玩的。可你要是撒谎，我自然有一天会知道的，那时我可饶不了你。”

我被自己的大胆弄得惊慌失措，豁出去了。很明显，巫师的话我连一句也不会说，我只是想紧靠着她，离得近近地看她，哪怕完了事羞死了呢！死……这倒是个好主意。我假装在思考，然后低声说：

“一年里头您就得死。”

这时，她叫喊起来：

"别跟我说这个。我不许您跟我说这个！"

她把手藏到背后，她和我以您相称，她鄙视我。我保卫着这段短暂生活，它连灰也没留下，尸体是那么干净。接着，被自己的残忍震惊、被害怕失去她的痛苦弄糊涂了的我，请求她不要死，对她发誓发愿地说我爱她。

"我们都是白痴，"她说，"这一切没有任何意义。你看我多大了？"

"二十五岁，您也就二十五岁。"

"对，二十五岁。还不太老……但我常常觉得自己老了。你看：我下午睡觉，很晚才醒，我整夜地看书、抽烟，我有时用酒把自己灌醉——或者听些被禁的唱片。"

"你根本不老，你还是个小姑娘呢！"

这是我头一次斗胆用你称呼她。她耸了耸肩，甩了甩她那一头黑发。

"有国，有家，有房子，挺烦人的……你永远清静不下来。要是您听到我那个笨蛋小叔子说的话……"

她把手从我额头上拿开，往后一仰，躺了下去。有人敲门。进来的是个大高个儿，一头棕发，穿着猎装，是弗雷德里克。我忘了头发还卷着呢，跟他含含糊糊地说了几句话。伊莎贝拉看着我笑。最后，还是她替我解了围。

"您知道，弗雷迪，装甲兵最初都是匈牙利人，他们的血管里大概有茨冈人[①]的血，因为，甚至到今天，他们还能给人算命呢！"

---

① 茨冈人，遍及世界各地的流荡民族。西欧人称其为吉卜赛人，东欧人和意大利人称其为茨冈人。

我道歉，想走。那个德国人冷冷地说，不能让我就这个样子跑出去。我女友跑去拿了一把梳子，把我的卷发梳直，还问她小叔子，是不是觉得我这样子很迷人。他嘟囔了几句，我不知说的是什么，他跟我握手，把我手指攥得生疼。像每次一样，在我觉得自己太软弱的时候，我就梦想着桑代这头壮牛在我身后，给我报仇。哎，可惜他不在。我出来了，心里感到耻辱。整个晚上，一想到她刚才在一个异想天开的棕发外国佬面前羞辱法国士兵，我就讨厌她。

当晚，我上楼去睡觉的时候，碰到了上校。

“怎么样，小家伙，”他说，“夜里要是不睡觉，你会感到疲乏的。你干什么去了？我敢打赌，你一定又去啃书本了。你看的是什么书呀？说说看。”

这是个骨瘦如柴的大个子，真不可思议，每做一个动作，影子都晃来晃去。他穿着一件浅色室内便袍，宽宽大大，已经有了补丁。

“我没看书，上校，我向您保证。”

“这么说，你有女朋友了，是不是？你用不着害怕。一个真正的士兵是不会因为有女朋友而丢面子的。至于说到书……等着看吧！你可是个知识分子。你知道一个叫……沃夫纳格[①]的吗？”

他费劲地读着手里拿着的那本书上的名字。这名字对我不陌生。我信口开河，说了些沃夫纳格的事。

“完全不是这么回事，”上校说，气呼呼地，他说话发音不准，“你的沃夫纳格是个小无赖。对，是个小无赖！哈哈！”

他开了个玩笑，好像气消了点。他把手搭在我肩膀上。

“你吻了女友几次了？”

---

① 沃夫纳格（1715—1747），法国伦理学家、散文家。

这个上校讨人嫌。他和福尔雅克不一样，虽然福尔雅克也会提类似的问题。

“连着吻五次？六次？小家伙，得好好干，法兰西的威望可就在你们这些当兵的嘴头子上了。我不跟你多说了。晚安。”

这话让我心神不定。我赶快去睡觉，好不再想这件事。这个时期留给我的其他记忆是：

一块印度披肩。一条红绿两色腰带。一把德国国防军用的匕首，留在面颊上的黝黑卷发，喝了朗姆酒以后的可怕眼神。我像个阿尔巴尼亚强盗。我的头巾像个南瓜。我看了一眼我的女俘。在认识她之前，真想不到我会把她想象成一个面色苍白的女间谍，一个叼着长长的烟嘴的外国女人，腿和烟嘴一样长！我问她一件长久以来一直折磨着我的事：

“那次我来看您，您使劲吻我的时候，您确实是想要我吗？还是只想像通常那样发发疯呢？”

她把头偏向左边，又偏向右边，说：

“噢，我不知道。都混在一起了。你当时很迷人。”

她叹了口气：

“要是我有耐心，有理智，我本来可以等，等着认识你。可那又何必呢？人还不都这样，匆匆忙忙就把日子打发了。”

“要是我剩一只胳膊或是得了麻风病，您还会爱我吗？”

“啊，不！”她说，气鼓鼓的。

“这么说，我的胳膊比我的个性更重要了？可是，您说过我笨，说过我不会做爱……”

“可你没有个性，小疯子。这就是你的魅力所在。”

我心想：这不是理由……女人能性感！因为没有任何理由对她

隐瞒任何事情，我接着又大声对她说：

“这不是理由，老女人也能很性感！”

她恼了。我应该向她解释。二十五岁，不年轻了。可是我，再过两年，再过三年，我还会很爱她。我把头放在她腿上。我很自在。我喜爱她的腿。她身上的东西，没有什么像腿这么让我喜爱的了。我觉得自己面前是一条河，我可以沿河而上，找不到头。可是不，我碰到了一个小池塘，这个池塘就是她的肚子，我用脸贴着她蹭来蹭去。我重复着她的名字：伊莎贝拉，伊莎贝拉，像在吃水果一样。我咬了她一下。她抓住我的头发，把我拉到她脸上，吻我。

多怪的女人啊！有的时候，她待在角落里，满脸倦容，毫无风度，她哭，或者赶我走，不听我说话。这时我就请她借一本书给我，蜷缩到她脚下。我通常都是看一些难于理解的冒险故事，血淋淋的，故事的主人公都是些野蛮人，能立即让我佩服得五体投地。这样，我的德语有了些进步，而我就待在她身边。有一天，她要起身，两眼炯炯有神，对我说：别动。我在门口一动不动的时候，她慢慢地脱起衣服来，嘴里不断地重复着：我爱你，我爱你，我爱你，我爱你……她强迫我穿着制服，在我要她的时候，她吻我的蓝色橄榄帽，而且偏爱地把我叫作“我的装甲兵”。还有一天，她和我钻在被窝里，脸对着脸，因为热，脸都是红红的，她问了我一大堆属于隐私的事：我是不是有过情妇，我对爱情是怎么想的，我对她的身体、她的眼睛和她的嘴的看法如何，以及许多离奇的事。能证明她还是个乖孩子的是，她向我提这些问题的时候，需要把自己藏起来。我呢，没有被窝和伊莎贝拉的热吻，我会什么也答不出来。

大约到了五月底，她把托付给她嫂嫂的两条狗接回来了。这是个长长的下午。我们四个到树林里去散步。我们碰到几个法国人。

他们都朝我们投来惊奇的目光。我好像一个驯兽师，带着一头对他们来说过于光彩夺目的野兽：这头野兽好像成了他的主人。

事实上，我身上一点驯兽师的素质也没有，因为我女友的那两条丹麦狗让我怕得要死。费芒迪迪埃上校的几条狗就已经够我受的了。在我和上校的狗之间，是一场长期的战争。我往狗食里倒墨水，往狗头上扔点着了的火柴盒。而这些狗，就在楼梯上追我，要是它们不叫唤，也许会经常把我咬伤。但狗的叫声引来了福尔雅克或韦里泰。他们解救了我，同时摆出一副伪君子的面孔埋怨我。伊莎贝拉这两条大狗的到来，对我来说，是件雪上加霜的事，就像意大利在一九四〇年那些不祥的日子里参战一样。

情妇用美貌来安慰我。树林于她有益，和她那放纵而又奢华的举止完全合拍。她身上紧紧裹着一件大衣，大翻领，袖口外翻。大衣是白色的，或者照人们说的那样，是那种近乎无色的米灰色的。这个神秘的词，说的时候让人心动。因为，这一点不是我一个人发现的，在德文里只说：灰。说灰的，太粗暴。我这个温柔爱哭的伊莎贝拉，竟然被粗暴的东西裹着，想来可笑。她跟我说到俄国人。她差点儿就没逃过他们，因为她曾到过波兰的布雷斯劳，希望在那里能看到她丈夫。她在那里看到过一个团的蒙古兵排着队从市里经过。这些混蛋现在到处都是，傻呵呵的，像个胜利者，趾高气扬，而我还不到二十岁！

我们很快就回来了。这是个星期天。这一夜我将躺在她怀里度过。她让我怎么着我就怎么着，我高兴这样。(孩子不在乎他们给人的吻：他们的心只为他们接受的人而跳动。）这是个我永远也忘不了的星期天：天空是灰白色的，有一股臭味，布满絮状云团。天气实际上不冷，几乎可以说像九月天。她面带嘲笑，又一脸正经，像个大个子金发女教师，拍着两手，说："假期结束了。"假期还没结束。灾难却真要开始了。有偶发的事故，有开小差的，有军官们的恐慌，有巴黎来的命令，所有这一切，一下子就有了一种末日的色彩，因此我们……不过，这还是个空隙，我们一同在幸福里打滚。她的身体洁白、匀称。我想吻遍她全身，一寸一寸地吻。她就让我那么吻，两眼闭着。她说话的声音是单调的：

"我不相信，这不可能，怎么能想象，在一九四六年，一个小小的装甲兵就能填满我的生活呢？有时我害怕，对你感到有罪。你甚至连你将要到哪儿去都不知道。因为有太多的不安全感，你闭上了眼睛。"

因为我笑，她斥责我：

"您应该害怕，我把话说在这儿，小伙子，我依恋你，但我不能强制您面对现实：这是我的不幸。您就自求多福吧！"

我不让她再说下去。我气得要命。"自求多福，像个男人那样，拿出点儿自尊心来！"真他妈滑稽！我不相信这一套，我永远也不会相信这一套！别的人已经让我感到够受的了。好像他们还有五十年好活似的。五十年，这至少能让他们活五十次。我呢，我就玩一回。我不喜欢等待。我讨厌重新开始。我跟她说这些的时候，不断地抚摸着她的大腿。我想起了桑代的一句话，他说，只要抚摸女人的大腿，就能让她们听你的。果然，她在笑着听我说。我利用这个机会，来了点儿罗曼蒂克：

"您不觉得吗？有一种无人的地方，我们期待着，同时带着信心、遗憾、希望，还有平静，那为什么不能带着愤怒呢？……我们可能在经历一个不可替代的时代。我们在泥淖中跋涉，但只要喜欢雨就够了。您笑什么？"

“这挺有意思。一个法国小伙子，满脑子想法，干什么都不犹豫，好像永远不会老似的。”

“噢，”我对她说，一边握着她的手，在她手上亲吻着，“我向您发誓，我不会活到二十岁。”

“这不可能。用不着害怕。过一段时间，您就会变得严肃，有决心，会怜惜自己。”

这回轮到我笑了。这一切都与装甲兵的方式不合。装甲兵是不重感情的。“这是些了不起的小伙子，”我对她说，“遗憾的是，他们是我们的敌人。”我们把床拉到窗子旁边。要是有星星，该是满天星斗了。我们回来以后，我已经爱了伊莎贝拉四五次了。我心里有些空，柔情蜜意取代了激情，这很好。我眼前出现了过莱茵河时的同伴。他们以一副征服者的派头，跨过桥梁，登上装甲车，车长们高高举起双手，空中交织着烟火，桑代满脸心不在焉地待在我身旁。现在，我身旁是另一张脸的侧影，温和，恬淡。我吻她温柔的双唇。她是个了不起的基督徒，她不再说话，睁着眼幻想。但是，她可能在伤心。我身上没有什么很有意思的东西。我的年龄，我读的那点儿书，都不能吸引她。她为什么想要我呢？怜悯，或者就是为了玩玩？我也不要求更多的东西，再好了我也不配。

“伊莎贝拉。”我低声叫她。

她没回头。我很认真地说着话，因为我是真诚的，我用的词不怎么让我高兴：

“伊莎贝拉，您和圣-安纳在一起感到厌烦了。您对他了如指掌。没有把握说这是个好情人。您运气不好，别的装甲兵比我好多了。我有一些朋友，都是世界上最风雅的人物。”

我知道我要说他了。我无法阻止自己说他。到现在为止，我还没提起过他，因为关于她，他还什么都不知道。

“我经常做梦，梦见您和一个真正的男人走了。不是个懦弱的人，也不是个姑娘……比如说，如果您认识我那个最好的朋友，您一秒钟也不会犹豫，而我也不会抵抗。我会觉得这很正当。他救过我两次命。他也痛打过我一次，让我在诊所里整整躺了一个礼拜。他粗暴，但有主见。您知道，他会让您高兴的。”

“如此说来，得把他的名字告诉我。”

“他叫弗朗索瓦，和我的名字一样。弗朗索瓦·桑代。”

就像幕落下来时一样，她开始笑，她欠起身，吻我，仍然笑着，接着强使我趴到她身上，强使我要她，她一直不停地笑，接着又叫。也许，我变成了一个不坏的情人。她的侧影恢复了平静。她立即睡着了。

过了一会儿，我们醒了。屋里月光如水，冷了。我们起身，到隔壁屋子里去睡觉，那里有一张新床。我们手拉着手。我们现在到了她房里的大镜子前面，我往镜子里看了看，里面有两张阴郁而美丽的脸，这两张脸我都一样爱；两张脸面对面，样子像很幸福。我欣赏那背景，我们身后是些家具，那些家具在微微颤动，似乎在说：这就是生活。我一只胳膊一直搂着她脖子，大腿贴着她大腿。我们不必接吻，因为我要看不见那些家具了，对什么也就都没有了把握。我们从镜子里消失了。不管怎么说，在这一边的是生活。

弗雷德里克

我全身心投入地弹了一曲《希特勒颂》，刚一弹完，科希教授就宣布：

“我不理解弗雷德里克。德意志是个骄傲热情的民族，但是这些歌不成功。最好是把这些歌忘掉，学点儿别的。”

丽达朝我笑了笑，说：

“弗雷德里克只看得见一样东西。敌人禁止的东西：这些东西触动他的心弦。”

“我说的就是这个，”教授又说，“弗雷德里克心太重。”

他们都在谈论我，品评我，琢磨我，好像他们有这个权利似的，好像我不是总想着造反，而他们不是没落、忧郁而主张放弃的怀疑论者似的。

“咱们别争论了，”黑尔斯克伦老夫人说，“所有这一切，都没有什么意义。我们占领法国的时候，法国人也有他们自己的歌。我知道，赫伯特尽情地嘲笑过那些歌曲。‘我不得不处罚他们，’他说，‘因为他们唱错了。’总之，那是从真正的艺术方面考虑的。我得给你们念念赫伯特写来的信。对他来说，词的准确永远不会破坏思想的提升。他办事有效率，富于幻想，是个完美的德国人。可是，赢得战争的是大炮。”

“这是仇恨！”我用尽全力大声喊着。

我是个男子汉，我瞧不起他们。他们沉浸在麻木之中，什么都忘了，说一些毫无意义的话，这让我恶心。啊，复仇，自由地复仇，让敌人在神圣的土地上血流成河！科希教授宣布：

“一九四六年会好起来的。现在，灾难已经过去，我们要坚定地向前进。”

“请别走得太快，别走得太快，”丽达笑着说，“您会把我们引向新的灾难的。”

她也让我恨，我恨她的笑。她怎么就不知道德国人不能再笑了呢？为什么就不明白，灾难能拯救德意志？到我们聚积起更多可怕的失败的那一天，世界整个聚集到一起了，到那个时候，我们就会东山再起，就会比任何时候都好，他们就会看到我们的心是怎么长的，我们就会成为主人，他们就会惶恐地跟在我们后边，在尘土中敬畏地吻我们的皮靴留下的脚印。教授在继续吹嘘我们的工业。“黑点，这是出生率。从这方面看，那么多人被俘就让我们感到人手不足了。”

“得让占领者干点什么，”丽达再次笑着说，“法国人喜欢让自己有用。”

我看着她，心里感到更加厌恶，这种感觉很好，因为是新产生的。我一语不发，沉浸在巨大的忧伤之中，我的心是荒凉的。她看出来了，拉起我的胳膊。我们朝窗子走去。她打开窗子，外面是灌木丛和雪地。噢，眼前一望无际的美景，对虔诚的人是一种永恒的宁静和安慰！

“可怜的疯子，”她对我说，“就好像我不爱那些像您一样善良和壮实的德国人似的。我非常爱他们。可是您看看，他们什么都失去了。那就让温柔的女人们来收拾残局吧！”

我们又回到客人中间。我的哥哥、她的丈夫，还在俄国人手里，被俘的屈辱，是卑劣的酷刑，因为，当奴隶成为主人的时候，是最黑暗的时候，人不可能长期承受。

这个丽达是个什么样的人啊？一个软弱而讨厌的年轻女人，她不晓得睁开眼去看看德意志身上的脓肿，不晓得把手放到德意志的脓血中去感受那股正在深渊里咆哮的力量！她想装成一副无辜的样子。她在连衣裙、书本和最有害的琐事中打发日子。她只会笑，哭，睡觉。但是，没有快乐的笑，没有痛苦的泪，不困倦而去睡，是无所事事的表现，是在无聊地打发日子，是充满恐惧的安宁，而她就躲在这里面。

还有另一些打算滋润着我的心田。唉，我们没有经历俄国人的统治，我们是在胆怯的莱茵地区和法国人打交道，法国人的胜利是偷来的，却没有什么东西让他们因此而感到耻辱。然而，这里或那里，黑暗中已经有人振臂高呼，眼睛在黑夜里放光，我已经把参与谋反的第一批人集合起来。有几个狂热分子让我放心，他们心地纯正，行动致命。这些人中有弗兰茨，有达尔蒙，有劳滕巴赫。更重要的是有法国人，保安队队员浮躁，已经命中注定一无所有；他们意识到了这一点，迫不及待地拿起了武器。这是一些绝望的人，是那类不祥的、常常使历史河流变红的人。一个叫贝斯的，脸上挂着外国佬那种不怀好意的嘲笑，但他也有采取行动的火气。法国人演习的时候，他在农场被擒，终于逃脱，代价是他同伴的死。德国人可能不会这么做。德国人只知道分担痛苦，在应当死的时候，在他们的人中间去死。贝斯在地球上只有一个作用了，即像马厩总监那样，像魔鬼那样，为我们服务。

另一个保安队员，叫拉涅尔，是从地中海那些沉睡着的省份来的，在那些地方，没有国家民族的概念，那些省只是身不由己地被时代的潮流带着走。拉涅尔带着惊愕和顺从在绝望的路上走着。但是，他软弱而空虚的灵魂，我们可以指望，因为，仇恨在选择对象时不挑三拣四，它从很远的地方发现了这些对象，就扑过去，吞下他们的心。

元旦那天，丽达对我说了她生活条件的恶劣，如今，过去很长时间了。花儿又带着骗人的欢笑开了。我急于和我这位嫂嫂再进行一次具有决定性意义的谈话，迫使她在她的上帝和我的上帝之间做出抉择。但我拖延着，因为我知道她温和、懒散，远离恶，一如她远离真。不过，有一天来了个敌人的装甲兵，穿着蓝色上衣，年纪轻轻，一副桀骜不驯的派头。我满脸惶惑地看了她一眼。

“您脸色这么苍白，”她说，“如今您也怕起法国人来了？”

我像一个刚刚全副武装起来的骑士，眼里是挑战的目光。

“您对敌人太容忍了，丽达，容忍得过分了，大家都在说……”

她用让人讨厌的柔声细语回答我：

“您太夸张了，我的小弗雷德里克，您是我小叔子，我还没有把家人和仆人等同看待。所以，永远别再说‘大家都在说’这样的话。当然，我喜欢法国人。他们的脸是严肃的。我也喜欢您的浪漫主义。”

我一动不动地待在那里，心里十分激动。她继续说着：

“别生气。这一次，说话的是我。是的，我觉得您在睡觉之前看《告德意志民族书》看得太多了，这对您没一点好处。”

“丽达！”我叫起来，“您这么跟我说话，是为了考验我还是想断送我？您是什么意思？您还想着我，因为您还想着我的痛苦。”

她走近我，我看到，她苗条的身材上包含着世上所有无聊的东西，是的，她所有的不正当行为都掌握在我手里。但我不能采取行动，我不能。她摇动着浓密的黑发，黑发中间是她那张脸。她闭起双眼。

“我知道什么是‘大家都在说’，”她轻声地说，“有人说我在接待法国人。您刚才甚至还看见了一个，一个最小又最可笑的。啊，要是我爱他，那就太可笑了，那也太可怕了。他会成为我整个的一生。我到巴尔克豪森夫人那里去，也就不是为了买东西，而是为了吻吻那些孩子，在孩子们的脸蛋儿上寻找他的唇印，因为他吻过他们。不就是这样吗？连我对您讲述这一切，也只是为了再说一次装甲兵这个温柔的名字。”

她轻轻摇了摇头，睁开眼，看着我那张喘息的脸，接着说：

“不幸的是，这不是真的。我甚至没有这份闲情逸致。您呢，弗雷德里克？您生活里拿什么当消遣？”

我没回答她。我带着憎恶和绝望看着她，站在这么一个行为不端的女人面前，我非常反感，觉得血往上涌，在怒火烧得我们太阳穴胀痛时，她竟会去幻想这样一些可耻的乱七八糟的东西。行动在等待着我们，我当天晚上就要跟法国人贝斯和拉涅尔一起行动。第一次有组织的叛乱行动将在几百米以外的铁道线上进行。这就是我的回答和宿命：把伟大的日耳曼灵魂放在一个被切开的咽喉里，咽喉的血一直要流到那个时代到来。

拉涅尔

就这样，我们进了第二间屋子。屋里有一张油漆的办公桌。他说话拿腔拿调。他说了，是不是，我想，干掉几个美国佬会让你们高兴。他说：美国佬。在你们那里的是他们，他们搞你们的女人，把你们的孩子抱在膝盖上玩。这时贝斯说话了，照这么说，用不着搞得那么有诗意。我不知道他干吗要这么说。他说，要折磨他们，但这么做的理由只和我们有关。我们拿了塑料炸弹。他还跟我们说，用不着去侦察。多冒一次险没用。他终究是位绅士，能看出来，他受过教育。我不高兴，完全是为了这个教育问题。贝斯正接着说呢，说不能用机关枪扫他们，非常遗憾，因为以前在波尔多的时候，进到车站之前，游击队先袭击他们的火车。他甚至犯了个错误，说了一句不该说的话，他说："幸好，挨打的是德国鬼子。您别不高兴，面临危险的还有好多弟兄呢！"他本来应好好想想，是不是，这位先生是个德国人。说到底，我们是在德国。另外，他本该说："这是些德国人"，而不是什么"这是些德国鬼子"。况且，贝斯，我越来越不理解他了。当我们把塑料炸弹放在铁轨上的时候，是不是，他笑着高声招呼我。玩游击队这一套让他高兴，他是这么说的，把美国佬或德国佬炸上天，都一样。可我，我苦恼地想着，我宁可待在法国，待在治安部队里。贝斯接着说：

“等等。这中间的问题是，你想啊，人家会报复的。人家会在各处枪毙你的人质。在德国，有本堂神甫，有市长……有不少可以当靶子的活蹦乱跳的肉（这一点，我觉得他不该这么说，这不合适）。那好，设想一下最好的情况：美国人被烧焦，德国人倒了点儿霉，只有法国人逃了出去！了不起！机会让人吃惊！绷带十分奇妙。拉涅尔，你他妈的想笑吗？你是待在一个选好的景里。你在为新欧洲而战，你是个勇敢的小伙子，就像招贴画上画的那些小伙子一样。笑吧，妈的，笑吧，要不然就用武力把你清除出去！蜀葵根！瓦尔达糖片！想想所有那些就要去天堂镀金的美国人吧……因为，不要害怕，天堂，这还是为他们准备的！有姑娘，还有黑人音乐呢！”

我不想笑。我没心思笑。首先，这个贝斯，他没来由地凶。话都白说了。他说，在上次那场战争里，他妈妈行为不端，是不是，总之，她和一个苏格兰人睡过觉，而那个时候她丈夫正在前线拼命。可是，这并不能证明什么。或者，不如说，这说明贝斯的妈妈不是个严肃的人。说起这个来，我可真难受，因为我老婆，是不是？活干完了。我们爬上那座小丘。话说回来，美国人也是人，和别人一样。我们不该把美国人说成美洲人，因为在美洲还有巴西人，阿根廷人，加拿大人（他们坚定地支持贝当元帅），说到底，我们只和北美打仗。这时候，火车爆炸了。那个棕发大个子年轻人该高兴了，因为着起火来了，爆炸声听得很清楚。说到底，就这么一下子把火车给炸了，有点蠢。这又是好几个钟头的活儿，最后，还有个运输问题，是不是……

我们去睡觉了。我感到有点伤心，排遣不开，这种感觉，自从我老婆把我扔了以后，从来没离开过我。从另一个意义上说，就像某个人向我说的那样，要是她留下来不走，我就不会离开药店，也就没工夫去管那些爱国不爱国的事。

第二天，我听到他们又重新开始了。胡夏因喊：“贝斯？”贝斯是这么说的：“干吗？”这时胡夏因又这么说：“贝斯，你是个傻蛋。”贝斯说：“你真逗。这就是和你在一起的好处，不会有不高兴的时候，就是人家当着你面强奸你老婆，你嘴上也离不开俏皮话。真的，就根据你这张嘴来判断，你那个老妈应该没什么吻头。敢动她嘴的，得是个可怕的汉子。卡尔梅克人[①]和克罗地亚人也许行。和卡尔梅克人在一起，你兴许能走运。”

“你不会笑，”胡夏因说，“你就会胡吣。”

“不，我是不会笑，”贝斯说，“可是，床，是神圣的。不能把一个人从床上拉起来，就为了告诉他，他是个笨蛋。用不着跟生活较劲，我们已经把最有意思的东西找到。床，是我自个儿的小天堂。”

接着，他起床，外出打听消息去了。我觉得他不该那样谈论女性。尊敬女性，这是文明的根本。另外，干吗要唠叨个没完，说什么上帝和天堂啊？我希望有人告诉过他，说到底，上帝是不存在的。很明显，天堂也一样，是不是，没有哪部作品证实过天堂的存在。作家从来不提天堂，卡米尔·弗拉马里翁[②]没提，别的人也没提过。他们没有说天堂的好话，因为对于天堂，他们压根连提都没提。

我收拾屋子。他们俩那叫脏，真得干一阵儿呢！不过，在生活里，干活比吃喝要紧。扫地，收拾床铺，各个角落都擦擦，这些活儿我爱干。贝斯终于回来了，但他一句话不说。跟那天他把卡尔德

---

① 卡尔梅克人，主要指居住在俄罗斯卡尔梅克共和国的蒙古民族。

② 卡米尔·弗拉马里翁（1842—1925），法国天文学家，曾写过许多普及性读物。

纳沃丢在农场自己跑回来的时候完全一样。胡夏因是这么说的：

“他又不说话了。兴许他在那堆死尸里认出吻他老妈的那个家伙了。他心里一下子不自在起来，起了孝心了。”

“什么农场不农场的，”贝斯就是这么嚷着说的，“那不是美国人，火车里是孩子。全是孩子。是那些被枪毙的人的儿子，他们是来度假的。竖起你的耳朵听着：是来度假的。”

这是些孤儿，是不是，他想说，可能是弄错了，不过我们可是在那位先生规定的时间里好好干了，他不能埋怨我们。不管怎么说，我还是想和贝斯聊聊，是不是，可他像个聋子似的喊叫起来：

“醒醒吧，你们这伙笨蛋！我可是觉得有点儿像中邪了，是些孩子！共产党的种儿，所以不算是孩子，是吗？肯定不算吗？老兄，我觉得自己好像在一座高山顶上。你明白吗？先头还不错，已经看到风景。可现在，到山顶了，尽情享受了大自然！然后，你知道吗？不能再往高处爬，到顶了。没有比这个更卑鄙的了，没盼头儿啦！”

他像个疯子似的看了我们一眼，跑掉了。要是我猜到他为什么跑，我就会把他留住，是不是？不过，真的，我们处境已经十分微妙，得冷静，这是不严肃的，不，照他那样干，是不严肃的。说白了，这对我们大伙是个坏榜样。很明显，这是个意外，让我们恼火。我到现场看了看还剩下什么。火势蔓延，好多孩子被烧，着火的时候总是这个样子。当然，这不是让人高兴的事，可这些不幸的孩子反正已经失去了双亲，如果活下来，也会是一群捣蛋鬼。

桑 代

我对丽达说，她整天钻在书堆里打发日子，简直是发疯。我说得对。她的床边总是堆着一摞书，她看了一本又一本，默不作声。一个故事让她厌烦了，她就停下来，再去看另一个故事。我终于生气了。

“可怜的朋友，您真是有毛病了。首先，读古代作家的书，一点意思也没有。品达罗斯[①]和埃斯库罗斯[②]，在他们那个时代都是了不起的，可现在都被人忘得一干二净了。另外，诗也是不可能老记得住的。我承认，这让人高兴。否则，歌的价值也就完全一样了。艾蒂·比阿夫[③]和玛尔莱娜·戴德丽，比弗雷德里希·荷尔德林[④]或斯蒂芬·格奥尔格[⑤]要好上一千倍。倒是可以再读读阿波利奈尔，因为比较容易懂。还有其他什么人吗？那可太多了。”

她笑了，用赞赏的眼光看着我，我讨厌这种眼光。当然，她不

---

① 品达罗斯（约公元前518—前438），古希腊抒情诗人。

② 埃斯库罗斯（公元前525—前456），古希腊悲剧诗人，被称为悲剧之父。

③ 艾蒂·比阿夫，当代法国女歌唱家。

④ 弗雷德里希·荷尔德林（1770—1843），德国抒情诗人。

⑤ 斯蒂芬·格奥尔格（1868—1933），德国抒情诗人。

认为我的讨厌是真心的。

“我知道。我过去也和您一样。有一个时期，我一天看三本书，《穴居人的故事》，儒昂多或皮埃尔·伯努瓦的作品都看，我觉得他们都是重要作家。当时我十四岁，是个可以原谅的年龄。这一切对我都已经成为过去。我现在还看很多书，读书很愉快，但和过去已经完全不是一回事。小说完全是胡说八道，如果您想解闷，追着球跑，像奥弗涅人[①]建议的那样，和打网球是一样的。您要是想打发日子，我承认，有些有意思的小说，但是不多，我都知道。大仲马、狄更斯、马塞尔·埃梅[②]和伊夫林·沃[③]，人数不多，但其中没有一个德国人。要是您像俗话说的那样，对真人真事感兴趣，您就去读回忆录。回忆录不胡说八道，说的都是有意思的事件。但您得承认，知道人世间有过拿破仑、卢瓦侯爵和腓力二世[④]这样一些活生生的大人物以后，再为一些叫维特或于连·索黑尔[⑤]的人去伤脑筋，是愚蠢的。哲学也不错。不幸的是，哲学就像俄罗斯：到处是沼泽，而且经常受德国人的侵略。历史倒真是个好东西。读了历史，你可以活着而不觉得自己可笑。啊，我不长篇大论地来对您赞扬生活了。不过，说到底，在不装傻的前提下，世上最简单不过的事，是不去自寻烦恼。我渴了。把杜松子酒递给我。”

我就是说上两天两夜，她也无法更理解我。她一劳永逸地打开了一个叫“悖论”的大抽屉，把我说的一半话都装到里边去了。当

---

① 奥弗涅，法国中部一地区。

② 马塞尔·埃梅（1902—1967），法国小说家。

③ 伊夫林·沃（1903—1966），英国优秀讽刺小说家。

④ 腓力二世（公元前359—前336），古代马其顿国王，亚历山大大帝之父。

⑤ 维特，歌德的《少年维特之烦恼》的主人公；于连·索黑尔，司汤达的《红与黑》中的主人公。

然，这是我在她面前说的仅有的一些真诚的话。她带着女人或者说日耳曼式的天生自信，又贪婪地扑到别的书上去了。

冒险，这个字有意思。我一头扎进过去的故事里，并非无缘无故。冒险引人入胜，也和我这样血气方刚又心地善良的大小伙子相配。这中间没有一点痛苦的东西，不像习惯，习惯是痛苦的。但是，我其实根本不知道什么是冒险，这一点，要等再次见到贝斯以后，我才明白，才不再夸夸其谈，因为吃惊，或者是因为害怕。

那次演习，我在那个倒霉农场里差点杀死一个可怜的朋友，从那以后，我一直坐卧不安。可能是运气帮助了我，因为他们把我一个人留在那里，我把他救了。我因此干掉了另外那个保安队员，那家伙根本不明白是怎么回事，带着牺牲者的狂热扑到我身上。那个人我不认识，不过，他参加那次行动，一定就是为了在肚子上挨几枪，我是这么想的，不然又是为什么呢？贝斯只来得及对我小声说：“在树林里，在赖斯瓦尔德小屋旁边。”说完他就跳窗子跑了，我朝最高的树枝打了几枪。

我在树林子里溜达，心里不安，七上八下，为的就是这个。我等了一个礼拜，终于找到了他。在农场的烟气里，我没认清他，但这就是他，因为那天的悲剧还一直让他满脸哀伤。现在，我难过地看着他这副可怜神态，看着他窄小的肩膀，心想：他属于那个古老的可怜族类，在这类人中，自古以来就不断地出刽子手和受难者，而法利赛人[①]则搓着两只手，撇着嘴骄傲地宣称，这事干得好，但与他们毫不相干。

贝斯让我想起凡尔赛兵营的种种往事，想起我那些愚蠢的阴谋，

---

① 法利赛人，古代犹太教一个派别的成员，《圣经》中将他们描述为言行不一的伪善者。

路易丝亚娜的面孔，以及一些我说不清道不明的东西。他不想认我。他责备我，说我参加了由听话的孩子组成的军队，像我们师里那些穿本色哔叽的士兵一样，干干净净，快快活活。他恨不得把我杀死，他不停地说一些让我震惊的话："这不是算账，而是一桩仇杀。"我笑了笑。看来他没变。他开始说，谁也不能理解他，接着他对那天的事做了解释。对这个满脑子浪漫想法的大个子，我不得不用一种有意思的方式，肮脏的方式，述说我的经历，不然他不会相信。对于弱者，为什么总是粗鲁和丑恶才显得更真实呢？

"我放你走，并不是救你一命。我保住了自己的命。要是人家把你抓住，你什么都会说的，因为你讨厌冷水，你会想，他们跟别人一样，用过这种手段。不过，你那个拳打得很好的伙伴不能和我言归于好了，那就算他倒霉吧！"

他摇了摇头，说：

"啊，卡尔德纳沃……他原是牙科医校的学生。他参加到我们这里来是为了复辟西方帝国，可他甚至连个帝位候选人都不是。一个无私的人。"

这时，我利用他不留神的机会下了他的枪，然后，我用最和蔼可亲的语调说：

"你过于冲动。我注意过，平日里，你干的事并不都是你非常想干的，要是你真在没想开枪的时候给我一枪……"

我笑了。我忽然想到，世上没有人只是为了不朽才去干一件事的。我想象着，死了以后，我们每个人都变成上千个人，这些新的、相像的生物，被关在同一间屋子里，不停地重复着我们活着的时候做过的动作。这混杂的一群，就像一支组织得不好的乐队，弄出一片嘈杂的声音，令我们感到羞愧，但我们无力做任何改变……我非常喜欢贝斯这小伙伴，我知道他内向。他很可能为了那件事就把我杀死。

我们走进小茅屋。有荆棘丛的味道，这味道令人不自在，偏西的太阳光在慢慢移动，腐臭，稻草味儿，一种食肉动物的陈旧味道：就像一群野兽刚刚在这里盘踞过一年一样，一种不再被遵守、仅以其自身存在进行着报复的无情法则……贝斯问我为什么在土伦离开他们，为什么后来又待在法国。是想冒险吗？我说："可能是，可能是……啊，法国历史里没有冒险：巴亚尔[①]在桥上，或波拿巴在阿尔科勒[②]……我们的同胞喜欢在桥上大摇大摆地走，挺吓人的……"他想了想，然后对我说：

"经过这几年的风风雨雨，小老弟，我觉得冒的险比过去少了。好像也没见什么人真正冒过险。你知道：冒险……完蛋。不，在受刑的时候，如果不招供，是找到了相信自己的理由；如果招了供，是找到了相信生活的理由。多数人都是这样。招与不招，他们都心安理得，一群坏蛋！多么无耻！这就算尽了义务了……如果重新来过，他们还会毫不犹豫地站到第一排……这是一群肮脏的英雄！我了解他们，你知道，我老爸就是其中的一个。他是个受过褒奖的人，达达尼尔战役[③]，凡尔登战役，他都没错过。身上伤痕累累，胸前挂满勋章。身板并不硬朗。中过毒气，得过传染病。有些朋友也是这类货色。晚上，打扑克，谈政治。白里安[④]这流氓……可是，说到普

---

① 巴亚尔（1473—1524），法国历史上著名的战斗英雄，在路易十二时代曾身经百战。

② 阿尔科勒，意大利一城镇，一七九六年拿破仑在此与奥地利人作战。手执军旗，身先士卒，夺下了阿尔科勒桥。

③ 达达尼尔战役，指第一次世界大战中英法对土耳其的一次军事行动，旨在夺取达达尼尔海峡，但未能达到预期目的。

④ 白里安（1862—1932），法国政治家，曾十一次出任总理。

安卡雷[①]，您是在说一位一流高手。这个人练单杠，引体向上……剩下的时间，他是新百货商场的售货员或是注册处的官员。平平庸庸，这就是他们的命运。心满意足！随时准备重新开始！一些生理反常的家伙！一堆供牺牲的肉，一堆供榨取的肉……”

“别这么激动，”我劝他，“你也跟他们一样。你永远不能做黑市买卖。你买丝领带或玩黝黑的情妇，从来不付钱。你还有什么说的？”

“对不起！我不同意你这么说。你这是完全混为一谈了嘛！你会让那边那些人大喊大叫的！那可是些真正的英雄！可我们呢，我们都是一些该死的家伙！我们是魔鬼派来的！人家骂我们！往我们身上吐口水……我们是魔鬼。”

“上帝啊，”我说，一边用手挠着脑袋，“有的人是前赴后继、成行成队地牺牲的，有的人是偶然牺牲的。思想成熟的人当然不喜欢任性的人。你们和抵抗分子的争吵，其实是又笨又懒的学生和好学生之间的争吵。尽管如此，你们这群小羊羔还得在同一个班里上课，做很多你们不太明白的作业。”

然后我们就都不说话了，重归寂静。我整个躺在干草堆上。贝斯把脸转了过去。他说的话不夸张。

“土伦之后，事情进展得很快。一宣布登陆，我们就急忙往意大利赶。倒霉的是，路上有个阿尔卑斯山。阿尔卑斯山里的人不喜欢我们。我们不明白这是为什么。不管怎么说，这都是过去的事了，

① 普安卡雷（1860—1934），法国政治家，第一次世界大战期间曾任总统。

这段不愉快的插曲也没人再去想了，因为人都没了。弗拉索夫[①]的哥萨克把我们甩在了后面。你知道，钢丝锯……真他妈肮脏！哪儿哪儿都是人，磕头碰脑的，让人无法忍受。我们猛打猛冲，超过了那些白俄。你明白，我们都是文明人，我们把尸体都干干净净地摆好。我每次开枪，都是朝我老爸那个恶棍打，我看到了他的眼睛！他一副尴尬的样子，承认他这一年没有晋升，或者没能去度假。脑子里有一种想法，一种愚蠢而纠缠人的想法……你明白，因为我天天杀死自己的老爹，手腕子都疼了。啊，后来，他们用反坦克火箭筒打死了几个朋友，我们火了，他们已经疲惫不堪，我们抓他们，就像捉那些我们在岩石后面找到的螃蟹，它们会死死地咬住你。他们满怀着悔恨和怨怒，死了。他们那位仁慈的上帝肯定没法拿他们再干什么了。我们这些人也就各显神通，把自己弄得妥妥的。我们走出阿尔卑斯山的时候，已经晕晕乎乎，不过都很高兴，原因很简单：水是清凉的，太阳发着光芒。”

我不由自主地咳嗽了一声，把他的话打断了：

“我一直以为保安队的人都有点诗人头脑。再有就是袍泽之情什么的。”

“不，这方面，已经不行了。大家都是偷偷地看着对方，相互之间也没那么融洽了。”

(很明显，我想，人不会因为自己成了杀人犯，就更容易接受杀人犯的社会。刚好相反。)

“但是，”他继续说，“我们也不相互抱怨，感到那样可耻。傻瓜

① 弗拉索夫（1900—1946），苏联军人，第二次世界大战初期被德军俘虏，叛变投敌，曾组织以推翻苏联政府为宗旨的“俄罗斯解放委员会”，一九四六年被引渡回苏联，经审讯判处绞刑。

们在笑，其余的人把指甲放在嘴里吹口哨。”

“其余的人里，有你吧？”

“有我。两天之后，我们到了意大利。这是块乐土，房子是白色的，农民懒惰。这是什么人种啊，你知道吗？但太阳是新的……不可思议。我们找到了一些橙子，一些棕色头发的姑娘，她们做爱的时候总是笑个不停。和她们耳鬓厮磨，就是度假。你知道我是什么时候猜到什么是单纯的吗？是从河里上来，或者从女人身上下来的时候，因为我在这个时候想起了山里的那些家伙，想起了他们那副破碎的面孔。单纯，就是忘记，是温柔的生活，是龌龊的垃圾。时不时地传来些消息，说巴黎被拿下来了，或者，德国鬼子在沿着莱茵河匆匆逃跑。终于到了那一天，必须启程了。你还记得佩瑟隆吗？”

“是那个卑鄙的大学生？那个大学生？”

“找到他的时候，他正躲在一间仓房里和一个红头发姑娘干事呢！他被枪毙了，只穿着裤衩和袜子。就穿着一双羊毛袜子，你明白吗？”

“这碍不着喜欢诗。”我用教训人的口气说。然后我想：佩瑟隆和一个红发女人乱搞，就这么被枪毙了。

“我们来到德国。一切都变得丑恶和破碎。方向：巴登-巴登。老兄，这地方可有不少有良心的法国大人物。他们鼓舞了我们的士气，这一点必须看到。新欧洲快降生了，他们是这么说的。可我们这些人只觉得欧洲变得窄小了。我们几乎没什么可玩的。秋天又到了。药剂师和大学生们在低声谈论秘密武器。”

“你呢，还继续把指甲放在嘴里吹口哨？”

“差不多吧。我觉得我们会在那个地方烂掉。德国鬼子没有投降的意思，他们在听瓦格纳，在寻欢作乐。至于那些民主主义者，他们喜欢战争：战争给他们解闷儿，使工业发展。六千零六十万两千多德国人，亲爱的听众！从八千万数到零，这很有意思，可以成为生活中的理想，一个能让人全神贯注的理想。而我们这些人的理想，却把我们扔在了一边。在整个德意志，就像在一株有毒的蘑菇上，或是在一个只能生死胎的女人肚皮上。听说要把我们送到俄国前线，我相信他们组建了一个连，大约在一月份，这个连遭到了不幸。俄国人碰到保安队的人，就戏弄他们。真滑稽，哪儿都不喜欢我们。”

“真正的浪漫主义英雄。”我轻轻吹了一声口哨。

“又过了些日子，我们被弄进了地下组织。重回大自然。马赛那几个靠妓女吃饭的大个子，开始卸拉干草的车。从贝济耶[①]来的药剂师，就是主张建立查理曼大帝欧洲的那几个药剂师，在给乳牛洗奶头。听说你们推进到这里的时候，我们感到要有好事来了。应该说，看到你们，站在装甲车上的法国人——像光荣的十字军那样洋洋得意，脸像天使，装备好得像个娇生惯养的孩子——经过的时候，我们嫉妒得不得了。对你们来说，冒险，像一个全新的金属玩具盒子，而爹妈答应了给你们钥匙！你们驻扎下了。而我们呢，那种毫无用处的感觉就再也摆脱不了啦！”

“怎么，”我说，“这应该很好啊！”

他没回答，我又接着说：

“觉得自己处在另一个人的境遇里，好吗？不好？你们是人类公敌。怎么，你们觉得厌烦了？你们再也神气不起来了？你不觉得可耻吗？这真了不起，令人兴奋。”

这个时候，他发觉了，我说到保安队的时候，好像在说一件跟

---

① 贝济耶，法国南部埃罗省一城市，是重要的铁路枢纽。

自己毫不相干的事，于是他向我声明，我是个大混蛋。他一下子就变得刻薄起来，越说越来劲。

“你是怎么和解放者这帮大天使搞到一起的？那都是罗斯福唱诗班的童子。你参加战斗的时候，也像大人物似的唱着歌吗？你从战场上生还，觉得自己被净化了吗？说说看。一个装甲兵，大概会有不少男子汉的故事的。”

作为回答，我显示的是极端的平静。

“你经常忘记我是巴黎人。我参加保安队，不是为了解决困扰外省人的那些心理问题。从第一支法国军队招募我的那天起，我一直都是兢兢业业。只不过靶子变了。德国的占领，在我心里没有留下什么爱的记忆，但留下了一个确定的信念，即我经历了一个时代，激动人心，还说得过去。说到装甲兵，你的嫉妒是可以理解的：他们都有一张迷人的脸，戴着全世界最美的橄榄帽。在所经过的车站，都有人拥抱他们。”

“你们那儿的人仍然喜欢战争，是吗？又是纪念像，又是演说的……”

“可能，有可能……你得明白，贝斯，我们俩天性不一样。你是个改革者，是穆罕默德或维克多·孔西德朗[①]式的人物。你想消灭懦夫，低能儿，幸福的人，乐观主义者和民主党人……”

“你呢，你对这帮家伙另眼相看。世界就这个样子也让你高兴。你的脾气像个化妆品制造商。每一年都给你一种好闻的味道，那味道是你小心翼翼地从自己的手绢上搜集到的，是从精液的痕迹和口红印之间搜集到的。”

---

① 维克多·孔西德朗（1808—1893），法国社会主义者，继傅立叶之后成为傅立叶空想社会主义运动的领袖。

“你说得太对了！”我大声说道。

其实呢，刚好完全相反！他永远也不会明白，我是个碰不到奇遇的小伙子。我遇到的只是一些事件。我谨防自己有个人感受，不管是幸福还是痛苦。（每个人都有自己的上帝。我的上帝静静地看着。我的上帝是个真神。）三十年之后，保安队落下的一个小小特点可能是清白与勇敢，因为，血最终总是要干的。到那个时候，尽管贝斯有良好的决心，结果也会成为波尔多市或利布恩市的议员。但他仍然非常激动地说着：

“进保安队是为了捍卫某种立场，现如今，这种立场遭到了践踏。其他人绝望了。但是我，我应该觉得这令人兴奋，你说得对。这一切就要圆满结束了。”

他笑了，那样子令人十分不自在，我不得不打断他：

“结局不会圆满。你会发现，你像你父亲，也是个行为可耻的英雄。你会一下子泄气的。”

但我想的是：眼下，他过的是一种疯狂的生活，这种生活受着地球上所有聪明智慧的威胁。地球上的聪明智慧，是怀有恶意的！这是些细针，它们在不耐烦地等待着它爆炸。至于我，我是在考验和理智的怪味之上呼吸的，就像在发了霉的干草上呼吸一样。

贝斯离开了我。他那张长脸，到夜里还在我眼前晃动。在返回营地的路上，我问自己，我对他的感觉如何。没想出个所以然来。得等一个礼拜才行。是的，一个礼拜之后，我可能会知道。

这次谈话，我表现卑劣。我让他感到了热情，也感到了绝望。我不赞成他的激情。玩乐占去了我所有的时间。首先，这是军旅生涯，在世界风暴的掩护下，这种生活天然是快乐和懈怠的。我们在这种生活里找到了一个容易扮演的角色，永远不要求我们有什么即兴之作。我们是安静的，喝得醉醺醺，说着粗话，以某种方式戴着橄榄帽。要是你想在大路上怪声高唱，或是在走路的时候让自己受伤，你有的是机会。搞搞内务，像王家港修道院[①]那帮先生那样，也容易得很。反过来，要想闲逛，我有一大片树林。但我更想做的是，一脚踢飞禁闭室的大门！禁闭室是一间老仓房，就在装甲兵三连参谋部占用的那座别墅里面。禁闭室是空的。圣维拉瑟上尉的下属们爱戴他，无论如何也不会闹到遭他惩处的地步。我于是把自己安顿在天窗旁边。阳光照着我的双手。从斯特拉斯堡回来的时候，我带了两百公斤书。我的箱子藏得到处都是，让每个人都觉得不方便。我在读科兰古[②]和圣西门[③]的作品，或者读十字军的故事。这使我变得精神饱满，精力充沛，能够在发现丽达读歌德和霍夫曼斯塔尔等人的作品时刺刺她。她同意我的说法，因为她眼睛都熬红了，她的身体要求一种人的生活，而不是整天泡在小说里，和小说里人物的短暂生活打交道。我是个法国人，有一颗激动的心，对我来说，她有一种无拘无束的气质，心胸开阔，相当纯洁，很有意思。

首先，我已经发誓，不再拿她当我的情妇。这有几项理由。我渴望简单。爱情是仅存的一种能和我相宜的激情。当然，她长得美，比一般女人更让人想要。可是，我已经好久没找女人了。治好我这个毛病的，我以为，是跟圣-安纳的那场冲突。他那天刚到，就为小酒馆的女招待和我顶起来了。我太不谨慎，竟把这件事告诉了丽达。她生气了。她问我：

“这么说您很爱这个女人了？或者是很爱您那位朋友？”

---

① 王家港修道院曾一度成为监狱。

② 科兰古（1773—1827），法国将军，外交官，拿破仑时代曾任外交大臣。

③ 圣西门（1760—1825），法国社会哲学家和改革者，经济学家。

我回答说，我甚至连那个女人叫什么都不知道，至于圣-安纳，我有时讨厌他，讨厌他的轻巧，他的风度，他头发的卷花以及别的一些我所没有的东西，我觉得上帝对我太残酷。无论如何，对年轻的农妇我已经变得相当有保留。至于妓院，我这辈子连门都没进过：在那里非常可能碰上一些军士；军士和妓女，这两种人身上，丑恶总是和梅毒媲美。如果这也是一种成见，那我也不在乎。

在丽达面前，我常常不知所措。幸好她没发觉。她太骄傲，不会对我表露一点点爱意。有几个晚上，我心急火燎，恨不得立刻回到她身边。要是去了，可能会非常好。我可以去。出发之前，我命令自己把一瓶杜松子酒喝干。喝了酒，我能自由自在地装成个意中人。我拿着瓶子喝，通常喝到第六杯的时候，我就倒在草垫子上了。这种醉态不雅。不过没人看见，没见证人，爱的醉态就不一样了，总有两个可怕的最终见证人：你爱的人和你自己。

我还没有说出我洁身自好的主要理由。感觉到身边有这么个年轻德国女人，如入温柔乡中。她服从我，任我摆布而又不能对这种被奴役的状态有所反抗，感到恼火。想象她夜里想我的样子，是很惬意的。在这方面，没有一点骄傲，有的只是对所有人，尤其是对爱的一点点残忍。

我隔一天见一次丽达。我们有的不仅仅是关于文学命运的严肃谈话。她经常把她丈夫的德军制服借给我。有一天晚上，我甚至还穿着这身制服，高唱着《游击队员之歌》回了连队呢！当时我烂醉如泥。她非让我喝朗姆酒和伏特加混合在一起的酒。这是一种最坏的饮料。我凑巧碰上来看我们的上校。他戴起单柄眼镜，仅仅说了句：

“这个连里有无政府主义者。”

这位仁兄很喜欢我，而圣维拉瑟上尉对列兵桑代可早就讨厌透了。

丽达对我们团里一切小故事都有兴趣，我也像个老兵一样，有了个连任何没有意义的故事都要说一遍的坏毛病。这样，她就知道了我们所有的军官：说话南、兰不分的费芒迪迪埃，脾气坏但漂亮得像只细腰蜂一般的福尔雅克，马瑟隆·戴·昂热，韦里泰，以及从洛·昂德罗到卡尔·马克思这一帮子装甲兵，包括圣-安纳。她经常跟我说一些诽谤圣-安纳的话，说我说他说得太多了，说这不正常，说到底，是我想和他发生肉体关系。我脸红了，我劝她和少年维特或者于连·索黑尔干一次，这可能治好她的病，不再有这种不得体的想法。我们生活在一个令人厌烦的时代，在这个时代，友谊引起嘲笑。我早就承认过，我看重圣-安纳的魅力，还有他的美貌。这没什么不正常的，因为我喜欢他身上那些和我不同的东西，也就是说，我几乎喜欢他的一切。也许，我对鸡奸的厌恶仍然是假正经。这无数的成见对我是必需的，就像我血管里流的血对我是必需的一样。我不是个才子，而是个法国小伙子，大老粗，是历史模式的，虽然有点误入歧途。

丽达那些含沙射影的话，根本不是真心的。她已经相当了解我，用不着说这个。她是想把谈话引上一个更自由的题目，说着说着我就只能去取代沙发上的于连·索黑尔了。关于这方面的笑话，我说的并不全是蠢话。事实上，她承认过，她的第一个丈夫每次占有她，她头脑里想的都是于连·索黑尔。作为一个法国人和年轻大老粗，对这种倒胃口的混淆，我从心底里予以谴责。再说了，她也可能是在撒谎，只要盯住她看，你就能感受到，这种邪恶她没体验过。但她装得很像，这是另一种形式的邪恶。

随着天气好转，事情越来越恶化。丽达穿着白大衣外出，这个温柔果敢的高个子姑娘，开始过多地占据我的思想了。幸好，参谋部不让我们喘息，夜行军越来越多，检阅越来越多；这时我已经是司机，我那辆装甲车叫朱丽娅娜。朱丽娅娜是个让我非常操心并妨碍我晋升的婊子。我对它很严厉。它也这样待我。在这种情况下，可以想象得到，一个年轻女人的手臂是受欢迎的。不管怎么说，在我当炮手的时候，毕竟曾经觉得，负责一辆装甲车对我也是一桩美差。我想，作为司机，我会有一间说得过去的房子。各种小箱子的钥匙将挂在我脖子上，谁也无权碰一碰。演习的时候，我要带上我喜欢的那些书，那件我不愿意和我分开的晨衣，甚至还有一个鸡尾酒调合器，以便在休息的时候气气那些军官。朱丽娅娜有这些好处也是白搭，因为我的日子是在污油中度过的，我的积蓄都在K市的黑市上买零件花掉了：这是每时每刻都会有的烦心事。

当时大约是五月，因为我记得那时天已经很长了。一天早晨，是个星期天早晨，我来到丽达家，那是个即使没有柔情和安宁，也能找到橄榄和黄油面包的去处。人家告诉我，她还在睡觉。我谢了管家。空气是冷的。这个季节空气常常是冷的。我在花园里等了几分钟，然后就溜进客厅。这座别墅很大，盖得很讲究，认出它来我很高兴。我爬楼梯，无声无息地闯进她卧室隔壁的房间，她已经不在卧室里睡了。看到她左臂弯着放在头部，头发摊在床单上，我笑了笑。我在床脚坐下，抚摸着她那只一动不动的脚，或者一根一根地撩开盖着她脸的头发，高高兴兴地过了半个小时。过了一会儿，我也安心地睡着了。我躺在地毯上，感到非常舒服。我不知道我们俩谁先醒的。我做了个梦，梦见自己走进一条密密麻麻的人流里，那是一队没有头脸的士兵，当我想明白他们都是死人的时候，在这群陌生人中间，我感到孤独。我急忙跳上一个陡坡，那里正有人杀害一个可怜的年轻人，那年轻人是我的朋友贝斯。几个又粗又壮的汉子，带着表链，正在把他们的雨伞往他眼睛里和肚子里插，而贝斯正用含混不清的声音说“谢谢”。我把那些人赶跑了，可是我刚刚走开，就又听到喊声。是贝斯，他又在杀害其他可怜的人了。那些人也和他一样令人怜悯。从这些人嘴里说出的只是些发音不清楚的好话：“哎，老兄，咱们去为你喝一杯……”我搞不清这是怎么回事。我又回到战死者的人流里。我把那些战死的人要沉下去的上半身扶起来，因为，骑兵得直挺挺地坐在马鞍子上；扶起这个，那个又要倒下，没完没了，而那些马嚼的不知是什么东西，在夜里看不清楚。远处，是红色的地平线。我们的目的地就是这个样子。我精疲力竭，自己也倒了下去。

在这千难万险中间，时不时地会有一种极深刻的感觉，温柔而实在：丽达的手可能在床上来回移动，我翻身的时候，额头碰到了她的手。

我用法语夹杂着德语跟她讲述我的梦：她两手托腮，静静地听着，这么一来，她显得更漂亮了。

“我有个想法！”她大声说道，“与其听您说梦使我们厌烦，咱们还不如躲到烟雾里去呢！”

她腾地起了床。她身体半裸着，因为她只是上身穿了一件男睡衣，一直遮到大腿。有一个细节很感人，睡衣上绣的都是小万字标志。这是她第一个丈夫的旧衣服。她第二个丈夫是个正规军人，不喜欢这类纳粹标志。她命令我吻她的两个手腕，我高高兴兴地做了。她说，醒着的时候，她的脉搏很乱，必须对她的脉搏表示点友谊。她疯狂而可爱。

她回来的时候，拿来五六个瓷制大烟斗，是她小叔子从奥地利或波希米亚买来的。我们把这些烟斗点着，挨个儿地吸上一两口。她扔给我一包烟，我在空中接住了。一会儿工夫，屋里就充满火山爆发的味道，香炉里烧香或是烧炭的味道。我们头痛得越来越厉害。我已经分辨不出屋里的东西，也看不清我的情妇了。我想了想，这纯粹是白痴的玩法。我一明白过来，就决定捉弄她一番。为了增加气氛，唱机播放着我们外籍军团的人在巴登-巴登演出的阿拉伯音乐会。旁边是她的书房，堆放着一堆唱片，一堆照片，还放着不少朗姆酒。烟都从缝里跑过来了，这间屋子也就不比原来那间好多少。我的第一个想法是把她的小说泡到酒里，这样，那些书就能着上原来缺少的那种颜色，你就能希望这些书变得快些结束，比如，因为作者在接近第三十页的时候决定减少开支，到乡下去了。

我忘记说了，制造烟雾的游戏是为了嘲笑我，因为我不吸烟。这时，我向厚重的绿色窗帘后面的阳台走去。犹豫的这么一会儿给了我思考时间：捉弄丽达的事绝不能停止。我满肚子不高兴，不过也只是不高兴而已。不管怎么说，她接待了我，给我吃的，给我听唱片。把她扔在烟雾里，也够下流的。看着我跑去开窗子的样子，丽达大笑起来，一边用手在空中挥舞着。她在那里已经待一刻钟了。

“您真卑鄙，”我对她说，“您是个忘恩负义的人。上帝知道，我不怎么喜欢您，现在就更不喜欢了。”

我们在阳台上笑了一会儿。一股有香味的烟气从窗户逸出，围绕着我们，把我们整个隐藏起来。我们面前是一片树林，那里全是树，我在想，哪天把朱丽娅娜开到那里去，把它拴在那里，让它饿死。因为，麻烦又要开始了，肯定的，化油器的响声不对，肯定有问题，这事让我心绪不宁。想到这些，我脸色阴沉下来，紧咬双唇。这种表情，不管因何而起，大概总会被看成是脸上的一种罗曼蒂克动作，因为我的女友这时搂紧了我，在我耳边悄悄说道：

“我有点冷，你可知道？你个子大，得暖暖我。”

换个人，也许会回答说，冷就冷吧，她本来用不着光着大腿跑到阳台上来的。不巧的是，我是弗朗索瓦·桑代，总想表现一下自己的力气，我于是双手将她抱起，却不知道把她放到哪里好。她对我说，三楼让人厌烦，但有个仓房，可以经过一座螺旋式小楼梯到那里去，这才把我从窘境中解救出来。我按照她指的路走。我当然是两只手都占着，我相信她利用了这一点，吻了我好几次。她算是找到了化妆的办法了；我有点厌烦地想，在见卡尔·马克思之前，我还得洗洗脸。这个大学生跟圣-安纳住在一间屋子里，已经向我挑战，下午下象棋。我把丽达在栏杆上撞了一下，来到仓房，心里有点不高兴，我可以发誓，因为仓房总让我产生某种恐惧，面积太大，地板咯咯作响，藏着蜘蛛，再有就是那种令人厌恶的风格，我们小学四年级作文时就写过，终生难忘。看到这一层堆满了衣服，还好受点，但让我吃惊。你想象不到比这更令人吃惊的事。丽达确实跟我说过，她很阔，但摆着这么多不同季节穿的连衣裙，还是让我头晕目眩，因为，一阵风吹过，一缕阳光射入，那些连衣裙的上半身就鼓起来，你就被一群活生生的女人包围了，每件连衣裙上都带着她和另一个男人共度时光的印记，——想这些事没有任何鼓舞人的作用。还有成叠的大衣，堆在那里，像个小树丛，樟脑球露着奇怪而坚硬的脑壳。我把丽达放在两排帽盒中间像山一样厚的地毯上：地毯摞起来有一米多高。她笑着，身体雪白，一脸嘲弄，躺在这摞像烧人的柴堆似的地毯上。

一缕头发盖住了我额头，我往上撩了撩。然后我问她，她是不是疯了，干吗要弄这么多衣服。她回答说，这不完全是她的错。她父亲财源广进，不知道该怎么花，就在柏林买了一间女式服装店。那是一九四二年的事。这一心血来潮的举动使他深得上层社会女性的青睐。当事情变糟的时候，他就把服装店关了，把连衣裙打包，把所有的东西都拉到他的别墅里来了，带着成堆的玻璃纸、塑料罩、防虫剂等一类东西。她这位有远见的父亲过世之后，丽达就以在这堆衣服里吓唬人玩取乐，这些衣服对她根本不合适。她在巴黎买衣服，直到美国人把她去巴黎的路堵死；然后她就自己做衣服，而不怎么去斯图加特的裁缝那里去定做。我照我应该做的那样，接受了几句称赞的话，因为，若是过去的法国人听到人们称赞他们的文学，他们的君主制度和他们的军队而感到高兴的话，二十世纪的法国人在他们听到人们提及他们的服装和香水业的时候，就该心花怒放了。

我登上柴堆，丽达在上面一直不停地笑。

“你看着吧，”她对我说，咬着嘴唇，快乐中带点凶相，“看着吧，你别想就这样得到我。我会自卫的。”

“我正希望如此呢！”我说，一边解开她睡衣的上衣，“没有自卫，这出喜剧就不够完美。”

她拿我当新手，想打我嘴巴子，可倒霉的是，她的手被我攥住了。我的美式制服不怎么碍我的事。这也不错，脱下印着纳粹万字的衣服以后，她身上印满了我衣服扣子上的美国鹰。我的皮带可是法国军队的，皮带上是另一种图案，是完美的坦克图案：一副铁甲，能让人自然地想起赖斯肖方战役。赖斯肖方是个著名的地方，直到那时为止一直被视为“野蛮民族”的高卢人，一下子就变成了“勇敢的人”！(对这两句话做比较的，肯定是达尼埃尔·阿雷维。“野蛮民族”这句话是十七世纪的纪尧姆·多朗热说的，“勇敢的人”这句话是普鲁士的腓德烈·威廉在赖斯肖方说的。）在这张床上，在一个德国女人和我之间，希特勒、本杰明·富兰克林[①]和麦克马洪[②]聚到了一起，令人发窘。不过，想到这点，也让我感到十分有趣，使我在和女友做爱时有了更多的激情。她给了我回报，在我上衣的领子上留下口红的印记，使劲地用指甲掐我后背。我真够傻的，等了这么长时间：作为平民百姓，我大概不会有这么多的扭捏，这么多的担心和这么多的不好意思。但军队把我变乖了，变傻了，变谨慎了。

我们这么干而丽达没怀孕，也真算走运。这肯定是托了老好人富兰克林的福。对希特勒，我不指望什么；这是个狂人，而且，还是个合作分子：一个德国女人和一个法国男人的结合，也许会使坟墓里的希特勒感到高兴的。至于麦克马洪，由于他死的时候名誉上白璧无瑕，他肯定不愿往这种事里掺和。

丽达闭着眼待了一会儿。然后很严肃地说道：

“我爱的是你，是你。”

这些话没什么大意思。我看见过她丈夫的照片。人长得很匀称，当年她一定很迷恋他。如果形势不是这样急转直下，他可能当不了俄国人的俘虏，我也就不可能认识丽达。所以，根本用不着夸张。也许只有我能爱这个迷人的姑娘，因为她有一张悲伤而平静的脸，这种悲伤与平静，很快就在欢乐中被她的身体和声音揭穿了。

十分钟以后，我又回到她身体里。我不知道为什么，可能是为了减弱她的声音，不让她像一刻钟以前那样叫喊，我干她的时候，

---

① 本杰明·富兰克林（1706—1790），十八世纪美国除华盛顿外最著名的人物，既是发明家，又是政治活动家，在美国争取独立的斗争中曾起过重要作用。

② 麦克马洪（1808—1893），法国元帅，法兰西第三共和国第二任总统，系斯图亚特王朝时期逃到法国的一个爱尔兰家族的后裔。

她一直说个不停。幸好她说的话都是断断续续的，总的说来，那些话不合礼仪，但说话的口气是温柔的。最后，我决定报复，由于她离死不远了，我就突然停下来，双手紧抱住她，叫她一动不能动。

“讨厌，”她说，“下流的讨厌鬼。你要为此付出代价的。”

她眼睛发亮，亮得和她的牙齿一样。没有什么比感觉她在我双臂中发火更有意思的了。上天把我造就成这样一种男人，孔武有力，非常自信，成了地球的主宰，成了动物和女人的主人。看到她越来越心慌意乱，我笑了。

“现在你不说话了，你看看你成什么样子了。”

突然，我觉得她两只手顺着我身子往下滑，而我的两只手还被她压在身下，没来得及抽出来，她就已经把我总带在身上的匕首从鞘里拔了出来。这把匕首是她送给我的：是德国上校用的，很漂亮，我引以为骄傲，圣维拉瑟上尉很羡慕我，没敢开口跟我买。现在，刀刃已经扎进我腰间，她一脸的开心，欲望已经烟消云散。我就这么笨，一直系着皮带，要想装粗鲁野蛮，最好别陷进这么可笑的冒险勾当里。

“真有意思，”我说，“这报复太棒了。您必得有一天要整我一下子。”

她两只手紧紧地握住刀把，我背上的伤口在扩大。我从来没见过这么怪诞、这么迷人的做爱方式。接着，她宣布，这么做使她得到了满足，因为匕首往我腰里扎一下，我就喊一声。

“每个人该喊的时候都会喊的，”她指出了这一点，“你呢，宝贝儿，你是个重感情的人。你这种人没有快感，不懂这个，但是尖尖的东西……”

过了一会儿她又说：

“你竟然是这样一个新手，这倒也没什么。你是个可心的情人，我要求你的就是这个。”

我气急了，一脚踢翻了一排帽盒，帽盒倒在地上，发出咚咚的响声。

“别生气，”她继续说道，“这是在夸你。可你流血了，真的！”

她跳到地上，裹上一件灰色粗横纹长衫，走了出去。一会儿她回来了，头发梳得整整齐齐，显得高贵，威严，把我的钢盔递给我，里面装满煮鸡蛋和两个瓶子。我不戴钢盔从不出来溜。戴钢盔也没用，仍然有一部分伤疤露在外面。

“你够不够？一共是二十个。仆人们都出去了，不会有人打扰我们。”

我瞟了一眼酒的牌子，问她，她爸爸在女式服装店之外，是不是还买了个酿酒厂。

“噢，没有，不过他有个怪僻，什么都存。地窖里全是酒和油。天哪！我每次进去都很害怕。我永远也吃不了两万桶油啊！另外，这些油也都变哈喇了。”

我眼睛亮了一下，因为我突然想到，这些秘密收藏的货物，对我那辆装甲车的健康来说，真是再好不过。朱丽娅娜那个婊子怎么也不会想到有这样的好事。到别墅这边来，朱丽娅娜有开心的一面：比如，这么多的杜松子酒，这可是件有福气的事。我问丽达，法国人为什么没到她家里来搜查。圣维拉瑟上尉没把他的指挥部设在这座漂亮的房子里，真是咄咄怪事。

“因为，”她说，显得神秘而又心满意足。

“因为什么？”

“没什么。”

她站在那里，身子晃来晃去，两只手交叉在背后，体态优雅，变化不定，就像她那件横纹长衫的颜色一样，在半明半暗的仓房里，一会儿一变。

“解释起来不会很长的。”我说，抿紧嘴唇。

我一步跨到柴堆前，靠近了她。

“你见过圣维拉瑟吗？”

“可能见过。”

她开始激怒我，另外，我刚喝了那么多伏特加，而喝酒永远能成为最好的托词：你可以打女人，杀婴儿，偷穷婆子的东西，喝了伏特加以后干这些，这就成了俄罗斯的错。我攥紧丽达的手腕子。接着，我做得比我想的还过分，因为她已经倒在地上，大口喘着气，温柔的脸上全是泪水。她大喊一声“啊”，我才惊醒过来，把她放开。她转过脸来看着我，灰色的眼睛里非但没有责备之意，甚至还有某种感激之情。她又叫喊起来，不过声音低了。她对我说：

“这可真是太好了，我的小弗朗索瓦，你真的爱我。我一定是让你非常快活了，不然你不会对一个像你那位长官那么个大块头军官心生嫉妒。”

我心情不好，走过去吃煮鸡蛋。那个圣维拉瑟，我根本没拿他当回事。但我不愿意丽达……她走过来，用微带凉意的臂膀搂住我脖子。我抬起头，看到她双乳在半掩着的上衣里微微颤动，我想要她，刚才的一切，都已经飞到九霄云外。

这个下午，出了一次险情：脚步声一直来到二楼，在楼道里咯噔咯噔地响。丽达急忙穿上一件红色羊绒大衣，离开了我，过了好一会儿她才回来。

“是我小叔子，”她说，“弗雷德里克。”

我问她，弗雷德里克看见她这身装束是不是显得有点吃惊。她回答说，大家对她的种种古怪样子已经习惯。她接着说道：

“我对他说我正在睡觉，他吵醒了我。”

“您的这位小叔子，他打过仗吗？”

“噢，没有！只是占领过你们国家。他是个大个子，有心脏病。他讨厌纳粹。我丈夫没有因为这个怨他，只怪他有心脏病。”

我笑了，她也笑了，一边把红外套脱下。我们躺到晚礼服堆上，同时谈论起这个正直的德国人来。

“他净说大话，”她说，“说的能让我烦！”

她从我的怀抱中挣脱出去，脸上千娇百媚。我们不怎么说话了。我喜欢她的气味，或者不如说我喜欢她皮肤的味道。这才是重要的，至于她的性格，她的真实情况，如果我不清楚，也无所谓。

半夜里，我们被吵醒，又是火光，又是可怕的爆裂声。我跟所有的法国人一样好奇，想出去看看，她用不光明正大的方法把我留住。过了一会儿，我们听到发动卡车的声音。我们可真的开始睡觉了。

我一觉睡了十个钟头。这是上星期一的事，醒来的时候都快中午了。我头有点沉。我在树林子里走着，不断地碰着树根。我同时想着好多事情。但这件事，我不能去想。

事实上，夜里的嘈杂声是怎么回事，大家都知道了：一列满载孩子的火车被塑料炸弹炸翻。都在忙着往外扒人。我也怀着一腔愤怒参加了。干了四个小时，我累了，劳累的好处是驱散了忧愁。像奇迹似的，死的都是集中坐在头几辆车厢里的大人。孩子里有一百多人受伤。很难想象，这些只剩一条腿，一只眼，或是脸上……的孩子，将来如何走入社会。我下意识地抬起手来，摸了摸我那块把容貌毁了的伤疤。对我来说，这不要紧。有一些蠢女人爱我。而我……

晚上，跟清场的人一起回来的时候，碰到一个上吊的人，人就在离火车出事地点一百米远的地方吊着。有个小伙子爬到树上，剪断绳子。尸体滚到地上，一直滚到我脚边。我旁边的人踢了一脚，把尸体翻过来。这人是贝斯，我们第二次就是这样见的面。

过一会儿回到城堡，会有人问这个人为什么要自杀，会搜集有关资料。从巴黎来的体貌特征报告将证实他的身份，而一般人都会以为，死者是畏罪自杀。

我不能进行裁决。像我这样活着的人，无权进行裁决。

朋友，这已经很不简单；而一个和你一模一样的人，一个长期追随你的影子，怀着同样的希望，背负着同样的罪恶，就更难得，他这样做的意思非常明确：这是一项建议，是一道命令。他自杀了，我也应该自杀。在寂静的舞台上，历史人物一个个走过：那个在别人已经死去后自己还活着的人，低着头走过；他向偷生的岁月投去轻蔑的眼光。偷生的岁月，他是怎么过的？在国家机关发挥卓越作用，指挥要塞，领导大使馆，获得荣耀，或仅仅是过上好日子，所有这一切都在决定命运的一分钟里定下来了。和别人一起出发，不把别人丢下：这是真正的大使馆，真正的要塞。从那以后，我不停地对自己重复着这些话。经常重复。某些真理只在阴影里才有力量，才存在。一到光天化日之下，它们就烟消云散，跑到不朽的天上去了。

贝斯自杀了。他只身一人孤独地在人们称之为正义的路上前行，人们称此路为正义，是因为他们对公正的天平情有独钟。他们必得有一颗敏锐的心，才能这么容易地做出裁决。贝斯于是朝着这片树林走来，在这里，他知道事情将会为他找回点面子。我要是他，我也会这么做的。

可是，我是桑代。

德·福尔雅克

这些事件必然会让人无休止地惶惶不安。不言而喻，一进城堡的前厅，我就知道了事情的始末，但这种才能却没能让我觉得费芒迪迪埃上校的咆哮让人觉得不那么难受。他在出事地点待了一夜，从一个车厢跑到另一个车厢，拥抱幸免于难的人，胡子也让最后的一点儿火给烧了，他的行为与其说像个装甲兵军官，倒不如说像个勇士。我从K市回来，一下车，韦里泰准尉就把整个事情都跟我说了；在往办公室走的路上，我又听到圣–安纳和那个大学生的谈话，那人跟他住在一个屋里，外号叫卡尔·马克思，挺讨厌的。

“嗨，”大学生说，“你是没看见，上校带着他那两条狗，穿着大衣和皮靴往门口那么一站，老家伙的样子，整个一个施特罗海姆[①]！”

“老想着那些电影，会把你带坏的，”圣–安纳回答，十分严肃和友好，“这件事很令人担忧。”

这件事是很令人担忧。昨夜我们是在将军的参谋部里度过的，

---

① 施特罗海姆，第一次世界大战后毁誉参半的电影导演兼演员，曾创造一个性虐待狂的普鲁士军官形象。

我们在空气清新的花园里遛了十来分钟，当时说的正好是死亡问题。圣-安纳向我述说他一个朋友临终时的情景，那人叫马克西米扬，被德国人像烧死一个普通殉教女人那样给烧死了，就在他们投降那一天。这个问题一直让这位年轻的装甲兵激动不已。面对死亡，他发现自己像个面临一场重要考试的学生，在焦躁不安地复习着所有学过的课程。可是，由死亡讲授的东西，不大容易明白。什么都懂的人肯定地说，应该相信上帝：弗朗索瓦不相信上帝，他对上帝有偏见。他把信奉上帝的人比作大炮制造商，大炮制造商给他提供了证物，可惜，这些证物在他手里爆炸了。然后他突然问我：

“那么您呢，此刻是黑夜，说话不会觉得不好意思，那您说说，您和上帝是怎样一种关系？”

亲爱的圣-安纳！我用不着躲进黑夜里去……人家一再说，世上的强者是一家，从这个意义上讲，我不能否认上帝的存在。照我的意思，耶稣-基督是个有罪的青年。他让人想使自己像火炬，我更喜欢愚蠢的罗马人，他们喜欢圆柱、坟墓、大墙，以及所有散发着石膏气味儿的东西；他们整洁、谨慎，可能在感情的事情上有点儿不开窍儿。今天，火炬是火柴盒，有人为一个女人点燃一点感情，有人为一幅画点燃一点感情，如此这般，一盒火柴能用很长一段时间，然而，这是一些不好使的火柴，大部分都划不出火来。不管怎么说，这些想法不值什么，我以一种嘲笑（但没有混杂着高兴，我发誓）的口吻答道，上帝和福尔雅克上尉素不相识。圣-安纳发怒了，质问我，一个有着丰富理想的军官怎么可以这么说话……

这种侮辱人的话我当面接受了，没想进行辩解，因为我该受这样的侮辱。是的，夕阳余晖下飘扬着的各种旗帜，高声宣读的公告，成排成行的队伍，轰隆隆响着后来又安静下来的装甲车，所有这一切，在我眼里，很久以来就构成了一幅图景，必须把这个称为军人的理想。但我不想隐瞒，这种理想是一种冷霜，我用来抹内脑，为的是驱走各种各样的忧烦。在维护纪律、命令和勇气方面，我是真诚的，像气管容易发炎的人宣扬带围巾的好处一样真诚。为什么要否认呢？对一切多愁善感的人来说，军队是个避难所，他们对世界（世界太难处了！）厌倦了，就又重新回到童年，排起队来。

没有这些，人就都相似了，看不看都一样，好像他们都在电影银幕上缓缓移动。只有个别几个糊涂蛋会搞错，死的时候不是经过门，而是从窗户跳出来。这些人，大家美化他们，称他们为英雄，过不了多久，就会有人把他们的牺牲编成舞蹈，跳给被搞得莫名所以的小男孩们看，为的是让这些孩子准备好，到二十岁的时候面对同样的命运；可是，那些小男孩长大以后，也许去推销冰箱了。

然而，事件发生后的第三天，我刚走出费芒迪迪埃的办公室，就跑到圣-安纳面前，像一个还没完全睡醒的人跑着去跳海一样。我对他说：

“您若早来一会儿，就能看到情报总署的两个官员，是巴黎派来的。”

“我不喜欢特务。”他说，满脸的不高兴。

“这两个会让你感兴趣的。他们在一九四二年组织了一支游击队，是早期的游击队之一。他们两个人都受过刑。”

“了不起。我不喜欢特务。”

“他们脱了险。那是在一九四三年，他们在共产党的情报机构工作，然后又成了调查与行动总局的下属。人家不拿好眼看他们；您不会不知道，在调查与行动总局里，那些蒙面党徒代表极左派，而神权王党分子代表中间派……仅仅是中间派。但这两个人做了不少有益的工作。”

“什么工作？对我来说，间谍工作只是儿戏，投怀送抱的金发女间谍，并不太沉……这两个人让您喜欢？”

“他们让我从心底里不喜欢。”

“当然，您是那个地区的富歇[①]。他们把您赶下了台。纯粹是嫉妒。”

我回答说：“当然，那当然。”因为，要是想让年轻人尊敬我们，自私、虚伪、下流等等习俗，在他们面前我们都得接受。然后，我随便说了几句关于真实的话，我补充道：

“再有，他们很庸俗，他们往地上吐痰，还摆出一副趾高气扬的样子。”

“确实，”圣-安纳承认道，“这不是您的那种美。不过您也得想想，您这辈子往地上吐过痰没有。”

可不是，对啊，我曾经往一个我瞧不起的女人脸上吐过唾沫，那张脸上全是信任，我那时年轻，缺少词汇；还有，在叙利亚我吐过点儿血，可能是因为重伤在一个军官的生涯中能起好作用吧！既然说到愤怒，我得承认，这两个来搞调查的人，没几天的工夫就在我们这个王国里给自己搞到了一个上好的位置。我讨厌他们坐在我椅子上的样子，讨厌他们的袖子，上面还清清楚楚留着两道杠的痕迹——部里强迫他们把那两道杠拆了，讨厌他们在解放以后提供的这种正义；所有他们让人合法地流的血，那些以符合要求的形式，带着他们良心的祝愿流的血，都还在他们那双蓝色的眼睛里浮动着。

① 富歇（1759—1820），法国政治家，法国警察组织的奠基人，曾先后在执政府、拿破仑帝国及路易十八时代任警务大臣。

当然，我也像他们一样希望识破叛徒，揭露出是一根什么样秘密的线把堆在我们面前的尸体串联起来的。可是，这份肮脏工作不需要这么大喊大叫地进行。其实，生活中还有好几件事，比如开胃酒，桥牌和抵抗运动，我也从来没弄明白过是怎么回事。

桑　代

带着爱，一点一点地，宇宙塌了，变成碎块，就像一个被坏疽病折磨得死去活来的人，终于在某一天，有了新的生机，一个新生命显现了。但这个双臂张开的新生命，在我们面前后退着，你越往前追，它就离你越远，一直闪耀着亮晶晶的火光。追赶使人兴奋，你脸色红润了，而这种无可比拟的幸福，这种庄严的绝对存在，你跟踪追赶着，忠诚而幸福地追赶着，直到有一天，你终于感到，孤独才是最有力量的。因为，这个古老世界，这世界的习俗、法律和欢乐，都尘封着，沉睡着，却没有什么东西来取代，就像一个对家人感到厌倦、长久以来就梦想着去旅行的人；他上了船，夜里登上一座小岛，却兴奋得睡不着觉，因为明天，他的眼睛将有所发现；可是，他突然得了一种不知名的病：他再也见不到太阳升起了；在黑暗中他喘息着，他感到绝望。

丽达和我，我们就这样完了，各有各的原因。在她心里，我已经离得很远，她看到了我的心。她太了解我了，不能再见我了。她的爱里有一种令人不寒而栗的冷漠，让我十分恼火。我跟她说我的伤疤。“这算不了什么，”她回答道，“你就这样也不错。”她脱掉衣服，凑到我身边，闭起眼等着，那样子让人瞧不起。是的，我们已经超越爱情，只剩下情欲了。我忘不了爆炸事件发生两周以后的那个星期四，那天我们在一起待了二十个小时。这是生活给我们的长长的一天，长长的一个星期四。“你是个可怕的小伙子，”她非常严肃地对我说，“人家一想要你，你也就有了同样的想法。哎，你这个人满脑子都是思想！”这是件愚蠢的事，但她喜欢我的身体，她在我身上发现了一种生活中缺少的壮实，某种可以咬而又有抗力的东西。“来吧，我的心肝。”她有时对我说，“您知道，您那双眼，并不太差。对您这种粗人来说，有这样好一双眼，够走运的了。”

我们一会儿做爱，一会儿喝酒。快到晚上十一点了，我不得不离开她。在我们那个连里，可是开不得玩笑的，我点名不在的时候太多了。她给我三个瓶子让我带走。她无论如何要把那些酒处理掉，因为，照她那种喝法，她是喝够了。她这份决心很好，我为此把她从头到脚吻了个遍，然后开路。我完全醉了，但没对生活感到恼火。我来到装甲车前。我不再恨朱丽娅娜。为了对它证明我感情上的变化，我揭开盖儿，往油箱里倒起杜松子酒来。最后一个瓶子里的东西给我的感觉是很浓，很甜，不过，这也算不上什么大事。就这样，我一边舔着手指，一边躺下去，对第二天等着我的两天禁闭充满信心。这算不了什么。

我感到有人拉我的脚，有人往我脑袋上倒了几桶水。我站起来，准备骂那些和我这么开玩笑的人，这个时候，我看见上校到了。圣维拉瑟和几个身份比他低的老爷给上校敬礼。洛·昂德罗箍着我脖子，把我往装甲车那边拉。

“瞧你，大个子，”他悄悄对我说，“你把连队的演习给忘了。”

我起誓发愿地大喊大叫。作战服让我恶心，人家挂在我脖子上的那支卡宾枪，来回碰着我的两肋。另外，我出了很多汗。我好歹靠到了朱丽娅娜身上。一声哨子，两声哨子，三声哨响过，我们都上了车。洛·昂德罗抓着我脖领子，怕我倒下去。这些共产党还算有点儿良心。坐到方向盘前，我感到又有新麻烦了。下士长迪厄拉富瓦通过无线电问我在搞什么鬼，好像经过昨天那一天以后，我还有心思去想肉欲犯罪似的。我下了车，一直由洛·昂德罗扶着。发动机扑扑地响着，很讨厌。我苦笑了一下。可以肯定，朱丽娅娜来了一手绝的。上校和圣维拉瑟走过来。我刚刚给了一次强电流，正在低声骂着脏话……

"来，来，"上校说着，把单柄眼镜正了正，"别发火，好朋友，这些装甲车，都是蹩脚货，这我知道，哈哈！"

在他眼里，装甲兵是"我的小朋友"。但我和几个下士共同分享一项特权，成了他的"好朋友"。连长向发动机俯过身去，嘴里发着不吉利的嘘嘘声。费芒迪迪埃不懂这个，他的军事生涯是在摩洛哥和北非的骑兵一起度过的。他很感兴趣地看了看我的装束，对我说：

"你甚至没来得及擦擦，好朋友。你身上湿了。这可对健康有害。还有，看到你的皮带上有法国标志，上校我很高兴！"

在这关键时刻，我脑袋东倒西歪地晃了起来，洛·昂德罗还一直揪着我的领子，圣维拉瑟那个畜生气得喊了一声。他在地上发现一只杜松子酒瓶子，一只查特豪斯酒瓶子和一个花生酱瓶子。油箱上的痕迹先已让他起了疑心。他声音洪亮地解释着，话里话外地挖苦我。上校用手搔着脖梗子，因为得放弃对外国机器的怀疑，他很恼火。那些酒明确地指出我是有罪的。要是别的装甲兵，可能会用红酒。上尉在打听看守装甲车哨兵的名字。一想到要惩罚别人，我真火了。但这事没拖延多长时间：查了查值勤表，发现这一夜该值勤的正是我本人。上校向我指出：

“你是成心要跟你的上尉捣蛋！你得去尝尝小黑屋的滋味了。不过你不必担心，好朋友，我在你之前尝过。”

装甲兵中间爆发出一阵哄笑，脏话在空气里飘荡，接着一切又平静如初。朱丽娅娜对它这手挺满意，熄了火。我朝它身上踹了一脚，转身走进城堡。连里的禁闭室临时用来储存蜜罐，那是从老百姓那里买来的，没用几个钱。

一把我关进储藏室，我就瘫倒了。气呼呼地睡了一觉，醒来以后却精神饱满。参谋部的人出去了。卡尔·马克思站岗，在禁闭室的铁丝网前很神气地走来走去。我请他通知圣-安纳，可圣-安纳不在。过了一阵，他来了，我劈头盖脸把他骂了一顿。他一脸哀伤地看着我，递给我一顶钢盔，里面装满樱桃。

旁边的几间号子里，关着几个德国鬼子。头几个月里无精打采，平静无事，后来发现了保安队，又发生了一些我没提到过的事件，我们那些头头的脑子里就产生了两种想法：一种想法是理解，一种想法是惩罚。不用说，大多数人愿意接受的是第二种想法，逮住一个原来的纳粹，让他面墙站着，把他干掉，因为不知道还有什么让他转变的办法。首先一个问题是，把他转变成什么？像卡尔·马克思那样的基督教社会民主党人的回答是，把他们转变成人。惩罚这个提法只对他妈那些死硬分子有意义。我要求一些明确的提法。理解，让我更感兴趣。

我看了我那些邻居一眼。哎，不管在哪儿，人质都是用相同的方式弄来的。长此以往，最有本事的人也就都弱化了。罪大恶极的人摆出一副无辜的面孔，掐死人者的拇指变成了布道主教的拇指，叛徒的舌头被证明是清白的，隐瞒真相者的眼神变得温和了。对这一切，你毫无办法。这些年里在欧洲开过来开过去的军队，本质上并不凶残。但军队最终需要表现得强有力，表现得残忍：世上最漂亮的姑娘结婚，不能赤身裸体，必须给她穿上庆典的盛装。获胜的军队，在它们和历史相会的时刻，穿的衣服要用血红而昂贵的料子裁制。是的，要拉人质，把他们变成羔羊，从大西洋到里海，咩咩地叫个不停。

圣-安纳给一个十九岁的前党卫军一些樱桃，卡尔·马克思控制不住自己，发了火：

“好啊，因为同岁，头发的颜色一样，敌人之间也就互相拥抱了。你叫我恶心……”

卡尔·马克思既是基督徒，又是共产党，这让他够忙的。我想让他安静下来，跟他说，说到底，就算这个德国人折磨过人，圣-安纳的做法欠考虑，当然是欠考虑，但上帝会原谅他的。

“上帝绝不会原谅他！”大学生叫起来，一点也没有开玩笑的意思，“上帝喜欢深思熟虑的人。”

于是我们谈起神学，一直谈到晚上。那个党卫军，慢慢吃着他家乡产的樱桃，傻呵呵地听着我们聊。

我被关了八天禁闭；记得的都是漫漫长夜给我留下的东西。八天，足以使我从禁闭室出来的时候对丽达有某种欲望了。在囚室的夜里，雪白的身体，可不是幽灵，从头到尾是一场梦，是一个需要用几个月才能开辟出来的真正的王国。不过，一旦自由了，一眼我就能认出我的女友来：一个高个子姑娘，结实、美丽、性感，要是在二十世纪里还必须相信这三个词的话。

我们两个都不是情种。我们讨厌在一起浪费时间。她更喜欢小说，狗，还有我姐姐寄给我、我又给了她的那些时尚杂志。我呢，我沉醉在旧唱片之中，一边看着照片。照片呈现给我一个颠倒的法国影像：装成被侵略国家的法兰西，既庄严，也不乏魅力。旁边的俄罗斯像荒无人烟的沙漠。她的丈夫，那个被我怀抱里的丽达负心地忘掉的德国军官，曾在佛兰德、庇卡底、加斯科涅、克罗地亚、乌克兰、芬兰和罗马尼亚的天空下展示他雄健有力的宽阔肩膀。我忧伤地想着，欧洲的一块一块土地已经在这个小伙子的头脑里混在一起，就像混在一个鸡尾酒调和器里，这样的酒无疑是醉人的。但是，每个人眼里的浪漫主义都有不同的颜色，而我的女友觉得她丈夫是值得钦佩的，也是令人厌烦的。他的存在更令她感到不安。“我什么都搞不明白”，她常常皱着眉头，两手抱着脑袋这么说。哎！她不是知识分子，虽然懒惰把她拉进了这个行列。她只是沉迷于怪诞生活的波涛，任凭潮涨潮落，在失败的夜晚静听波涛含糊的噼啪声。爱情是另一种宿命。她狂热地投身于爱情，在爱情里一下子找到了千百种乐趣，但由于这些乐趣常常是互相对立的，她的脾气和话语也就变化得非常快。我不知道自己能不能完全适应这种变幻不定。不过，我也只是她的一个帮凶。

有一天晚上，我们对自己有点厌倦了，各想各的心事，她梦想着跟一个小说家在挪威，我梦想着在俄国，想着那场我没有参加的可耻战争。丽达盯着我看了很长时间，显得犹豫不决。过了一会儿我问她，她是不是愿意采取一种更为聪明的表达方式。可惜，问的不是时候。

“弗朗索瓦，”她对我说，“我的弗朗索瓦，你把我完全改变了。我感受到了你的灵魂，这是某种既强壮同时又温柔的东西。我又成了当年的小姑娘，对金钱的事一无所知，却节省着上课用的本子，因为她父亲在饭桌上说到了困难：她这样做是为了从帮助她父亲这件事里得到乐趣，你明白吗？你也是，你也变了。你常常伤心，常常苦恼。我喜欢你的眼睛。你的眼睛神秘，这很好。你不能像那些愚蠢的德国大兵一样，把什么都摆在脸上。我喜欢你的侧影，你的侧影粗野，可是你一开口说话，你的嘴就变得温柔了。你多大了？你比那些最老的人还聪明，你是个孩子。你好像是从天上掉下来的，但那个天是你的天，有一团团密云，有接连不断的风暴，有要打倒的巨人，以免闲着没事干。你不会把我独自留下吧？”

她从没说过这么长时间的话。她用一些细节强调她的话，对一个二十五岁的法国小伙子，那些细节总是能产生影响的。因为，她穿衣服，把袜子重新穿上，穿着一件黑色的连衣裙转身对着我，连衣裙很短，她抚摸着身体，不经意地正了正她那件用同样料子做的上装，然后俯下身来，露出酥胸。尽管如此，我仍然一本正经。

“您的浪漫主义太肤浅，”我说，“我承认，想想生活中真正让您高兴的事，很有意思：您面前床上有个小伙子，您想要跟他做爱的时候，走上前去，想做几次就做几次，就是说，什么时候想做爱都行。我呢，并不反对：快感，大家都说好得不得了……这等于让我溜达溜达，让我脸上添点血色。”

她原来还听着我说，一声不响地生着气，两手抱胸。突然，她踩起脚来，打了我五六个耳光。

“再来一个！”我说。

她没明白我的意思，我又明确地说：

“再打我耳光呀，我还没说完呢，你打了算我预付。”

可她更愿意揪我头发，咬我，这种报复行为，在她轻轻地拉下三角裤，钻到我身下的时候，就有了预期的结论。我真没说谎。她喜欢男人，就是这么回事。这个隐蔽的习惯，在她身上表现为忧伤、高傲和不安，因为她美丽，她声音柔顺：但是，稍稍注点意，把

“男人”换成弗朗索瓦·桑代，她就原形毕露了。此刻，她讨厌我。她的思想太活泼，缺乏必要的坚定来承受这一类可怕的老生常谈。当然，我刚才的表现也不可爱。年轻人的缺点就在于此：他们身上的粗野行为有个好听的名字，叫傲慢。这个特点应该让女人注意，不要和这样的人经常来往。对世人来说，这很遗憾，因为，从好多有意义的细节上看，年轻人比那些有名誉地位的男人更有意思。

经过这么闹了一场以后，丽达才慢慢对我言听计从。在一个小时里，她把花插进花瓶，写写东西，眯了一会儿，像个年轻的贵妇人。然后她起身，从底下望着我，用显然是装出来的语调，拉着长声说：

“我会把弗朗索瓦这样的家伙吞下去的。”

她做了个鬼脸，脱掉裙子，解开吊袜带，继续说道：

“是的，他还算讨人喜欢。他难看，但是，作为我要他成为的那种人，他完美无缺。”

简言之，这是另一类浪漫主义，我有时不免怀疑，“美丽、健壮和性感”在二十世纪是否还有意义。因为，如今已经没什么人在追求完美方面下功夫，脸上只化个可以卸掉的妆就行。另一方面，她对我这个情夫只有一半是满意的。我想让她难受的时候，却只是使自己更被她爱。女人希望小伙子们既快乐又烦恼。快乐能把他们从可怕的厌倦中解脱出来，而烦恼，只要一缕头发掉在前额上，一声叹息，一个字就够了：她们猜得出来，她们想象得出来。这不成其为理由：我们是三个人：丽达，她爱的那个我和用愤怒的眼睛看着这一切的我。但是，这个体系有裂缝。因此，看到熟睡中的她，或是从很远的地方看到穿着白色大衣的她，我就幸福得难以名状。

然后我想，我是有罪的。好色，既然都说这个魔鬼存在，就总得有个见证。对丽达来说，我就是这样一个理想证人，因为我既斥责她，又鼓励她，我笼而统之地谴责秽行和引诱人的场面，又在眼前的生活里挑动这些东西。无疑地，我们经常做爱，而这是我们共谋关系中最纯洁的部分。我的情妇会不时地创造或完善一些方法，以满足她的疯狂愿望。她掌握着一种穿衣或脱衣的技巧，妙不可言：这是真正的舞蹈，做起来非常自然，都是习惯上必须的动作，在一间漂亮的大房子里展现的时候，屋子里的一扇门，一扇屏风，一幅窗帘，一些化妆品，都能成为道具，所以就更加撩人。她知道她怎样做最美，她尤其明白是什么东西使这种美发生作用：对一个女人来说，没有比这更难的了，因为，围绕着美的线条是脆弱的，像一根细线，万一有一根线条断了，就一切都完了。丽达怀着幸福与快感，希望她的这些动作使我动心，整夜地纠缠我。她并没有完全想错。欣赏做得好的活计，是我们法国人身上一种古老的农民品格。爱情的舞蹈，她跳得非常之好。

但另有一件事她一无所知，这件事能很好地说明我目光为什么发直：我手里攥着她在俄国前线的丈夫写回来的信。像所有的英雄一样，这位英雄也谈到了短统袜或巧克力；我赞赏他的纯朴，我万分羞愧。于是，我用眼睛在我赤裸的大腿上，在丽达的身上，在整个房间里，到处轻蔑地扫来扫去，想把这一切都抹掉。激情荒诞，激情落伍，可是，比起令人厌恶的邪门歪道的爱情来，我更需要激情：激情向我表明，军人的忠诚不是空幻的，军人应该抵制妻子们的柔情。然而，我做的正好相反。

有一次，我女友问了我半天，在她之前，我都认识哪些女人。她想知道她们有哪些缺点，有什么长处，在进行这种调查的时候，她性格中小姑娘的一面就显露无遗了；因为，她拿起一张纸，画好格，根据我的回答打分。于是，X的眼睛得三分，腰得五分，智力得八分，等等。在她看到没有一个能真正称得上对手的时候，她的声音会变得温柔，充满喜悦。(我常常在女人身上发现这个特点。她们喜欢人家对她们不忠，喜欢听人家向她们述说不忠。不等你把故事讲完，她们就会狂喜地献身于你。这个时候，她们自己也有了一种欺骗人的感觉。她们眼睛里充满激情。这就是爱情。)

当天晚上，我写了一晚上的信，给姐姐的，给战后幸存下来的几个朋友的，还有给我那位在印度支那的姐夫的：我姐夫是永远接不到那封信了，他在岘港附近的一个村庄里被神出鬼没的游击队杀死了。而那天晚上，我想着的正是那些窥伺着这个小伙子的种种危险。死是很时髦的，至少在我的思想里是如此。我正站在一扇开着的窗户前面，面对着连里的指挥所。我冷。雨点不时地从夜空里吹到我身上，洒到信上，使墨汁褪色。六月天的忧郁情绪和打在我手上的冰凉雨点，都让我感到好玩。

发现贝斯尸体的那天，离开丽达的怀抱时，由于疲劳和仇恨，我昏昏沉沉的。是啊，我是个粗人，她大喊大叫着表示瞧不起我：她嘲笑我，我满足她，这就是一切。这种真诚只是瞬间的事。几次拥吻过后，她又陷入她的浪漫主义之中：这是另一种真诚，但是，两个世纪以来，已经养成这样一种习惯，给肉体的需要以最大的满足，而不去想灵魂也有强烈的需求。我生着气走了。我生气，是因为某种秘密让我感到窒息。

造成这一切的是疲乏。伦理道德。疲乏。

因为她错了。女人应该爱温柔、漂亮而有趣的小伙子。这类东西，桑代身上一点也没有。他毁了容。他的双肩真的不配引起这样的激情：要不然就是，世界一片肮脏，肌肉比荣誉什么的都更重要。

我是更为简单的：这与疲乏有关，是不是？

我以前并非一直蔑视力量。可是，面对贝斯的尸体和他那张变蓝的脸，力量成了个可笑的概念，是瞬间的准则。噢，我们这些人，我们要求我们的道德准则使我们变得有用。换成别人，站在吊死的朋友面前，一个有人情味的家伙可以很好地从中解脱出来。他可能会掉几滴眼泪，他会以为自己一向有理由奋起对抗死亡、战争和疾病之类的东西。至于我，我哑口无言，我只会去找药，并早早准备好把自己的生活复杂化。

贝斯做的，我也应该做。他行为不端，我更行为不端。他在死前一个礼拜还在帮助德国人。我也帮助过他们。作为平民，这无所谓，但军队让你睁开了眼。人，我不怎么相信，更不相信他们的品德，至于同伴，装甲兵，抵抗战士，这都有过；你无权把那些处于困难境地的同伴丢掉。我感到有点发烧。我也陷入了浪漫主义。我嘲笑自己。

徒劳。刚刚抓住我胳膊的那个影子是个行家里手。影子知道，一项重大决定已经通过大量释放拘留犯的方式宣布，就像国王的御驾到来之前，先出现人群和喧嚣一样。影子谴责好学生们没完没了的紧张，他们什么都不愿意忘掉，在人家给的仅仅一分钟时间里，他们学了太多的知识。影子笑了。它知道，在时机到来的时候，它会再到一个粗暴的活人的住处来，没有什么不好意思，也不生气。我就是那个活人。

这是我们的爱情最最粗俗的一段日子。我和丽达度过了一些狂热而缓慢的时光，同一张唱片反反复复地唱着这一段歌词：

出发吧……

床对我来说不算太大。

我讨厌男人，

除了爱情，我什么都不喜欢。

我不再像过去那样，一边笑，一边对丽达说歌词是为她编的。这太真实了，还有那个家伙，俄国人的俘虏，我在翻弄他的照片、衣服和老婆。这个，这不好。

她起来了，以她特有的步态一动不动地站了一会儿，低下头，一边把下嘴唇往前伸了伸。她的样子像是在生活里徜徉。突然，她扯着嗓子大笑起来，露出大腿和两排发亮的牙齿，因为她要咬了。

若是一流军队的小伙子和德国国防军的军官为一个姑娘闹得不和，那就太遗憾了。两个人面对面，互相厮杀。远距离地厮杀，但就像在近处厮杀一样！然后是疲劳。

她扔给我几个橄榄，我接着了，她喜欢看我狼吞虎咽的样子，喜欢我的力量和重量，喜欢我身上所有黏糊糊和无意识的东西，什么她都喜欢。很久以来我就知道，我是个不太正常的家伙。酒太多，血太多，血里二十世纪的东西太多，有太多的轻蔑。带着这些东西，爽爽快快，到哪儿都能像另一个人一样行事。我最大的野心，是让人把我当成一个正直的小伙子，我做到了，我希望我做到了。一个正直的小伙子，一颗善良的心。那是个星期天。我一个礼拜没见到她了。她在闺房或仓房里接待我，锁上门，轰走仆人。她的别墅成了莱茵河上一座荒岛。这时我想起儿时的梦想，面前摆着圣艾蒂安兵工厂的目录，正在拉单子，记下对探险家来说不可或缺的东西：一支有两个扳机的枪，一架制造子弹的机器，一个火绒打火机，一套刷子……这一次，这一切几乎全有了，我是在一个只属于我的世界里，但这是个发了霉的世界。这些旧衣服，这些酒，这些背叛，显示出我的冒险的真实面目。还有那件我为了嘲笑自己而穿起来的德军少校制服……她问我：

“您以为我爱您吗？要是您认为我不爱您，您干吗要来呢？”

这是个不该向我提的问题。她笑了，因为我倒杜松子酒的手在颤抖。啊！我不想变得让人怜悯。我喝酒，是因为喝酒好，是因为一个好军人讨厌清醒。同样，我把日子划掉，不知道为什么，只知道人是时间的敌人。

过了一会儿，她疯狂地吻我，吻了我半个小时。那张无辜的脸贴着我的腿，两只呆滞的眼睛，从我的肚子那里望着我，我多想摆脱这种呆滞啊！我对她说：

“您不爱我。您只不过需要桑代的某种重量来充实您的长夜，如此而已。”

“那你还想要什么别的呢？这让你伤心了？”

“说对了。我伤心了。”

可是，说着这句取笑的话，伤感却真的于不知不觉之间神秘地爬上我心头。伤感变成了一种致命的东西。我跟她说到她丈夫。

“他好好地待在他待的地方，”她说，“我欣赏他。不过，那些让人欣赏的人应该待在远方，不然的话，他们就会让我们失望。”

“您有他的消息吗？”

“噢，没有。不多。这没什么要紧。不过，我爱他胜过爱您。”她冲动地说，停止了抚摸。

“是啊，我们两个都很爱他，”我说，欢乐中不无苦涩，“悔恨也罢，背叛也罢，我们都是很可怜的。”

“他长得很帅。他的家是个军官世家。他跟他弟弟完全不同，不同……弗雷德里克就跟唱诗班的孩子似的，连手枪都不敢放：枪声会吓着他。”

她脸上掠过一丝不怀好意的笑。

“他怕死，因为他怕喧闹，怕没人。不过，要是向他保证有人，有光，他会立刻要求去死，好结束他的烦恼。”

她给自己倒了一杯威士忌，慢慢喝掉了：

“真的，我丈夫可阔了，比我阔多了。那是真金白银，您得明白，是抓在手里的钱。现在，我是真富了。您要是想要，我给您点儿。真的，”她接着说，这个想法使她活跃起来，“给您点儿，会让我高兴。我会觉得为您给我的那些快乐付了钱。”

她停了一会儿，接着又小声嘀咕起来，脸上浮着轻柔的笑，想把著名作家吸引到自己家里来的女主人，就那样笑，哆嗦着肩膀，眨着眼睛对作家说：“您真是太客气了。”可她嘟囔的是：

“那可能就太让人厌恶了。”

是的，很遗憾，这幅画上缺这么个元素。我最好能在我的伙伴中间散发她丈夫的纪念品，带些大兵和姑娘来，随着德国歌曲跳舞。啊！我是个正直的小伙子，这样的事我不干。

“不过，你别担心，”她说，“我是爱你的，我没有瞧不起你。女人是不会瞧不起她们所爱的人的。”

她笑着扑进我怀里。我非常高兴地要了她，像每次一样，不过更为活跃，因为我已经想到一个高招。有一天，我们正在做爱，她眯缝着眼望着我，这时我拿起放在床头柜上的一本书，是费希特[①]的文选，其中有他那篇著名的《对德意志民族的演讲》，弗雷德里克·V

① 费希特（1762—1814），德国哲学家，先验唯心主义运动的一位代表人物。

的名字写在封面上。我装出很专注的样子读了几行，她气疯了；不停地挣扎了一会儿以后，终于拿定一个恰当主意：高兴地接受这种羞辱，充分享受由一个放肆的装甲兵、费希特、她的小叔子和她自身构成的这个大杂烩，她在床上摆动着身体，衣服没全脱光，手里还拿着一只袜子。

然后说了句："我刚才那样子不可爱吗？"这种颠倒是可以理解的。

今天，我要报复了，因为我对她说过，她要死的时候我会很爱她的。这很正常，她长得美，这种美在解体的时候会让我们法国人更喜欢。

"你很爱我吗？"她接着问我，躺在床上，两腿蜷着，眼睛闭着，"你多笨啊！我可不爱你。"

"这可糟了。你需要我。"

"噢，"她说，咬着下嘴唇，做出一副迷人的样子，"噢，是啊，你对我很有用。我不喜欢男人，男人都是白痴，讨厌。可你聪明。聪明的小伙子是不让人讨厌的。而且，我爱你的……我喜欢人家比我强壮。"

"你是个下流的德国娘们儿。"

"你是个下流的法国佬。在你的力量面前，你吓得发抖。你什么也干不了，笨蛋！上帝给了你这么一副肩膀，这么一双大腿，这么个肚子，这只让我一个人高兴。"

我脸上绽开了笑容。

"这个嘛，这倒是真的！你还记不记得，那天我在咱们做爱的时候读起费希特的书来？那样做没教养，我当时就觉察到了。可是，后来我又十分后悔没带蒙田的作品来。你要明白，没教养是对费希特而言，不是对你说的。那个可怜的哲学家费希特，在我读他书的时候没有丝毫兴趣听你喊叫。”

她想打我耳光，结果是把酒杯扔到了我脸上。我用手抹了抹额头：血慢慢流下来。

“好了，”我对她说，“你看，我好歹也还是个有感觉的人，我和别人一样会流血。”

我用她的一块白色绸巾把头包了起来。她起身朝窗户走去，开始穿衣服。她用一种奇怪的神情专注地看着我。这样的爱使我清醒了。于是，我平静地跟她说话，告诉她，这一切不会持续多久的，等等，等等。她不时地看我一眼。她在专心致志地弄她的袜子，有一只袜子跳了丝。我谈锋很健，后来还记得说过的一些话。那些话很有点文学味道。

“可以肯定，”我说，“冷若冰霜的脸让您吃惊了。这是我的错吗？我生来就是这个样子，我天生让人讨厌。”

她根本不再听我说什么。她穿上一件连衣裙，连衣裙遮住了她美妙的身躯，反而使我更想要她，这时她把额头贴在玻璃上，然后转过身来，容光焕发地面对着我。

“终于等到了！”她说，“很久以来，我一直等的就是这个。”

看到我也站起来往外看，她笑了。花园里有个我不该看见的人正往这边走过来时，她笑了。她笑了。她拉起我的胳膊，往床上推我，对我说：

“他也一样，有一天，他头上也包了一块纱巾，他也流了血！”

我不知道自己嘟哝了几句什么，但我相信，我没有因为受到这个不幸打击而失了体统。我从地上拾起她那件白外套，命令她穿上，下楼去。我动作很快，声调正常，没捏她手腕子，也没吹胡子瞪眼。

没有，我只是建议她这么做，而她也完全明白，不然的话，我会干出蠢事来。她现在还不想让我这么干。

她平静地关上门，她也很平静。刚才是我占了上风，但她知道，她才是最强的。我不知道我该干些什么。看到那个兴冲冲走上台阶的人的身影，我克制着自己，什么也不想。我保护过这个人。她出去以后的两分钟里，我什么都不能想。听到他离去的声音时，我不愿意再看他一眼。花园的铁栅栏响了一声。就在这时，丽达又出现在我面前。这就是那个带着野狗的姑娘，这就是我在树林里看到的那个穿着一件宽松大衣的姑娘，我曾经以为她会十分严峻。她在我对面坐下来，一只手托着下巴，就像一个乖孩子在非常认真地等着奖赏。我明白我得说话了，不然的话，我得发疯。说几句话，随便说几句话，就能救我。

“这不是出于嫉妒，”我说，“不过这是一码事……您成功了，就这么回事！您什么时候认识他的？”

“一个半月以前。在您还不想要我之前，他就成了我的情夫。”

我摇了摇头：

“您要伤害的是他。您恨的是他。”

她微微一笑，她很会这么笑，面带忧伤和理性。

“不，我恨的是您。我一直没断了恨您。每一次我都有一个恨您的理由。噢，我恨的不是您的恬不知耻，不是……这个嘛，恬不知耻是您魅力的一部分。对您的魅力，我还真不是无动于衷。我想要您。可是，您说巧不巧，这个迷人的小傻瓜眼巴巴地追求了我一个冬天。您是他的朋友，可您竟一点儿都不知道！我早就把您欺骗了，他就是在您献身给我的那天来的，因为您已经献身，我亲爱的装甲兵。”她嘴角上泛起一丝阴险的笑意。我做了个手势：

“您心里怎么想的，我不感兴趣。”

她站起来，吻我，说：

“这是您的想法，亲爱的，我也没办法。您要明白，我像别人一样重视自己的尊严。既然您乱献殷勤，噢，您别生气——既然您这么愿意做您的桑代，我就得好好洗刷一下这种污秽，并想法报仇，好由我来驾驭您。我手边有个现成的小圣-安纳。这可能显得有点复杂，但您得承认，这很正常。另外，我爱他这个人。他像天使一样美，既有点可笑，又有点动人。说到底，他对我有用。”

“您打算得到什么呢？”

“就是……就是刚才发生的事，我亲爱的：我打算得到的就是一团糟。我能希望得到什么更好的吗？一场罗曼蒂克的悲剧？一场用手枪进行的决斗？哦，不！这不可能，这样的事不会发生。两人撞上，像刚才那样撞上——我没叫他看到您——就已经很不错了。首先，我不想让你们撞上。我安排好了，不太经常见你们。只要在您的怀抱里时我想着圣-安纳，在圣-安纳的怀抱里想着您，对我来说，这就够了。不过这有点可怜，您明白，我感到了这一点：一个星期以来，我不再作茧自缚，在您和我说教的时候，我就看着花园。”

她在解外衣扣子，甩头发。她就在那里，穿着那件白色的连衣裙，腿很圆润，偶像般的脸上是性感的线条，两肩裸露，双乳在微微颤动。

“您下去把他打发走，是做对了，不然我会做出蠢事来的。”

“说吧，至少我一直很美，而这种不忠使我在您眼里变得更有诱惑力了，是不是？”

她褪下连衣裙，露出一半酥胸，然后把脚放在我膝盖上，开始脱袜子。

“您知道，”她继续说，“您那位年轻朋友，他没有您这些品质，他看着漂亮，扒光他挺有意思……不过，我更喜欢您。这很好，您就别演戏了吧！”

“听着，”我对她说，“咱们都别再白费力气了。您演得比我好。发生这一切，我罪有应得。我不会对您说，我不嫉妒。在一定意义上说，这甚至比嫉妒更严重。再说了，圣-安纳若是知道了这一切，我想他会很难受的。”

“没错。您要知道，他听我的。”

她伸过一只胳膊搂住我脖子。她从来没这么爱过我，从来没有过。

“我想让他干什么他就干什么。我让他开小差、自杀都行……您别害怕：您让我做什么我也会做的。这一点我是刚刚才明白的。照这样，我就好好地报了仇了，我不需要闹得沸沸扬扬，不需要大喊大叫……再有，您不可能知道，我此刻是多么想让您高兴！”

她低下头，叹了一口气。她已经脱得精光，一只手拿着连衣裙，遮住下身。

“真遗憾，”她说，“我已经是个年轻的老女人，您太熟悉了！”

我盯着她那双忧郁而诙谐的眼睛。

“您这样真美，”我说，“我们不再说粗话，就证明了这一点。”

“我多幸福啊！”她接着说，“这个大块头弗朗索瓦·桑代匍匐在我脚下了！我肯定会爱他的，这才公平。”

“听着，”我说，“我们的协议未经讨论，甚至用不着思考，就已经达成。这一次，我也简单。我没对您说，这场喜剧我根本就不在乎，也没说您是婊子。作为交换，您对小圣-安纳也什么都别说。我们的交易做成了。这样，东西是碎了，但我们可以把碎片攥在一只手里。”

我站起来，也吻了她。自打我知道她不忠起，她成了个新人。不过，在她对我说下面这句话的时候，原来的那个丽达又在一阵嘲笑中一闪而过：

“亲爱的，让我们规规矩矩地做爱吧！这一次，您也许可以读点斯蒂芬·格奥尔格的诗？您知道吗，格奥尔格的妻子也欺骗了他？”

这个回答无懈可击，我没什么可抱怨的。我鞠个躬，走了。当时是晚上六点。我在树林子里碰到圣-安纳，他正在采集什么东西。我从远处跟他打了个招呼，他对我笑了笑。这小伙子，他平日里会做的就是笑笑。不过，从那里经过的时候，我也只是远远地打个招呼而已。

走运的是我立即碰上了我那些朋友。我说的不是活着的，我想的是死去的和失踪的，失踪的还遭受着危险，因为，尸体我们知道该往哪里放。这其中有个普罗旺斯的乡绅，笑的时候总露出牙齿，一九三九年我们组成游击队的时候，他指挥过我们。这个人真的很迷人，后来，在敦刻尔克，他似乎把法国军队的溃败当成了一个和同伴们打成一片的绝好机会，就那么不拘礼节地围着用胡萝卜和蔓菁炒的菜坐着。他使我改变了对地中海的看法。“岛美得超出人的想象，”他经常这么说。我需要这样的鼓励，因为，我在十八岁那年发现，和厌烦相比，饥饿和危险都算不了什么。哦，退役以后，人会感到百无聊赖。

哎，要是能坐在安乐椅里读小说，或者到一位老夫人家里去喝茶，生活就更有激情了。

在保安队里，我也结识了一些很帅的小伙子。贝斯完美无缺，尽管他狂热地喜欢唱游击队员之歌。我当时想：“真让人厌烦！愿意当法西斯就让他们去当法西斯，但没必要用他们那些神话故事搅得我头疼。我更愿意相信那些勇敢的左派小伙子，他们说法西斯主义被资本收买了。至少，这是清楚的。如果你的样子傻，你就同时像个坏蛋：二十世纪令人颇有好感的环境，与人所共知的道德原则是非常一致的。”我在贝斯面前阐述过这些想法，他很欣赏。他听我的听得太多了，欣赏我的时间太久了，所以死了。如果不听别人的，人是不会自杀的。

因为，我就不自杀。从某种意义上讲，我爱过丽达，我那些装模作样的举动改变不了这一点，而那次穿帮又把这宗爱情中所剩下的东西都激发出来了。这一发现无疑是可怕的，让人恶心，黏糊糊的，所有想要的东西里，只剩下“她很有意思”。丽达大大地嘲弄了我一番。女人们痛快地报了仇。因此，我的思想才在离开她的时候毫不费力地转向我的伙伴和军旅生涯。她虽然疯狂，毕竟是个尤物。当然，历史对法国人无情，在战争中没给我们好运气。但是，在我们这些老连队的行列里，我们毕竟有过一些共同的东西。比如赌着气的脸，我们睡在装甲车底下，早晨拽着脚把人从装甲车底下拉出来的时候，看到的就是这种赌着气的脸；还有从我们的太阳穴那里流出的鲜血，让我们没法不彼此相像；最后可能是对共同命运的朦胧觉悟，对于比我们年幼的人美好命运的朦胧觉悟，因为我们不曾交过这种好运。

在另一种意义上，战争是一种逃避手段。没有意义的东西没有结果，所以拒绝生活就是发疯。一个配称为法国人的人得玩牌，喝开胃酒，而且每隔两年，由于突然想到生活是荒谬的，就要欺骗他的妻子一次。为了更好地证明我是个真正的军人，我被所有人中那个最文明的人，那个最灵巧、最优秀的舞者欺骗了。尽管如此，我还得保护他，因为他软弱。这个角色，人们可以这么说，也可以那么说，但首先它是很烦人的。对我来说，不幸的是我不会忧烦；首先，这对身体不好，其次，我还要报复丽达，在需要的时候，我要好好地报复她。

我还有时间去想这件事。我在我的伙伴们中间，我们一整天都感到气闷。雨下起来的时候，我已经平静地睡着了。

弗雷德里克

他们吓昏了，必将感受到，脓肿已被地上的一小部分人在光明的指引下勇敢切开。沿着铁道走的时候，在被烧成碎片的东西中间，我感到一股苦涩的欢乐，因为，对我们的事业来说，这些孩子起的作用，比一百场演讲都厉害。可现在他们死了，我心里感到沉重。另外，我们也付出了代价。我们的一个人，因自己的作为毫无效果而上了吊。我们已经通过此人付出代价，但不久之后我们的损失将千百倍地得到补偿，告慰所有被法国人处决了的人，告慰所有的德国人，德国人心里将升腾起日耳曼式的愤怒。

但我的任务还没有完成。我还得回自己家里去伸张正义，替我哥哥报仇雪耻。我们不再怀疑。我们的人已经连续在别墅守了好几天。那是个星期天，而星期天我向主祈祷了，请求上帝给我力量进行清洗，我需要这种力量。上帝回答了我，因为当天晚上，就有人来通知我，说那个人就在别墅附近。我们本想在树林里干掉他，可那是个礼拜天，不能搞突然袭击，因为品行不好的人这一天也需要公正对待。我去了丽达那里。她在家，穿着睡袍，跟一堆书在一起，那些书是她用来消磨时间的。我声音发颤，脸上没表情，告诉她我是干什么来的，说我们掌握的情况确实，必须把这件丑事做个了断。

她说她在等我。

“我知道这事会这么了断，或者差不多会这么了断。因为你这个人就是这样。算你走运：我们不反抗。”

只有我哥哥有权杀她，如果他不回来，她就注定只能在不安与耻辱中活下去。对我来说，我得不动声色地把她的情夫除掉。杀死敌人是件神圣的事。丽达请我坐。她非常美。一缕头发垂在她前额上。她说话的声音懒洋洋的，但是，她感到真理在她手上，因为她并不害怕。

“你看，我彻底完了。今天晚上，约的是今天晚上……这么一来，谁也不会知道什么。不，不，”她又非常快地说，“我不会对他说的。他十一点左右来，你留一个小时给我们，一个小时不多，但这很好。我会来通知你的……或者不如……”

她好像没主意了。我把声音变得柔和了一些，因为我已经让她感觉到自己行为的可耻。她愣愣地看着我，说：

“可是，我可怜的朋友，那些所谓道德，我是根本不在乎的。你喜欢主持正义，可我喜欢做爱。这是个天性问题。”

她站起来，笑了。

“你来到这儿，并不知道是怎么回事，但你有用，你是另一类仆人。需要的时候我会叫你。你们几个人？三个？四个？这件事你一点儿也搞不懂，是吧？说到底，你不爱我吗？”

她走到离我两步远的地方，我本能地退了退。她是个女人，她是自然的对头，是人工的，是欺骗。我生气地自卫着，她的酥胸和大腿，在我眼里根本算不了什么，我心里只想着报仇。她继续说着，笔直地站在那里，一动不动，闭着眼睛：

“你没什么让我喜欢的东西。你是个正直的小伙子。可我不喜欢正直的小伙子。如果我是你的情妇，而你突然知道我欺骗了你，想想会怎么样吧，弗雷德里克！你会发疯的，你会找一棵树上吊，或者在夜里埋伏起来等你的对手。我会为你的愤怒感到一分钟的幸福，但接着就会瞧不起你。如果你不一直是最强的，我怎么能爱你呢？这是不可能的。我的情夫得是残忍而强壮的，是驯服不了的。倒在地上，他得立刻站起来，去咬。若是我欺骗了他，他会当面讥笑我，会把我卖给他的对手取乐。可怜的弗雷德里克，弗，跟弗朗索瓦的弗一样！幸好，抛弃这一切并不十分困难。我欢迎死，因为我完了。”

我听她说着，她的疯狂让我发抖。我来的时候满腔仇恨，而此刻我得跟她讲道理，听她说话，和她争论……我接受了她的条件。我觉得自己一点力气也没有了，荡漾在她周围的快感淹没了我的决心，我宁可等待，像她要求的那样，然后我抽身出来走进花园，那里有两个人守着。

过了一会儿，那个被判了死刑的人进来了。他穿一件蓝上衣，头发是金黄色的，体质虚弱，但气色很好。我来来回回走着，两眼盯着天上的星星，盯着她的房间，紧握着衣袋里的手枪，我甚至没觉察到雨在瓢泼地下着。我没发觉暴风雨，因为那边是她的窗子，忠诚的复仇女神在等着我。

圣-安纳

“我来得稍微早了点，”我一边往里走一边说。我感到闷热。我觉得要下雨。

我把橄榄帽放到她床上。我解开上衣。她看着我，一动不动，穿着她那件宽大的白色外衣。可我得让她安下心来。

“我好长时间没看到您了。以后我们不必再好几天好几天地不见面了。”

“现在，我们就要经常见面了。”她说。

她声音变了，我立刻察觉到了。我呼吸紧促。是因为即将到来的暴风雨还是别的什么东西，我不知道，但我受不了啦！突然之间，我感到无法克制，无论如何要跟她说说她认识我以前那段时间里的事。一月份的耻辱和痛苦，在我的记忆里挥之不去，那个月就像我的末日。不过，这类末日是人所期盼的。从一个孩子的死亡里，一个成人诞生了：从孩子的腐烂中诞生了。

成人诞生的证据，就是我如今在这里，而且没有喊叫。不过，我是躲在树林子里看着他出来的。刚才窗子上肯定是她的脸。可是，没有道理啊，这说明不了什么，我如果问她，她会给我解释。怎么办呢？

她朝我走来，吻了吻我眼睛，一边抚摸着我的肩膀和赤裸的脊背。我受不了她这样抚摸，我挣脱了。我得跟她说话，至少要让她知道他对我意味着什么。然后她就会对我解释。这肯定比我想象的要简单，这并不严重，她爱我，如果我想让她说她爱我，她会对我说的。我红着脸看着她：

“我常常跟您提到我的朋友桑代，他是我的好朋友，您知道……”

我脸红得要死，显得可笑。我垂下眼睛继续很快地往下说：

“在很长时间里，我一直讨厌他，就像个孩子。我是从讨厌他开始的。但这是假象，从第一个晚上起，他就成了我的朋友。您知道，那个时候我刚入伍，是个新兵……”

她怎么会明白呢？怎么跟她说农村的那个节日，说尘土飞到你眼睛里去了？尘土进得很深，至今还没出来呢！丽达用平静而温和的声音问道：

“你朋友对你好吗？”

当然，没啥，提这件事的时候她不可能说别的，我傻，我弄错了，我头脑里有他的阴影，首先这说明不了什么，她从来没有像现在这么安静和有信心过。一股幸福的冲动涌上我心头。

“哦，不，不是这样。第一天，您想想，他把我打了个满脸花。他把我从我们住的仓房里拉出去，对我说：‘动手吧！’我摆出一副伪善的样子，这我有经验，我双手抱胸。他用手电筒顶着我额头。‘下流的伪君子！’他喊了起来。我从来没挨过这么厉害的打。就是这里，您看，在两只眼中间。”

她立刻在我被桑代打过的地方吻了吻，可我还接着往下说，此刻话来得容易了。

“我当时都有点失去知觉了。清醒过来以后，他正在给我洗脸。

他满心厌恶地端详着我。我害怕了，我还从来没那么害怕过。‘好了，’他说，‘永远别提这事儿。现在，你不会再有事了。以后我会保护你。不过我是个无赖。’我完全愣了，我想对他说，相反，他勇敢，让我着迷。您得承认，强壮是很了不起的。”

“哦，对，”她说，“是很了不起。”

“我对他的脾气一点也闹不懂。有时候，我希望他死。在整个战斗过程中，我不知道为什么老看着他。贝萨克和马克西米扬被打死了，他好像没事儿人似的。可是，有两次，我看到他比最温柔的人还温柔。那个时候他失望的样子，我永远也忘不掉。我不是总喜欢他，您知道。我是欣赏他。”

我不由自主地笑了，我是多幸福，多轻松啊！我以前真笨！只有在我这个年龄，才会把事情想象成这样。

“其实，在我想到那件事的时候，我还是满受刺激的，因为他打破了我的脸。对我来说，这是个耻辱，但这也深深地吸引了我。”

她惊奇地看着我：

“你说得多有意思啊！小伙子，你懂的东西真多。”

她抚摸着我的额头。

“你手里藏的是什么？”她突然问我。

一片倒挂金钟的叶子，是从一棵小灌木上摘下来的，可能是几个月前的了，那时她让我害怕，我总在她的花园里转悠……这片叶子，我是在上衣口袋里发现的，上楼梯的时候我又满怀伤感地看了看。我想象着他们两个人在干什么，桑代肩膀宽厚坚实，丽达身体温柔雪白，她在他怀里，他们赤身裸体地躺在沙发上，就是她坐在上面第一次吻我的那张沙发。我想，她现在抚摸的是桑代：一会儿孩子气，一会儿严肃认真。我在大理石台阶上慢慢往上爬，我甚至没有抱怨，我想我要死了。我看到他们都属于讨厌的成年人那一类，无论对玩乐还是对生活，都意见一致。

从噩梦中醒来是多么幸福啊！要梦见这样的事，我必须远离丽达，一个说白不白说黑不黑的姑娘，远离桑代，那个眼神忧郁、对女人极尽嘲笑之能事的大个子！丽达已经把衣服脱光了。她的样子像有心事，悲伤，着急。她双手抱着我的头，直勾勾地看着我的眼睛，在我和她做爱的时候一直没喊叫。我微微笑了笑，然后庄重起来。这太严肃了，我活到今天还从来没这么严肃过。暴雨下起来了。这个德国女人疯狂地爱着我，我觉得自己已经在她怀里融化，在这一刻，天好像都塌了。

是一场大暴雨。我们走到窗前望着外面的雨。但我们不能太往外探身，黑夜里传来了脚步声。这使我想起那天晚上，她在这张安乐椅上爱我，装甲兵唱着歌走过。我参军是做对了。制服让我有了军人的外表，我此刻也总算是个男人了。于是，在一个对我来说什么都干不成的地方，我取得了成功，因为别人的生活太艰苦，太冷酷，太复杂。只要我有这个欲望，世上最好的女人会任我吻。我还不到二十岁，就已经体验到这么美好的爱情。

我们又回到床上躺着。清新的空气给我们带来了生活的真正味道：湿了的草味和冒险的味道。我留着的那小片叶子真无聊！那叶子代表的是忘恩负义的年龄，代表的是那个年龄的怯懦和噩梦。我在地毯上摸来摸去，找那片叶子，要把它扔到外边去。找到了。那片叶子要做的，莫过于再长出来。如果它不明白，那它活该。

很快，我就又回到丽达身上，把她的身子吻了个遍。夜里她多像一座雕像啊！她的肋部健美，双乳坚挺不动，只凭想象，觉得她的心在跳。真有意思，爱赌气的小姑娘的脸，长在了大人身上。

我摇了摇她，因为我听到楼梯上有脚步声。我得保护她，但对付那些讨厌鬼，她比我强。她睁开惊恐的眼：

“哦！”她哦了一声。

现在，她穿起那件白外衣，她经常拿它当睡衣穿，今天她让我晚上来的时候，穿的就是这件。想到这里，我的伤感又要冒头，但立刻被我赶跑了。

我听得见她在楼梯那里说话。说的是德语。我急忙穿起她一件晨衣，往前走了几步，悄悄开了门。我什么也看不见，雨声很大，也听不到什么。她干吗要和那些陌生人说话？他们这种时候来干什么？我好奇心顿起，想到了许多小说里的情节。终于，我相信听明白了最后那几句话：

“别管我们，”她说，“把这个乐趣留给我吧。”

她慢慢走回房间。我想问她，可又不敢。我想张口，张不开，想做手势，做不出来。想说话，又找不到词。我不由自主地陷入了梦境。

“躺到床上去。”她说。

我在黑暗中无缘无故地微笑起来。我躺下。我圆睁两眼盯着她，可一句话也说不出来。这个时候，打了个闪，把屋子照亮，只见她笔直地站在窗前，纯洁，新鲜，一动不动，也不颤抖，在嘈杂声和死亡中，我看到了她呆滞的目光，我看到了她的手。

德·福尔雅克

回忆有魅力，不能预见回忆魅力的人，不懂幸福！东西一进到我的网里，我就想到它快要死了。于是我就把它的面孔珍贵地记下来。小圣–安纳的面孔就会是这样，我将任意拼凑，他再也不会用他的坏脾气来妨碍我。现在，他终于为我所有。这个被谋杀的美男子可以更好地浮现在我的梦里，他将从我过去的疯狂、被毁掉的几年时光和不现实的未来中汲取营养。但我会耐心地继续，因为绝望不是一天的事，是个长时间的活计，还要求典型环境。在轮船启动开往印度支那这一决定命运的时刻，仅仅是在这一时刻，我才能够比较镇定地回想那桩灾难和它的结局。别人都说，恶包藏着奇特的力量，可是所说的恶大概和不幸又不是一回事，不幸是一种习俗，非常合乎规则、非常温和，所以和法兰西这个民族非常相配。我即将去东方为法兰西民族服务，效忠法国，我觉得很温馨。他不会离开我。我们会坠入血与火的海洋，在我们将要在那边看到的死者中间，这个可怕事件将更好地复活，而我们将无拘无束地常常喝酒、饮料与咖啡。我们将有一个罪恶但却是梦寐以求的生活。

弗洛朗丝

……不要老去想人们在那边将要干什么，应该少给自己提问题，一切都会安排好的而蒙彼利埃的情况自然和这里相反，结束那些晚上把你带回来的家伙和这些肮脏的喜剧以及这种男人们所垂涎的一两个小时的爱情将使我的行为年轻五岁同时我的脸会加倍地苍老因为我不能再把自己收拾得干干净净这一切是如此可怕地不公正我会感到被压碎了如果剩下的还没有被压碎的话不过我不该想这些这是不可能的我要叫喊我要爬着去找他得疯了才行得疯了才行为什么不呢你尤其不能对他们说是就疯着吧也不用担心你的生命还有十年可以糟蹋不过你比别人都走运有这么一刻钟不叫喊我不许你叫喊骄傲吧十年算不了什么然后又是习惯安静些我将照照镜子把头转来转去由于我笨我这一刻钟是幸福的。[①]

① 本章句子多无标点。疑为作者以这种方式暗示弗洛朗丝已经精神失常。

桑　代

……禁止我回国和家人团聚，来到东方灰蒙蒙的平原上流浪。别墅里死的那个女人，穿着宽大的白色外衣，任凭血流到脚下，却没有放开圣-安纳。她手里还拿着的那把手枪使她变得面目可憎。不过，既然她已经不能再承受生活，既然她毫无道理地开了两次枪，还能怎么惩罚她呢？血将慢慢从他们脸上消失。他们即将找到他们所缺乏的保障，对梦想和前途的保障。我想，上帝把死亡当作一头忠实的畜生给我们，这畜生知道如何让人露出自己的本来面目。那时这些人就会说，会承认，他们本来就不是这个地球上的。

为什么会有这最后一具尸体？到目前为止，死人和活人在我的思想里构成了一些相互离得很远的社会等级，我爱过其中一些人，我忍痛看着另一些人躺在那里，变得冰凉，我想，这也没什么大不了的，而我让自己走在把两岸分开的大河之上。但我并非一直都是最强的。载着我的火车轰隆隆地跑着，犹如狂躁在地平线上怒吼。我喜欢暴力。暴力使事情变得简单。现在，事情又太简单了，每件事都被毒化了，友谊，正义，理智，愤怒，都被盲目的易传染的恶习给腐蚀了。动一动，手就会烂。在我们身上，在我身上，血要求流动，血在呼唤着乐土。

我背后的人在说话。这些庸庸碌碌的旅客，正在努力使自己彼此相像。“你们让自己彼此相像吧！”这就是现代世界的福音书。再不需要彼此相爱了，避免了多少疲劳啊！这个故事的制造者，基督徒和弗朗索瓦·桑代的上帝，我知道它存在，可是，由于一项重大罪恶，我认为我也不再爱它了。

我回到了法国。我将向法国要求很多东西。我要求文明、祖国和宗教，这些字眼都有意义。把这些东西分发给全人类的人，是傻瓜。人类这宗令人恶心的病症，这种黏黏糊糊的自恋，永不，不，永不……我突然想起一句傲慢的话：“一切都是可能的”，我年轻的时候，这句话一直萦绕在耳际，在我心里扰乱着权威和法律，统治着我，撕裂着我。

因此，我还剩下个未来。我以急不可待的心情，要把它献给一切能延续下去的事物，献给一切有需要的事物，献给一切影响生活的事物。这并不复杂。我们欠死去的朋友太多，我们欠了他们那么多偷来的年华。而他们低声要求我们做的，我们必须立即去做。他们要求什么呢？丽达要求我永远不要再爱任何人，贝斯要求我重新找到祖国，圣-安纳要求我幸福。听他们的话，我回复了我真正的本性，去服务于某些事情，没有爱，但带着激情，而既然人不能不受回报是确定无疑的，我离群索居的幸福也就是这个样子了。

巴黎，这里是你的河流和你流的泪，那里是你那张额头满是皱纹的脸。巴黎，这里是你的街道和每条街道的街名牌子。高楼大厦弥漫着夜晚的凄苦。我的脚步声在大街上回响。从现在起，我认清了我在人间要扮演的角色，但不知道我自己是谁。作为过客，你将悲伤的目光投向事物，事物会把悲伤成百倍地返还给你。上天那张扭曲的脸威胁着你，同时又引导着你。生活，我还必须在另一些人中间再生活一段时间。一切有人情味的东西都和我格格不入。